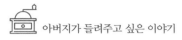

아버지가 들려주고 싶은 이야기

코나커피,
코나생각

아버지가 들려주고 싶은 이야기

코나커피,
코나생각

초판 1쇄 발행일 2016년 10월 10일
초판 3쇄 발행일 2019년 3월 22일

지은이 김교문
감 수 이동진
펴낸이 양옥매
디자인 남다희
교 정 조준경

펴낸곳 도서출판 책과나무
출판등록 제2012-000376
주소 서울특별시 마포구 방울내로 79 이노빌딩 302호
대표전화 02.372.1537 **팩스** 02.372.1538
이메일 booknamu2007@naver.com
홈페이지 www.booknamu.com
ISBN 979-11-5776-240-8(03810)

이 도서의 국립중앙도서관 출판시도서목록(CIP)은 서지정보유통지원 시스템
홈페이지(http://seoji.nl.go.kr)와 국가자료공동목록시스템
(http://www.nl.go.kr/kolisnet)에서 이용하실 수 있습니다.
(CIP제어번호 : CIP2016018437)

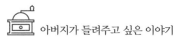
아버지가 들려주고 싶은 이야기

코나커피,
코나생각

내 인생에 그냥 스쳐 지나가려던 코나
그 코나를 사랑하게 되고
코나커피를 사랑하게 된 어느 아버지

김교문 지음
이동진 감수 대한민국 1호 바리스타

책과나무

이동진 / 대한민국 1호 바리스타

마음이 정화되는 커피 여과지

우리 동네에는 내가 자주 찾는 단골 커피집이 있다. 이 집의 커피 맛에 대한 기대는 늘 기다림을 설렘으로 바꿔 주곤 했다. 지금까지 아주 천천히 날아오던 코나의 향기로운 이야기들은 기다림이 지루하지 않은 우리 동네 커피집의 향기로운 커피 한 잔 같다.

이젠 한 권의 책으로 묶이어 조바심 내지 않아도 더 큰 설렘을 맛볼 수 있게 되었다. 작가의 글 한 편 한 편은 마치 인생의 쓴 뿌리들을 걸러 주는 커피 여과지 같다. 글을 읽을 때마다 코나커피의 향기와 바다내음이 나의 콧속으로 깊이 들어오며 내 영혼에 심폐소생술을 시작한다. 마음이 정화되는 그 향기의 힘을 독자들도 경험해 보시길 바란다.

이웅 / 현) 멕시코 양궁 국가대표팀 감독

내 인생을 다시 보게 하는 '코나'

2012년 런던 올림픽은 화려하게 끝이 났다.

멕시코 양궁 역사상 첫 은·동메달을 선사했다. 멕시코 국민은 환호했고 대통령으로부터 축하 메시지가 왔다. 이 화려한 정상에서 내가 누구인지 잊어버릴 때, 다시 내 인생과 삶을 점검할 필요가 있어 여행을 떠나온 곳이 '코나'이다. 점점 코나커피 향기에 매료되어 갈때 작가는 나를 어느 코나커피 농장 쓰러진 선조들의 묘비 앞에 인도한다. 내가 본 코나는 시상대 정상의 화려함이 아니었다. 내 모습을 그대로 드러내는 그분의 임재 앞이었다. 코나는 내가 어디서 왔는지, 나는 누구인지, 나는 어디로 가야 하는지 볼 수 있는 특별한 장소다. 가끔 날아오는 '코나커피 코나 생각'은 나를 그때 그 기억으로 인도한다. 이 한 권의 책이 당신을 창조주 앞으로 인도하며, 코나커피의 향미와 함께 그 사랑도 전해지길 바란다.

경진건 / 블레싱 컨설팅 대표

커피를 통해 그려진 작가의 따뜻한 마음

사랑하는 아내와의 신혼여행지가 하와이 코나였다. 다시 오리라 아내에게 약속한 후 20주년이 되어서야 나는 다시 이곳에 왔다. 나를 위한 안식과 쉼의 장소가 바로 코나이다.

코나를 사랑하다가 커피를 사랑하게 된 친구 김교문 목사의 책 속에는 그곳에서 만난 사람들의 희로애락이 있고, 그 뒤편에 계신 주님의 손길을 볼 수 있다. 코나를 사랑하다가 코나에 사는 사람과 커피를 사랑하게 된 나의 친구의 인생, 삶의 흔적들, 돌아봄, 감사, 사랑, 가족 등 그 마음을 '커피'라는 주제로 이렇게 다양하고 깊게 자신을 돌아보는 책을 쓴 분이 또 있을까 생각한다. 커피를 통해 그려진 작가의 그 따뜻한 마음이 위로와 격려가 되어 이 책이 홀로 인생길을 걷는 독자의 손에 들려진 좋은 친구가 되기를 바란다.

이문노 / 주식회사 파루 CEO (전 MBC 국장)

바리스타가 된 목사의 이야기

언젠가부터 우리 사회에서도 '바리스타'라는 말이 낯설지가 않다. 솜씨가 뛰어나다고 입소문 난 여의도의 작은 커피집 앞은 에스프레소 한 잔에 행복을 느끼려는 사람들로 줄을 잇는다. 내게 누군가 바리스타의 덕목을 꼽으라고 한다면, 두 가지 눈이 있어야 한다. 좋은 커피를 선별하는 눈, 고객들의 마음을 읽어내는 눈……. 그러나 안타깝게도 고객의 마음까지 읽어내는 정감 있는 "인간 바리스타"보다 "에스프레소 기계"처럼 검은색 커피만을 짜내는 데 열중하는 바리스타들을 많이 본다. "내 커피잔 속에 위안이 있다"고 말한 빌리 조엘의 말처럼 저자는 목회자로 삶의 전선에서 지치고 상처 난 인생들과 한 잔의 커피를 나누며 "바리스타 목사"답게 그들의 영혼을 위로하며 소생시키는 것을 볼 수 있다. 이제 그가 만드는 부드럽고 톡 쏘는 산미 그윽한 코나 커피의 향기를 책 속에서 음미하기 위해 나는 줄부터 서야 할까 보다.

김창학 / 코나 헤이븐 커피 농장주 회장

소박한 작가의 특별한 이웃 사랑, 커피 사랑법

미국에 이민 온 지 40년을 치열한 비즈니스 세계에서 비즈니스맨으로 살다가 모든 것을 내려놓고 선택한 곳이 코나이다. 그리고 나는 여기 코나에서 농부가 됐다. 저자는 내가 코나에 정착하고 처음으로 사귄 작가이자 여기 코나에서 오랜 세월 함께한 이웃이다. 내게 이 방인으로 살아야 하는 척박한 이민 사회에서 이런 소박한 사람을 만나기란 쉽지 않다. 오랜 세월 함께할 이웃으로 기대해도 좋다. 코나 사랑, 이웃 사랑과 함께한 작가의 커피 사랑법은 조금 특별나다. 만약 당신이 코나를 방문하게 된다면 작가가 직접 안내하는 코나 투어를 해 보라고 권하고 싶다. 코나에 푹 빠지게 될 것이다. 조금은 생소한 코나와 코나커피가 책을 통해 고국과 지구촌에 전해짐은 얼마나 신나는 일인가.

유희란 / 철인3종 경기 한국인 최초 100회 완주자

절망의 순간에 다가온 격려

코나는 철인들이 인생에 단 한 번만이라도 참가하고 싶은 꿈의 무대다. 철인 3종 경기인 '코나 월드 챔피언십 대회'에 나는 세 번째 참가한 마지막 경기에 컨디션 조절의 어려움으로 체력이 급격히 떨어진 상태였다. 수없이 경기를 포기할까 생각을 반복하며 오르막을 걸어 오르던 그 순간 나를 바라보고 태극기를 흔들던 그때를 나는 한순간도 잊을 수가 없다. 그 격려로 내가 경기를 완주할 수 있었다. 그 후 내가 인생이라는 또 다른 경주를 여전히 힘겹게 하고 있을 때, 코나에서 전해 오는 코나커피 이야기는 절망의 순간에 늘 나에게 격려로 다가온다. 아직도 여전히 인생의 힘겨운 경주를 하는 사람들에게 권하고 싶다.

조경훈 / (주) 태크 마린 회장

내 인생을 감사함으로 보게 하는 '편지'

직업상 세계여행을 많이 하는 나는 코나처럼 정겨운 곳을 찾아보기 힘들다. 코나 공항 활주로에 걸어 내려올 때 부는 바람이 전해 준 그 따뜻함을 나는 아직도 내 마음에 간직하고 있다. 공항 밖 게이트를 나올 때 '플루메리아' 꽃으로 손수 만든 레이를 걸어 준 그 마음을 잊을 수가 없다. 내게 가끔 날아오던 '코나커피 이야기'는 70년 가까이 살아온 내 인생을 감사함으로 보게 하는 사랑의 편지였다. 그 편지들을 한곳에 모아 묶어서 책으로 나온다고 하니 얼마나 반가운 일인지 모른다. 코나커피의 눈물, 고래의 고향, 농부의 V자 지팡이, 아름다운 열매, 존귀한 꽃들……. 그가 쓴 이 책이 바쁘고 힘든 당신의 삶에 잔잔한 위로와 감동을 줄 것을 확신하기에 이 책으로 당신을 초대한다.

최윤철 / 서울 시온성교회 담임목사

깊은 영적 대화, 주님의 향기

커피란! 그 속에 담긴 인생의 향기를 느끼고 마시는 일이라는 커피에 대한 나의 생각과 인식이 바뀐 것은 그다지 오래되지 않았다. 삶의 바리스타가 한 잔 내려놓은 메일 속에서 전해 오는 그 깊은 향기는 늘 내 마음의 방을 가득 채우고 깊은 여운을 남기곤 했다. 늘 코나에서 전하는 코나커피 이야기는 곧 인생의 이야기이며 그것은 곧 깊은 영적 대화이며 주님의 향기였다. 코나가 아름다운 것은 그곳에 그의 깊은 영성의 향기가 배어 있기 때문이다. 이 책 속에는 오랜 시간 고난과 기다림이라는 그의 깊은 인품의 향기가 묻어 있다. 그리고 그의 겸손과 온유의 열매에서 나오는 향미가 감미롭다. 이 책을 통해 그분과 깊이 사귀어, 향기 내는 인생, 맛을 내는 그리스도인으로 사는 법을 배우리라 기대한다. 벌써 코밑으로 스며오는 코나커피 이야기의 향미가 내 영혼을 감미롭게 한다.

인치일 / 국제 YWAM 선교사 장로

나의 고향이 된 '코나'

코나에 온 사람은 언젠가 다시 코나로 돌아온다는 말이 있다. 어느 날 코나를 떠나지 않은 사람은 돌아올 수 없기 때문이다. 10년 전 잠시 머물다 간 내가 다시 코나에 돌아와 지금까지 살게 되었고, 이제는 여기가 나의 고향이 됐다. 작가가 쓴 이 책 속에는 내가 던진 그 의미 "코나는 왜 돌아오는 곳인지에 대한 해답을 찾을 수 있다. 평범해 보이는 작가의 이야기 속에서 우리가 쉽게 인식하지 못했던 아주 잔잔한 삶의 진리를 발견할 수 있다. 코나가 아름다운 것은 자연환경뿐만이 아니라 여기에 그 자연만큼이나 아름다운 사람들이 있기 때문이다. 코나커피 향과 지나온 사람들의 그 인생의 흔적이 숨겨진 코나의 구석구석 아름다운 모습을 소개하는 이 책을 코나에 오기 전에 읽어 보길 권한다. 그의 글 속에는 가슴속에 전하는 감동적이고 따스함이 있다.

최상호 – Kona Coffee Berry 대표

나의 오랜 친구이자 여행의 동반자

코나는 태고의 모습 그대로 남아 있는 땅이다. 그리고 아직도 창조가 계속되는 땅이기도 하다. 작가는 그 아침 시간에 자주 만나는 나의 오랜 커피 친구이자 인생이라는 여행의 동반자이기도 하다. 나는 내 인생의 절반 30여 년을 여기서 보낸 사람으로, 지금까지도 코나는 크게 변한 게 없다. 그래서 나는 코나가 좋다.

하와이 코나에 지난 수십 년 동안 수많은 유명 비즈니스맨, 정치인, 연예인, 유명 운동선수가 왔으나 이 땅과 사람을 사랑하고 코나 커피를 특별나게 사랑하는 사람을 만난 건 처음이다. 나는 내 친구 영혼의 바리스타가 만들어 내어놓은 인생, 커피 한 잔을 천천히 음미해 보듯이 이 책을 음미해 보라고 권고해 본다. 인생이라는 깊은 맛을 경험하리라 확신한다.

오늘은 아침까지 코나의 거리에 비가 내리고 있다.

코나는 내가 잠든 새벽에 조용히 잠시 비를 뿌렸다가 아침이 되면 언제 왔다 갔는지 모르게 살짝 흔적만 남기곤 하는데, 오늘은 하늘에 무슨 일이 있었나 보다. 내가 새벽에 눈을 뜬 그 시간까지 코나의 거리에 부슬부슬 비가 내리고 있다. 다니는 차들도 조금은 줄어든 듯하고 번화가도 한적하다. 많은 사람의 발이 집에 묶여 버린 듯하다. 지금 코나의 거리는 아주 한적하고 조용하다.

코나커피 전문점에도 커피 한 잔과 베이글 한 조각을 간단히 먹으며 하루를 시작하던 사람들이 오늘따라 한 명도 찾아오는 이가 없다. 내가 수년간 코나에 살면서도 아침 이 시간에 비가 오는 이런 날씨를 만나기는 아주 드문 일이다. 비를 좋아하는 나는 차분하게 내리는 빗소리를 오랜만에 들으니 기분이 좋다. 이 새벽에 빗소리를 들으며 코나커피 한 잔과 함께 생각에 잠긴 채 지그시 눈을 감아 본다.

코나커피 전문점 바리스타 '호쿠'도 심심한지 나에게 다가온다.

"오늘은 아침까지 비가 내리는 거야?"

특유의 아일랜드 섬사람 스타일로 투덜거리며 말을 건다.

"헤이, 라이트 친구! 하던 작업은 잘되고 있나?"

요즘 아침마다 내가 원고를 정리하는 것을 알고 있는 호쿠가 카페 옆 기둥을 사랑하는 애인을 살며시 품에 안듯이 가슴에 품고 나에게 던진 질문이다. 그는 나를 '라이트 친구'라고 부른다.

"헤이, 친구! 도대체 무슨 내용의 책을 쓰는 거야?"

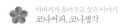

그러고 보니 내가 한 번도 호쿠에게 내가 쓰고 있는 책의 내용을 설명한 기억이 없는 듯했다. 그동안 나는 아침 시간을 분주하게 원고를 정리하느라 정신없이 보내곤 했다. 그 시간은 아침에 마실 코나커피를 내리고 찾아오는 손님을 받느라 호쿠가 분주하게 보내던 시간이었다. 그러나 오늘은 아침까지 비가 내려 한가한 호쿠가 나에게 던진 질문에 대해 어떻게 대답을 해 줘야 할지 고민이 밀려왔다.

카페 앞 길옆 주차장에 커피 열매처럼 빨간 차 한 대가 들어선다. 카페로 들어올 것 같은 예감이 드는지 눈치 빠른 호쿠가 질문만 던진 채 빠르게 매장 안으로 들어간다. 호쿠의 질문이 머릿속에 계속해서 맴돌았다. 그동안 원고를 정리하면서 이 책의 내용을 하나하나 다시 떠올려 본다. 내가 이 책을 쓰게 된 동기가 무엇이고 처음의 마음이 무엇이었는지, 내리는 빗소리를 들으면서 말이다. 오늘따라 더 천천히 흐르는 코나의 시간 속에서 지나온 시간들을 되돌아본다.

한때는 나도 여느 사람들처럼 성취하고 싶은 목표와 오르고 싶은 정상이 있었다. 정신없이 앞만 보고 가던 시절이 말이다. 큰 꿈을 위해 고국을 떠나 워싱턴 D.C로 가는 여정에 잠시 쉬어 가자고 머물게 된 장소가 코나였다. 평생을 바쁘고 분주하게 살았던 나에게 코나의 시간은 인생에서 진정 소중한 것이 무엇인지 생각하게 했다.

누구에게나 꿈이 있듯이 나에게도 어린 시절의 꿈이 있었다.

약간은 감성적이고 소심한 나는 음악을 좋아하고 테이블 위에서 혼자 하는 디자인이나 사진 같은 분야에 관심이 있었다. 그리고 '종합예술'이라고 불리는 학문인 건축학을 공부하기 시작했다. 건축학은 내가 생각한 것보다 더 깊은 학문이었다. 인간의 삶과 아주 밀접한 관계가 있는 학문으로, 단순히 건물만 짓는 학문이 아니었다. 인생에 대한 고민이 많았던 나는 건축학을 하면 할수록 더 사랑하게 되었다. 더 삶의 소중함을 알아 가면서 인간이 머물기에 가장 아름답고 행복한 삶과 축복이 되는 멋진 건축물을 하나 남기는 건축가가 되고 싶었다.

그 후, 나는 대한민국 국민의 한 사람으로 잠시 국방의 의무를 했다. ROTC 초급장교로 수색 소대장직을 부여받고 강원도 철원에서 군 복무를 하게 되었다. 마음이 여리고 감성적인 나에겐 군 생활이 쉽지만은 않았다. 당시 군 복무 중 다양한 이력을 가진 20대의 젊은 친구들과 함께 훈련 하면서 삶의 문제로 심각하게 고민하는 친구들을 만났다. 사실 그 고민 또한 나의 고민이기도 했다. 짧은 인생을 살아온 이 친구들이 가진 수많은 삶의 질문들에 대해 나의 한계를 보면서 인생을 이해하지 못한 채 세워진 멋진 건축물이 무슨 의미가 있을까 고민했다. 문득 먼저 인간의 내면의 알아 가는 여행을 시작해야겠다는 생각이 들었다. 먼저 사람의 내면의 건축을 세워 가는 일이 더 중요하다는 생각에 목회자의 길을 걷게 됐다.

신학을 공부하는 동안 내 인생에서 만난 두 분의 은사는 나에겐 축복이라 생각한다. 히브리어에 능통하고 한국인 최초로 「새즈믄 우리말 구약정경」을 완역 출판한, 미국에서 드랍시 대학에서 박사학위를 받으신 최의원 교수님이다. 교수님의 '구약의 인간학' 강의를 통해 나는 그동안 전적인 타락을 강조한 칼뱅과 종교 개혁자들의 죄와 구원의 시각에서만 바라보던 인간의 부정적 시각에서 창조주가 인간을 얼마나 사랑하시고 존귀한 존재로 창조하셨는지를 깨닫는 시간을 가지게 되었다. 또 한 분인 신약신학 김경신 교수님과 함께한 "요한 신학"과 복음서를 통해 이해된 예수님의 삶은 어떤 삶이 가치 있는 삶인지 알게 하는 특별한 시간이었다.

7년간 부교역자의 훈련의 시간을 보낸 나는 1992년 사람들의 내면을 건축하는 일을 돕는 목회의 사역을 시작하게 되면서 내면을 건축하는 일이 쉽지 않음을 경험했다. 나도 모르게 시간이 흐르면서 처음에 주신 그 순수한 내면의 마음이 비전과 꿈이라는, 잘 포장된 신분상승의 욕망과 성취하려는 시각으로 변해 갔다. 점점 자기중심적인 마음과 이기심이 커지고, 믿음의 공동체 교회가 내 욕망의 수단이며 성취의 장소가 되어 갔다. 점점 비인격적이고 비이성적이며 외적인 성공과 성장이라는 나만의 바벨탑을 쌓으려는 경향이 서서히 드러났다.

그렇게 처음 마음을 잃은 채 5년이라는 세월이 흘렀다.

아파야 무감각해진 나를 볼 수 있듯이 내 삶을 되돌아보게 하는 큰 사건을 경험하게 된다. 97년 교회를 건축하다 건설회사의 부도로 엄청난 고난의 시절을 보냈고, 그해에 4살 된 사랑하는 아들이 교회 건축현장 옆 놀이터에서 교통사고를 당한 것이다. 왼쪽 다리부터 머리까지 다 부서졌다. 12주 진단이 나오고 3번의 대 수술을 감행해야 했다. 내 마음도 온몸도 만신창이가 되었다. 위장병과 식도에 종양이 생기면서 점점 말라 가며 내 영혼도 피폐해졌다. 안식이 필요한 내게 그분이 자신을 다시 한번 되돌아보라고 인도한 곳이 지금의 '코나'이다.

모든 것이 천천히 흘러가는 코나!

빠르면 볼 수 없었던 내 내면이 보이고 손에 쥐어지는 무엇인가를 성취하려던 내가 지나온 시절을 다시 한번 깊이 생각하라고 그분이 나를 여기에 머물게 하셨다.

그렇게 시작한 코나 생활은 어느덧 10여 년이 흘렀다. 코나에서는 그동안 내가 도시에서 생각해 온 더 큰 비전이나 꿈들을 생각할 수도, 이룰 수도 없었다. 천천히 흐르다가 소중하게 다가온 내 인생에 아주 작은 주제들이 자꾸만 떠올랐다. 나는 하나하나 정리하면서 일상의 삶에서 다가온 아주 소소한 삶의 주제들이 그분이 나를 사랑해서 나에게 전하고자 하는 소중한 인생임을 알아 가게 됐다. 누구나 고민하고 지금 겪고 있는 내면의 이야기들이 내 안에 있기에, 그냥 묻어 두고 갈 수 있는 그런 주제들이 더 소중한 것임을 알게 된 것이다.

그리고 늘 가까이 있던 그 자리에 항상 있는 것들이 인생에 더 소중하다는 사실을 잊고 살다가 가장 중요한 순간에 꼭 필요할 때가 되어야 찾는 것이 있다. 바로 가족이다. 인생에서 가장 힘든 시간에 나에게 가장 큰 힘이 되고 내 곁을 지켜 주는 이가 가족이다. 그동안 내 인생의 뒷전에 두고 무관심했던 가족에 대한 소중함을 이 책에 정리하다 보니, 나와 내 가족에 관한 이야기가 아마 가장 많지 않나 싶다.

이 책은 꿈을 성취하기 위한 방법이나 과정이 담긴 책은 아니다. 인생이라는 짧은 그 길에서 굽이굽이 흘러온 삶의 흔적들을 여기저기 메모지에 끄적이며 남겨 놓은 이야기들이다. 이제 주섬주섬 다 모아 '코나커피 이야기'라는 한 권의 책을 출판하려 한다. 이 책은 사역의 성공담도 아니고 설교 강해집도 아니다. 간증집은 더더욱 아니다. 그렇다고 커피에 관한 전문적인 서적도 아니다. 주님이 말씀하셔서 머물던 '코나'. 그 코나를 점점 사랑하게 되면서 여기서 살면서 일어난 내 일상의 소소한 이야기이다. 만나고, 교제하고, 사랑하고, 아프고, 헤어지고, 이 세상을 떠나는 것, 그리고 그리움과 감사함에 대한 이야기이다. 그러나 사실은 내 삶의 뒤편에서 내내 나를 소중히 여겨 주시고 동행하시며 내 손을 붙잡아 주신 주님에 대한 이야기이기도 하다.

이제 '코나커피, 코나생각'이라는 책이 세상에 태어난다.

생명을 낳는 여인의 그 기다림과 해산의 수고가 얼마나 큰지 조금은 알 것 같다. 이제 그 수고의 끝에서 맺어진 삶의 작은 열매를 여러분과 나누려 한다.

나는 지금도 여전히 이 작은 도시 '코나'에 살고 있다. 다양한 인종이 머무는 커뮤니티인데도 지난 세월 속에 변한 것이 여기는 하나도 없다. 여전히 코나는 변하는 도시가 아니라 창조주가 주신 그 자리에 그대로 있을 뿐이다. 큰 교회 건물도 더 큰 성장을 가질 수도 없고 가질 필요도 없다. 내 개인적으로 남들처럼 큰 비전을 성취할 수는 없겠지만 이 땅에 사는 사람들에게 축복이 되길 바라고, 다음 세대를 위해 소중한 영적인 유산을 남기고 가려는 아주 작은 소망을 이루다 내 삶의 시간을 여기에 묻고 가고 싶다.

훗날 아내에게 '내게도 당신이 축복이었다'는 말을 듣고 싶다.

세상에 보여 줄 건축물은 없지만 내면의 건축물을 세운 아버지로 두 아들에게 기억되고 싶다. "당신이 여기 코나에 있었기에 행복했습니다."라는 말을 듣는 사람이 되고 싶다. 나의 이 작은 꿈이 그 어떤 꿈보다 더 큰 꿈이라 말씀하시는 그분이 내게 주신 소망을 품다가 인생의 끝을 맞이하고 싶다.

태평양을 바라보며 새벽 아침에 코나커피 전문점에서
김교문

목차

영화 흥행의 성공 여부는 템포이다. 빠르게 스토리를 전개할수록 흥
행에 성공한다.

요즘 젊은이들이 부르는 음악은 따라 하기조차 숨이 차다.

도시 사람들은 속도를 좋아한다. 교육에서도 조기교육, 조기취학,
조기졸업을 대단한 능력으로 생각한다. 음식점에 가도 주문한 지 수
분 만에 음식이 조리되어 나온다. 그래서 패스트푸드가 인기이다. 코
나에 있는 맥도날드 에서도 주문하면 1분 만에 버거가 나온다.

농업과 축산업에서도 이제는 자연의 섭리에 따른 기다림보다 속성
재배가 유행한다.

바쁜 도시인에게는 커피 한 잔도, 이제는 기계로 정해진 레시피에
의해 일괄적 맛을 내는 커피를 손에 들고 바쁘게 나온다.

속도 때문에 사람의 입맛을 기계에 맞추게 된다.

외국인이 우리나라 말 중에서 가장 빨리 배우는 단어가 '빨리빨리'
이다. 내가 이탈리아 여행 중 콜로세움 경기장 앞에서 그 거대한 건
물을 감상하고 있을 때, 물건 파는 이탈리아 노점상들의 첫마디가
'빨리빨리'였다.

"빨리빨리 사세요, 오세요."

한국 여행객들의 입에서 얼마나 많이 사용되었으면

이탈리아 노점 상인들에게까지 익숙한 단어가 되어 버렸다.

코나에 자주 가는 슈퍼마켓에 가면 가끔 줄이 길게 늘어설 때가 있다.

나는 오랜 습관처럼 어느 라인이 빨리 끝날지 시간을 계산하고 뒤에 선다. 그 계산이 맞아 빨리 나올 때도 있지만, 예상이 빗나갈 때가 더 많다. 오래 걸릴 것 같았던 옆 라인보다 길어지면 내 속도 타들어 간다.

그리고 그 짧은 순간에 이렇게 사는 나를 후회해 본다. 속도는 꼭 나쁜 것만은 아니다.

그러나 속도를 강조하다 보면 잃어버리는 것이 있다. 여행할 때 주변 경관의 아름다움을 잊어버리고, 살아온 인생의 여정에서 함께 느끼고 경험한 깊은 인생의 맛을 잊어버릴 때가 있다. 그래서 속도는 큰 목표를 이룰 수는 있을지 모르지만 인격을 상실하게 하고 사랑하는 사람도, 친구도, 가족도 내 주변에서 다 떠나 이제 혼자인 나를 보게 한다. 점점 시간이 지날수록 감동이 없는 나, 비인격적인 나, 기계화된 나를 보게 한다.

나는 이곳 코나에 사는 것에 참 감사하게 생각한다.

코나커피가 생산되는 코나는 기다림과 느림의 도시이다. 다운타운을 걸어가도 운동하는 사람 외에는 바쁘게 걷는 사람이 없다. 자동차도 천천히 움직인다. 한 달 내내 뒤에서 자동차 경적 소리를 들어 본 적이 없다.

코나 외곽에는 하이웨이가 있다.

가끔 빨리 가려고 추월하는 여행객들의 모습을 본다. 내 옆을 추월해서 빠르게 달리는 친구들을 보면서 나는 이런 말을 하곤 한다.

"어차피 코나 다운타운 신호등 앞에 가면 다 만나게 되는데……."

코나는 나를 천천히 주변을 살피게 한 도시이다.

코나의 시간은 천천히 흐르고 있다. 처음은 이 흐름의 삶을 좋아하지는 않았다.

10여 년의 시간이 흘러오면서 이런 시간이 얼마나 소중한지를 알게 한 코나를 나는 사랑하고 좋아한다.

오늘은 코나커피 전문점 '헤이븐'에서 기다림의 시간 그 소중함을 또 배우게 된다.

'눈물의 커피', '커피의 와인'이라고 불리는 더치커피 추출 과정이다. 잘 정수된 물에 아이스와 함께 천천히 한 방울, 한 방울씩 떨어지면서 커피를 축출하는 방식이다.

10시간 이상을 기다려야 한다.

그리고 나서도 하루 반나절 저온 냉장 숙성 후 마실 수 있다.

오늘 수요일 오전에 만들기 시작한 커피를 내가 마시려면 금요일 오전이나 되어야 마실 수 있다고 한다. 아직도 나는 30시간 이상을 더 기다려야 한다. 열에 가해진 뜨거운 온도가 아니라 창조주가 담긴 그 향기를, 코나커피가 자연 그대로 한 방울의 물을 오랜 시간 동안 가슴에 품었다가 내놓은, 코나 더치커피의 그 깊은 맛이 기다려진다.

나에게는 남에게 보여 줄 성공의 결과물이나 이력의 화려함이 없다.

PART 1. "알로~하"(Aloha '숨결')

　　그러나 내 인생의 오랜 기다림 속에서 그 끝자락에 한 모금 머금고 내놓은 코나커피의 깊은 맛을 만드는 인생의 시간을, 나는 코나에서 보내고 있다.

　　그래서 내 인생의 마지막 날에는 깊은 의미가 있는, 향기가 담긴 삶을 내놓으려 한다.

- 더치커피(Dutch Coffee)
  더운물이 아닌 찬물로 오랜 시간 내린 커피로. 네덜란드 상인들이 시작했다는 유래가 있다. 일반 커피보다 카페인이 적은 것이 특징이다.

☕ 커피 한 잔의 여유
  지금 내가 하는 일 중에 좀 더 기다리면 더 좋은 결과를 가져올 수 있다고 생각되는 것이 무엇인지 정리해 보자.

10월 사랑하는 친구들의 코나로 돌아 왔다.

하와이 코나에도 어김없이 아침저녁 쌀쌀한 바람이 창문 너머에서 계절의 흐름을 알려 준다. 매년 그러하듯 내 친구들이 두 해류가 만나는 '카일루아 코나('카이'는 '바다', '루아'는 숫자로 '둘')'로 돌아오는 시간이다. 고향을 떠나 수천 킬로미터나 떨어진 알래스카에서 도전의 시간을 보낸 고래들이 태어난 고향이 그렇게 그리웠는지 코나의 앞바다에 다시 돌아왔다.

돌아온 그 친구들은 내가 여전히 그 자리에 앉아 있음을 아는 듯 코나 커피 카페에 있으면 가까이 다가와 수면 위로 등지느러미를 오르락내리락 내밀기를 반복한다. 한 놈이 고개를 들고 "하이!"라고 인사를 건네는 것 같다. 돌아온 기쁨이 얼마나 큰지 그 흥분을 감출 수 없는 한 친구는 물 위로 차올라 공중에서 한 바퀴 돌다가 다시 물 속으로 들어간다.

아이언맨 기념품 가게를 하는 '잭슨'과 우체국 직원 '폴'을 항상 새벽에 만난다. 오늘은 '알래스카'에서 고향 '코나'로 돌아온 친구들을 만나러 조금 멀리까지 수영을 하기로 한다. 1km 정도 수영을 하다 보면 멀리 코나 커피 카페가 눈에 보이고 우리가 물속에 자기들을 만나러 들어온 줄 알고 돌아온 친구들이 가까이 나타난다.

내 주변을 빠르게 스쳐 지나가다가 다시 돌아와서 반가운 듯 살짝 미소를 띠며 나를 바라본다. 내가 이 친구들을 볼 때 항상 느끼는 것은 나의 어린 시절 벗 삼아 살다가 헤어지고 다시 만난 오랜 친구들 같다는 것이다. 코나는 그런 고향 친구를 다시 만난 장소 같다. 고래는 코나 사람들에겐 오랜 친구들이다.

오늘 아침은 조금 멀리 심방을 가려고 나왔다.

코나에 유일한 19번 하이웨이를 1시간쯤 달리다 보면 북쪽 끝에 '코할라'(하와이 말로 '혹등고래'의 뜻)라는 동네가 있다. 바람의 마을 '와이콜로아'를 지나다 서쪽을 바라보면 수평선이 반원을 그리며 끝없이 펼쳐진다. 바다 위로 그리는 완만한 곡선은 지구가 둥글다는 것을 증명이나 하는 듯하다.

고래가 돌아오는 이 계절에 이 길을 오가다 보면 가끔 보기 드문 행운을 만날 때가 있다. 오늘 그 행운이 나에게 찾아왔다. 멀리 수평선 위로 큰 분수대가 내뿜는 분수처럼 큰 혹등고래의 아주 큰 몸짓이 내 앞에 등장한 것이다. 그가 고향인 코나로 자신이 돌아왔음을 나에게 전하고 싶어 한다. (몸길이가 12m가 넘고 몸무게만 해도 45톤이나 된다.) 엄청난 혹등고래는 비로소 머나먼 긴 알래스카라는 험한 세상의 도전을 마치고 고향으로 돌아왔다. 그 친구가 한 번 바닷속에서 수면 위로 올라오면 집채만 한 거대한 몸통이 솟아오른다. 그리고 떨어지면서 꼬리로 수면에 내리칠 때 갈라지는 바다 물결은 상상 이상의 물보라를 일으킨다. 내가 잘 아는 그분이 홍해를 가르던 그

모습같이 장관이다. 저렇게 기뻐하는 것을 보니 혹등고래도 자기가 태어나고 자란 고향 코나 바다의 평안함이 갈급했는가 보다. 지켜보기만 해도 그 친구의 마음이 전해진다.

한 40분 정도 북쪽 코할라를 향해 달리다 보면 아내가 꼭 들르고 싶어 하는 곳이 있다. 하와이 땅콩이라 불리는 '마카다미아' 넛 공장이다.

물결이 잔잔한 '스펜서' 비치를 지나서 코할라 부두를 돌아 오른쪽으로 핸들을 돌리면 '마카다미아' 공장이 보인다. 아내가 왜 그곳에 그토록 가고 싶어 하는지는 아직도 그 속마음을 잘 알 수는 없다. 그곳이 점점 가까워질수록 옆자리에서 무언의 사인을 계속 나에게 보낸다.

내가 인생의 후반부로 넘어가면서 내 인생에 중요하게 선택하고 결정한 한 가지는 안락한 내 노년을 위해 아내의 말을 잘 들어야겠다는 것이다. 오늘도 내 먼 훗날을 위해 아내의 말을 듣기로 한다. 코나에 온 모든 여행객이 빠뜨리지 않고 그곳을 들르는 이유가 나와 같지 않을까 생각한다. 아내는 미소를 가득 머금은 채 공장 안으로 들어간다.

공장 안에는 다양한 방법으로 마카다미아를 가공한 샘플 10여 가지 정도를 시식할 수 있도록 전시되어 있다. 나는 여기서 15분 정도, 아니면 더 오랜 시간 아내를 기다려야 할지도 모른다. 이곳에서 시간의 주인은 내가 아니고 내 아내이기에 조급한 마음을 내려놓고 기다리는 것이 속 편하다는 사실을 나는 알고 있다. 어느 전투에서 포로가 된 병사처럼 내 시간을 포기하고 테이블에 앉아 기다린다. 그리고 늘 옆에는 코나를 방문한 여행객을 위한 코나커피가 놓여 있다.

여기서 무료 시음으로 코나커피를 마실 수 있는 것은 내 시간을 포기한 나에게는 얼마나 큰 위로가 되는지 모른다. 늘 습관처럼 코끝에 대고 그 향기가 아내를 기다리는 내 마음의 방에 가득 채워지면서 조금은 여유가 생긴다. 한 모금을 입에 머금고 천천히 마셔 본다. 어린 시절 내 고향 집에서 늘 내 모습 그대로를 품어 주는 듯한 고향의 편안함이라고 할까, 코나 앞바다로 돌아온 고래들이 고향에서 느낀 그 편안함이라고 말할 수 있을 것 같다.

세차게 퍼붓는 눈보라를 피해 안식처로 돌아온 여행객들이 처음 느끼는 푸근한 코나는 창조주가 이 땅에 담아 놓은 편안함 그 자체라고 말할 수 있다. 코나 커피는 무언가 특별한 개성을 가지고 있지는 않은 듯하다. 내게 아버지라는 존재는 늘 강하게 다가오지만 어머니가 내 인생에 다가오는 느낌은 편안함이다. 내 연약함과 모남에도 불구하고 내 모습 그대로를 받아주시고 포근함으로 다가오는 용납됨이라는 느낌, 그 따뜻한 어머니의 마음이라고 말하고 싶다.

고래가 고향으로 돌아오는 이맘때가 되면 잠시 고향을 떠났던 사람들이 다시 돌아오는 귀성객처럼 코나로 돌아오는 사람들이 있다. 세계 각처에 꿈을 찾아 떠났던 사람들, 더 크고 더 넓은 세상을 여행하다 돌아온 고래들처럼 코나로 사람들이 다시 돌아온다. 부모의 집에 돌아온 듯이 그 얼굴에는 편안함과 안도의 모습이 보인다.

코나를 떠났던 사랑하는 친구들이 코나를 찾아온 적이 있었다. 코나에서 자라고 성장한 그들이 부모가 있고 어린 시절의 추억이 담겨 있는 코나에 잠시 들른 것이다. 꿈과 희망을 찾아 코나를 떠났던 그

들이 잊을 수 없는 그리운 부모의 품으로 잠시 돌아온 것이다. 아직 달려가야 할 길이 많이 남아 있는 친구들이다.

알래스카의 겨울, 거친 파도가 끊임없이 밀려오던 저 세상에서 지친 몸으로 코나로 돌아온 친구들도 있다. 짧은 경험이지만 삶이 지쳐서 고향으로 돌아온 그들을 위해 내가 해 줄 조언의 말은 없다. 코나커피가 가진 예전에 느꼈던 어머님의 가슴처럼 그 모습 그대로를 용납하고 부드럽게 받아주는 것 외에 아무것도 할 것이 없다.

말없이 그냥 안아 준다. 거친 인생의 바다에서 무슨 일이 있었는지 어떤 험한 파도를 겪다가 왔는지 묻지도 않는다. 부모로서 궁금한 것도 많고 어쩌다 이 모양 이 모습으로 찾아왔냐고 따지고 싶고 속상한 마음으로 물어보고 싶었다. 그러나 따뜻한 가슴이 그리워 고향으로 돌아온 친구들에게 지난 이야기 따위는 물어야 할 이유가 없다.

그분이 만들어 놓으신 안식의 땅 코나에서 부드러운 코나커피처럼

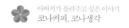

그저 나를 사랑한 내 아버지의 품이 되고 인생의 친구가 되어 품어 줄 뿐이다. 알래스카의 칼바람과 살을 에는 듯한 추위에 지친 고래들을 따뜻하게 품어 주는 코나의 바다처럼 말이다. 인생에 지친 친구들에게는 따뜻하게 안아 주는 것 외에는 다른 것이 필요 없는 듯하다. 고래와 같이 그 친구와 함께 코나의 바다를 바라보는 이 시간이 주어진 것에 감사할 뿐이다.

코나 앞바다에서 코나커피를 한 모금 마신다. 그리고 돌아온 친구를 바라본다. 또 한 모금 마신다. 멀리 바다를 바라본다. 꼬리를 흔들고 물보라를 일으키는 고래들의 향연을 본다. 힘들어 자신을 세상에 버리지 않고 고래처럼 그들이 고향에 돌아온 것만으로도 나는 행복하다.

겨울이 지나고 따뜻해지는 3월, 봄이 오면 사랑하는 고래들도 코나를 떠날 것이다. 이곳 코나에서 자란 두 아들과 친구들 또한 인생의 새로운 시즌을 준비하기 위해 코나를 떠날 것이다. 그들이 코나를 떠난 후 코나로 다시 돌아오기까지 얼마나 긴 여행이 될지는 알 수 없다. 이제 이 친구들을 위해 내가 할 수 있는 것은 많지 않다. 수천 년 동안 코나의 바다가 그랬듯이 부모의 품이 그리워 코나로 찾아온 가족들을 품어 준다. 늘 나를 품어 준 코나커피처럼 나도 언제나 그 모습을 용납하고 품어 주었다가 다시 보내야 한다.

그리고 언제든지 내 품과 사랑이 그리우면 너를 향한 내 마음은 변함이 없을 거라는 믿음을 줄 뿐이다. 인생이 버겁고 힘들 때는 다시 돌아오라고 가슴으로 말을 할 뿐이다.

마카다미아 공장에서 머문 시간이 15분쯤 지났을까 코나커피 한

잔을 마시며 깊이 다짐을 하고 있는데 아내의 얼굴을 보니 여기서 머문 이 시간이 만족스럽고 행복한 듯하다. 내가 오늘도 아내를 사랑하기에 인내심과 기다림으로 얻어낸 가정의 평화라고나 할까.

　다시 코할라로 올라가는 도로 좌편으로 펼쳐진 코나의 바다에서 부는 바람이 시원하게 다가온다. 낮게 깔린 구름 저편 넘어 너울거리는 파도의 흔적을 보니, 돌고래들이 나와 경주하는 듯하다.

・　흑등고래(Humpback Whale)
　겨울 12월이 되면 알래스카에서 1만킬로미터의 긴 여정 끝에 교미 후 새끼를 낳고 기른다. 다시 3~4월이 되면 다시 알래스카로 올라간다.

☕ 커피 한 잔의 여유
　오늘도 해야 할 일과 서류를 잠시 옆으로 밀어 놓고 그동안 잊고 지냈던 고향의 추억들을 생각하며 행복했던 시간들을 잠시 생각해 보자.

코나 국제공항에 가는 길은 늘 내 마음을 아쉽게도 하고 설레게도
한다.

길 좌·우측으로 빨간빛, 하얀빛, 분홍빛 치마저고리를 입은 '부
겐빌레아' 꽃이 피어 있다. 늘 공항 가는 길에는 수줍은 새색시처럼
옅은 미소를 보이며 고개를 살짝 돌린다. 그리고 곱고 고운 아름다
운 치마폭에 자신의 얼굴을 가린 채 나를 향해 손끝을 살짝 올렸다
가 급하게 내린다.

오늘은 내가 코나에 온 지 10여 년이 지나서 참으로 오랜 기다림
끝에 사랑하는 사람이 코나에 도착했다. 그동안 마음을 주고 마음을
받았던 사랑하는 가족이 코나에 도착한 날을 나는 결코 잊을 수가
없다. '꽃 레이'를 만들기 위해 이른 새벽 내가 자주 가던 그 장소로
향한다. "당신은 내 인생에 행운, 축복입니다"라는 의미가 있는 "플
루메리아" 꽃나무가 있는 그곳에 갈 때마다 느끼는 향기는 나를 차
분하게 하고 내가 사랑받는다는 느낌을 준다.

첫인상이 강렬하지는 않지만 천천히 그리고 깊게 다가오는 그 향
기가 내 영혼 깊은 곳까지 날아오고 있다. 내 육체는 그 향기에 아주

깊이 잠기는 듯하다. 하나하나 꽃들이 서로 사랑하듯이 연결되면서 목걸이가 되어 갈 때면 내 집안 공간도 그 은은한 향기로 가득 채워지고 그 사랑도 충만히 채워져 간다.

하와이안 비행기가 도착했음을 알리는 소리가 들리고 담장 넘어 비행기의 꼬리 날개가 보이기 시작하면서 출입구가 열린다. 다가오는 첫 코나의 공기는 조금 따듯한 듯하면서도 어린 시절 내가 넘어져 다칠 때 '호호' 불어 주시던 어머니의 그 입김 같다. 천천히 계단을 내려오는 사람들을 담장 빈틈으로 빨리 보고 싶어 힘겹게 애를 써 보지만 누가 누군지 알 수가 없다. 수 분 후면 사랑하고 기다리던 사람이 도착한 활주로를 바라보면서 계단을 내려와 걸어 나오게 될 것이다.

공항 안전요원이 서 있는 밖으로 연결된 마지막 게이트가 열리고 저 멀리 익숙한 사람이 눈에 들어오기 시작한다. 플루메리아 향기

PART 1. "알로~하"(Aloha '숨결')

처럼 은은하게 아주 오랫동안 그 사랑을 나누어 주었던 가족을 향해
"당신은 내 인생에 축복이었습니다"라고 고백을 하며 나는 하늘을
바라보며 지금까지 지켜 주시고 다시 만나게 하신 그분께 감사의 기
도를 올려 본다.

　나는 사랑하는 이들이 오면 자주 가는 카페가 있다. 하와이 코
나의 꽃향기와 코나의 과일 향기로 가득한 노점상 거리를 지난다.
코나 바다의 짙은 블루컬러 건물이 눈에 선명하게 보이기 시작하
고 우뚝 솟은 전망대 위를 올라가서 코나 바다를 바라보면 갑자기
내가 '마도로스'가 된 듯한 착각이 든다. 그곳이 코나커피 전문점
D.L.M(Daylight Mind) 카페이다.

　건물 위로 솟아난 굴뚝 위로 하얀 연기가 몽실몽실 피어나고 내
코에 스쳐 지나가는 코나커피 향기는 나를 향해 오라고 손짓한다.
마침 오늘 코나커피 로스팅을 하는 시간인 듯하다. 그 향기에 이끌

리는 대로 로스팅 과정이 잘 보이는 2층 계단 중간에 턱을 기대고 바라본다. 로스터는 잔뜩 긴장한 듯 하면서도 동시에 여유로움을 풍긴다.

로스팅을 시작한 지 30분이 지나갔을까, 로스터가 힘차게 드럼 밸브를 올리고 내리면 짙은 갈색으로 바뀐 코나커피 빈이 쏟아져 나온다. 그 향기가 로스터의 사랑의 마음을 담아 그 넓은 카페 공간을 충분하고도 넘치게 채운다. 구수하다고 표현 해야 하나, 어머니가 집에서 볶으시던 참깨 볶는 구수한 참기름 냄새보다는 개운한 듯하고, 어린 시절 동네마다 뻥튀기 냄새의 달콤함보다는 조금 덜 단 듯한 향기라고 표현하면 될까.

테이블마다 그 사랑과 그 향기에 물들어 사랑하는 사람과 함께 가장 행복한 미소로 바뀌어 가는 모습을 본다. 그리고 나는 온 세상이 이런 행복함으로 가득 찬 세상이 되기를 온 마음으로 기도해 본다.

사람에게는 누구나 자신만이 가지고 있는 향기가 있다. 사랑하는 아내에게는 아내만이 가진 향기가 있고, 두 아들에게도 각각 자기만이 가진 특별한 향기가 있다. 기독교인에게는 기독교인의 향기가 있고, 불교인에게는 불교인의 향기가 있고, 천주교인에게는 천주교인의 향기가 있다. 종교를 가지지 않은 사람도 그들만의 향기가 있다.

그리고 나에게도 나만 가지고 있는 향기가 있다. 다른 사람이 느끼는 내 향기는 어떨까. 가만히 앉아서 생각해 본다. 내가 만나고 함께한 공간들이 많았을 텐데 그때마다 함께해온 사람들이 느꼈던 내 향기가 코나커피처럼 세상에서 가장 행복한 미소로 바꿔 주는 것이었을까 스스로 되물어본다.

고등학교까지 코나에서 함께 있다가 떠나기 전 두 아들과 함께했던 그 시간과 공간 안에서 그들의 미소를 행복하게 한 향기를 내었는지 나는 되묻고 있다. 벌써 결혼 25주년을 보낸 아내의 인생이라는 공간 안에 어떤 향기를 내고 나는 살았는지, 20여 년을 가까이 함께해 온 가족이 오늘 이곳 코나에 왔는데 지난 내 목회 인생이 어떤 향기를 내며 살았는지 한번 물어보고 싶다.

사랑의 향기가 무엇인지 섬김과 희생의 향기가 무엇인지를 보이시고 내게 그렇게 목회자로서 살라 말씀하신 그분이 "너는 그리스도의 향기라"고 말씀하셨다. 오늘따라 갓 로스팅 되어 나온 코나커피 향기가 나의 인생을 되돌아보게 한다.

코나커피는 세 번 중요한 향기를 낸다. 첫 번째는 로스팅할 때 나는 향기다. 생두(Green Bean)가 아주 뜨거운 열을 만나면서 화학반응

이 일어날 때 나는 향기는 삶의 엄청난 변화를 의미하는 것 같다. 인생에 죽음이란 문턱에서 기적적으로 살아 돌아온 어느 노병의 이야기를 들을 때 나는 향기라고 말해야 하나, 그 정도는 아니더라도 각자의 인생에 죽을 것만 같았던 가장 힘든 시간을 넘어온 사람만이 느낄 수 있는 향기라고 말할 수 있다. 그런 시간을 넘어온 사람의 언어와 그 태도는 도리어 차분해지며 잔잔히 아주 깊숙하게 다가오듯이 오늘 나에게는 코나커피 향기가 그런 느낌이다.

두 번째는 로스팅 된 코나커피 빈을 그라인더에 넣어 천천히 부서질 때 나는 특유의 향이다. 로스팅 되어 속에 품고 있던 그 향기가 잘게 잘게 부서지면서 나는 그 향기는 산모가 아주 오랫동안 태중에 사랑하는 마음으로 자녀를 품고 있다가 해산의 시간이 다 되어 자신의 소중한 육체를 희생하면서 내보내는 것 같다.

스스로 잘게 부서지면서 나는 이 향기는 그리스도인인 나는 십자가 위에서 자기를 비우신 그분의 향기라고 생각한다. 가끔 삶의 현장에서 위험의 순간에 누군가 나를 위해 온몸을 던지고 자신을 희생하는 사람들의 그 부서짐에서 느끼는 향기라 말하고 싶다. 누군가를 위해 자신의 몸을 부수기란 쉽지 않다. 나는 가끔 집에서 그 향기와 그 사랑을 느끼고 싶어 직접 작은 그라인더에 코나커피 빈을 넣는다. 그리고 천천히 손잡이를 돌리면 내 거실은 코나 커피 빈의 부서짐과 함께 그 사랑의 향기로 가득 채워져 간다.

세 번째는 잘게 부서진 코나커피를 여과지에 담고 커피를 내릴 때 나는 향기이다. 온도 97도 정도의 뜨거운 물을 조금씩 부어 본다. 신선한 코나커피가 뜨거운 물을 온몸에 받아 천천히 빵처럼 부풀어 오르면서 나는 향기가 있다. 누가복음 15장에 나오는 탕자를 안은 아버지의 가슴에서 나오는 향기와 같다. 아버지의 유산을 다 탕진하고 돌아오는 아들을 향해 달려가고, 몰골이 더러운 모습임에도 불구하고 팔로 끌어안고 이마에 뜨거운 입을 맞춤으로써 기뻐하던 그 아버지의 향기. 그 넓고 깊은 가슴을 가진 아버지에게서 뿜어나는 묵직하지만 진한 향기라 할 수 있다.

로스팅 과정을 옆에서 지켜보면서 코나커피의 향기에 잔잔히 젖어들어갈 때, 한국에서 온 사랑하는 가족과 지난 시절의 이야기를 나누다 보니 1996년도가 떠오른다. 97년에 교회를 건축하던 건설회사가 IMF 금융위기를 맞고 부도가 났다. 그 일로 교회 안에 엄청난 재정적 어려움이 오면서 그 부담감을 감당하기 어려운 사람들은 교회를 떠나게 되었고 더는 감당하기가 버거워 나도 떠나려 했던 기억이 떠오른다.

　내 사랑하는 믿음의 가족도 그 죽을 것 같은 불구덩이에 처했던 힘든 시간이었다. 나는 1년간 사례비를 포기해야 했다. 아니, 정확히 말하면 받을 재정이 교회에서 나오질 않았다. 이제 초등학교 1학년에 입학한 아들 환희에게 주머니에 천 원이 없어 준비물을 사 줄 수 없었던 순간도 있었다. 천 원이 그토록 소중함을 느껴 본 적은 처음이었다. 온수가 나오지 않는 3평 되는 교회기도실에서 전기장판을 켜고 겨울을 넘겨야 했던 그 시절은 내 인생에 죽을 것만 같은 시간이었는데, 그 시간이 나에게는 목회자가 어떤 마음을 가지고 살아야 하는 사람인지 그리고 내 인생에 어떤 삶의 변화를 거쳐야만 그분의 향기가 나는지를 가르쳐 주신 너무나 감사한 시간이기도 하다.

　그때가 코나커피가 그라인더에 잘게 잘게 부서지듯 내 인생도 부서지는 시간이었다. 내 잘난 교만도 부서지고 높아지려는 마음도, 쓸데없는 자존심도 아주 잘게 잘게 부서지던 시절이었다. 그 부서짐의 삶이 지금의 내 삶에서 피는 향기라고 말할 수 있을 텐데, 코나에서의 삶을 보면서 아직도 부서져야 할 것들이 많이 남은 것 같다. 나의 부서짐으로 내가 만나고 머무는 공간에 그 풍성한 향기로 가득 차고 있지는 못한 것 같다. 오늘도 부서지고 또 부서져야만 피어오르는 그 깊은 삶의 향기를 내기 위해 그분이 나에게 두고 가신 그라인더인 십자가 앞에 오늘도 머물러 본다.

　그리고 나는 아직도 코나커피처럼 뜨거운 물을 머금고 부풀어 오르면서 나는 그 아버지의 가슴에서 나오는 향기까지는 갈 길이 먼 것 같다. 모나고, 조금 튀고, 개성이 강하고, 좌충우돌하는 사람을 보면 아직 내가 가슴으로 품기 버겁다는 느낌을 많이 받기에, 아직 나는 코나커피처럼 밸런스가 잘 맞추어진 신의 성품에 이르기까지는 가야 할 시간과 길이 많이 남아 있는 듯하다.

코나에 머물며 내 인생이라는 여정의 길에서 만났고 지나간 수많은 사람에게 나는 그리스도의 그 향기를 그 흐르는 시간 속에 담아 향기를 내 품었는지 스스로 되물으며, 3박 4일의 아주 짧은 일정을 마치고 사랑하는 사람을 다시 떠나보냈다. 공항에서 돌아오는 길에 '부겐빌레아' 꽃은 여전히 수줍은 듯 고개를 돌리고 손을 흔들고 있고, 집 앞 플루메리아 꽃의 향기는 오늘도 여전히 코나커피의 향기와 함께 은은하고 천천히 마음 한가운데로 아주 깊게 스며들어 온다.

- 부겐빌레아(Bougain Villea)
  '영원한 사랑, 정열적인 사랑'이라는 꽃말을 가진 꽃으로, 프랑스 루이 15세 때 항해사 '부겐 빌'이 발견하여 유래된 꽃이다.

- 플루메리아(Plumeria)
  '행운', '축복'이라는 꽃말을 가진 꽃으로 하와이인은 자신의 인생에 들어오는 사람에게 이 꽃으로 만든 목걸이를 걸어 준다.

☕ 커피 한 잔의 여유
  내가 가장 좋아하는 향기는 뭘까? 나는 이 세상에서 어떤 향기를 내는 사람이고 어떤 향기를 내고 싶은지 잠시 생각해 보자.

아름다운 동행

코나의 거리에는 구석마다 갤러리가 있다.

아름다운 코나의 모습을 화폭에 담아 두고 마음에 오래 간직하려는 화가의 그 마음을 나는 본다. 그분이 창조하신 대자연의 웅장함을 담는 이도 있고, 식물 하나하나 섬세함을 표현하려는 화가의 애씀도 있다. 오늘도 코나의 아름다운 모습을 캠퍼스에 담으려는 어느 무명 화가의 손놀림이 부드럽고 섬세하다.

내가 자주 가는 다운타운 카페 코나 헤이븐 옆에도 갤러리가 있다. 오전 10시쯤 되면 흰 턱수염을 기르고 약간 지나온 세월만큼 허리가 굽어져 보이는 할아버지 화가 한 분이 갤러리 문을 연다. 바닥에 카펫이 깔리고 그 위에 미술 도구들이 하나씩 하나둘씩 올려진다. 평소에 스케치해 놓은 수첩이나 코나의 아름다움을 찍어 놓은 사진 수첩을 펼쳐 보며 깊은 생각에 빠진다. 한 폭의 그림을 그리기 위한 화가들의 그 애씀에 경의를 표하고 싶다.

지금까지 코나에 살면서 내가 본 그림 중 가장 좋아하는 그림이 있다.

아주 자주 가는 다운타운 맥도날드에 가서 그 그림을 보면 아름다

운 동행에 대해 많은 생각이 든다. 그 그림은 나를 타임머신을 태우고 아주 오래전 하와이안 어린 어부의 삶의 현장으로 인도한다. 15살쯤 보이는 어린이가 물고기를 잡으러 바다로 향한다. 그 어린이의 아버지가 먼저 세상을 떠났는지 나는 모른다. 그러나 아버지가 책임져야 할 가정의 생계를 자신이 이어 나가야 하는 어려운 형편의 자녀가 아닌가 하는 생각이 든다.

그물을 어깨에 메고 출렁이는 코나의 바닷가로 홀로 나온 것은 어려운 현실과 형편을 알려 주는 것 같다. 용암이 흘러 온통 까만 바위 위에서 코나의 바다 향해 파도를 마주 보고 서 있다. 그물을 어깨에 메고 약간 허리를 숙인 채 유심히 파도의 흐름을 바라본다.

물고기 떼가 파도를 깊숙이, 은밀히 타고 들어오려 한다. 바위에 붙어 있는 해초를 먹기 위해 "니느위"(은색 돔) 물고기 떼가 들어왔다가 파도를 타고 재빠르게 빠져나간다. 그 순간을 잡으려는 어린 어부의 고뇌가 시작된다. 한참의 기다림의 시간을 옆에서 지켜보는 듯한 내가 마치 그 현장에 있는 듯하다. 어린 나이에 홀로 바다에 서있는 것이 마음이 아프다…….

어린 어부의 눈이 한곳을 집중하며 바라보고 있다. 그 얼굴에 긴장감이 흐른다. 한참을 기다렸던 물고기 떼가 들어오기 시작하는 것 같다. 10m 멀리서 큰 파도 밑에 은밀히 자신의 몸을 감추고 침투작전을 하듯 숨어들어 온다.

순간 그 어린 어부의 머릿속에는 아버지와 동행하며 물고기를 잡으러 나갔던 행복한 추억들이 스쳐 지나간다. 이 절체절명의 순간에 아버지는 참 잘하셨는데. 재빠르게 은밀히 해초를 물고 빠지는 물고기를 내가 잡을 수 있을까. 긴장하며 빠르게 들어오는 물고기에서 시선을 떼지 않으려 한다. 그 순간 뒤에서 등을 툭 때리시며 이때라고 사인을 주는 듯하다.

어린 어부는 그 정확한 타이밍에 아버지가 가르쳐 준 대로 힘차게 자기 앞을 쓸고 지나간 파도의 뒷면을 향해 그물을 던진다. 내 눈에는 그 어린 어부의 뒷모습에 희미한 잔상이 겹쳐 떠오른다. 나이가 있는 어느 하와이안 어부가 그물을 힘 있게 던지는 모습이다. 어린 어부의 아버지가 분명한 것 같다. 아직도 어린 어부는 자신의 뒷면에 사랑하는 아버지가 동행하고 함께 서 있었음을 알지 못하는 듯하다.

파도가 스쳐 지나가고 그물을 천천히 거두어들인다. 20~30cm 정도 되는 물고기들의 그물에 걸려 요동하는 모습이 천천히 시야에 들어온다. 그리고 어린 어부의 눈도 휘둥그레진다. 뒤를 한번 돌아본다. 내 뒤에 누가 있는지 한번 돌아보는 것 같다. 자신의 어린 인생에 이런 경험이 처음 있었는지 놀란 듯하다. 분명 자신의 등 뒤에서 가장 적절한 타이밍의 사인을 누군가 준 것 같은데 등 뒤에 아무도 보이지 않는다.

내가 생각하기에는 어느 날 코나 앞바다에서 그물을 던지는 그 뒤에서 동행하는 아버지의 모습을 본 어느 무명 화가가 그 모습을 그린 듯하다. 그 아름다운 동행의 그림이 내가 아이들과 함께 가는 맥도날드 벽에 걸려 있다. 나는 그 그림이 이곳 코나에서 본 가장 아름다운 그림이라고 말하고 싶다.

내가 코나에서 보내온 시간 속에도 수없이 많은 사람이 오고 갔다. 그러나 언젠가 내가 문득 홀로인 듯한 느낌을 받고 살 때가 있다. 직업적으로 내 마음의 이야기를 누군가에게 편안하게 다 나눌 만한 삶이 아니기에 더욱 그렇다. 아내에게도 내 마음을 다 나누지 못할 이야기가 있다. 그리고 내 아내도 목회자의 아내로서 비슷한 외로움을 느끼며 살 수밖에 없다. 타인의 고민과 그 이야기는 많이 듣는다. 그러나 나의 삶의 이야기를 나눌 친구이자 삶의 동행자가 나는 항상 그립다.

사람이 사는 곳이면 어디든 이런 일 저런 일이 일어남을 본다. 사실이 아닌 것이 사실처럼 변하고, 누군가의 뒤에서 부정적인 말들을 하고 사는 사람들은 어디에든 있다. 들려오는 수많은 소리가 내 영혼에 파도처럼 밀려오던 날, 나는 누군가를 붙잡고 내 마음의 이야기를 할 사람이 없어 그 억울함과 북받쳐 올라오는 내 화난 감정을 가지고 가서 당장 따지고 싶어도 나는 따질 수가 없었다. 이런 상황이 오면 코나 커피 한 잔을 들고 내가 자주 가는 코나의 앞바다 그곳에 간다.

그곳에는 한 그루의 야자수가 있고, 그 야자수 옆에 외롭게 반쪽 짜리 꽃을 피우는 '나우파카(Naupaka)' 꽃이 있다. 하와이안은 이 꽃을 '러브 플라워(Love Flower)'라고 부른다. 전설에 의하면, 너무나 사랑하는 두 연인을 질투의 여신 펠레(Pele)가 저주를 내려 둘을 갈라놓았다는 것이다. 인간의 시기와 질투는 어느 민족 어느 나라든 같은 것 같다. 그 옛날 사랑하는 이와 아름다운 동행을 했던 그 그리움을 말하듯 반쪽짜리 꽃을 피우며 바닷가에 서서 외로이 피우고 있다.

그가 나를 바라본다. 오늘따라 자신과 비슷한 처지인 듯 나를 위로하면서 바라본다. 동병상련이랄까, 옆에 꽃잎 하나를 따다 둘이 합쳐 외롭지 않게 붙여 놓는다. 짧은 시간이라도 아름다운 동행이 되기를 소망하면서 말이다. 나우파카 꽃을 옆에 끼고 아주 평편한 바위 위에 홀로 앉아 깊은 상념에 빠진다.

내 발밑 투명하게 보이는 바닷속 아름다운 노랑 열대어들도 이런 날이면 아름답게 보이지 않는다. 바다도 하늘도 잿빛으로 바뀌어 버린 듯이 보이고 파도가 쉬지 않고 계속해서 밀려오듯이 그 외로움과 쓸쓸함이 내 영혼에도 계속해서 밀려온다. 파도를 내가 거부할 수 없듯이 도리어 믿었던 사람들에 대한 섭섭함과 억울함이 거부할 수 없을 정도로 파도처럼 내 마음의 벽을 마구 때리고 간다.

내가 사랑했고 사랑해서 머물렀던 코나, 그래서 인생의 중요한 40대의 시간을 다 쏟은 코나가 미워질 때가 있다. 하던 모든 것을 놓고 싶고 훌훌 멀리 떠나가고 싶다. 내 직업을 내려놓고 떠나기 전에 하고 싶은 말도 다하고, 따지고 싶은 사람에게도 일일이 가서 왜 그랬느냐고 따지고 싶다. 나의 화난 감정을 폭발하고 싶을 때 폭발할 수 있는 평범한 사람이 되고 싶은 생각이 밀려온다.

그 순간에 누군가 내 어깨 위에 손을 얹었다.

살며시 나뭇잎을 스쳐 가듯이 시원한 코나의 바닷바람이 내 머리를 스치고 지나간다. 어린 시절 내가 친구들과 놀다 억울해할 때 내 곁에 잠잠히 서 주셨던 내 아버지의 영혼 같은 시원한 느낌이랄까, 올라온 감정도 잔잔해지고 머릿속의 복잡함도 조금은 차분해진다.

이때쯤 내가 생각나고 즐겨 부르는 노래가 있다.

> 너무 서두르지 마 애써 따라오려 하지 말고
> 오히려 천천히 그래, 그렇게 다가와 내가 여기서 기다릴게
> 숨이 찰 땐 걸어오렴 힘이 들 땐 그랬던 것처럼
> 앞으로도 우린 아주 먼 길을 가야만 해 서두르지 마
> 함께 걸어가는 것 그것이 내겐 소중해
> 조금 늦는 것쯤 상관없어 내가 지쳐 있을 때
> 네가 기다려 준 것처럼
>
> 「내게로」

나는 노래를 흥얼거리며 코나의 거리를 걸어간다. 이 노래가 끝날 때쯤 내 곁에 지금 누군가 있음을 느낄 수 있다. 고개를 좌우로 돌려 어린 어부처럼 내 옆을 둘러본다. 내 육신의 눈으로는 아무것도 보이지 않는다. 그러나 내 영혼의 눈으로는 옆에 계신 그분의 보습이 희미하게 보이기 시작한다. 아직도 세속의 더러운 것들로 내 눈이 가리어져 선명하게 볼 수는 없지만 "내가 너를 절대로 떠나지 않으

리라" 말씀하셨던 그분이 내 곁에 계신 것이 분명하다.

이곳 코나에서의 삶이 여전히 나는 혼자인 줄 알았는데 내 인생은 그분과 함께 걷는 아름다운 동행이었다. 감사함이 내 입술에서 흘러 나오기 시작한다. 나를 힘들게 하고 억울했던 모든 일이 그렇게 대수롭지 않게 보이고 내 영혼도 평안해져 온다.

내 발밑에 놀던 노란 열대어들도 아름답게 보이고 잿빛 바다와 하늘도 색채가 바뀐 듯 아름답게 다가온다. 그리고 코나에서 살아온 시간들에 대한 감사함도 파도처럼 밀려온다. 함께 여기서 살아온 가족들도 모두 그 파도에 실려 감사함으로 다가온다. 내가 혼자가 아닌, 아름다운 동행을 하는 인생의 여정임을 알게 한 그분께, 코나의 시원한 바람에 손짓하며 나의 마음을 전해 본다.

아직도 여전히 삶의 해결해야 할 문제들이 산적해 있고, 계속 내 삶에 파도처럼 도전해 오지만 내가 혼자가 아닌 그분과 아름다운 동행을 하고 있기에 견딜 만하고 살 만하다. 여전히 내 곁에서 동행하시는 그분께 감사를 드린다.

- 대중가요 「내게로」
  작사 박창학, 작곡 유정연, 대중가수 장혜진 씨가 노래 불렀다.

- 나우파카(Naupaka)
  바닷가 주변에 많이 핀다. 사랑하는 연인을 기다리는 꽃이다.

☕ 커피 한 잔의 여유
  함께 동행하고 싶은 사람과 어떤 영화를 볼지 생각해 보자. 그리고 이번에 함께 여행하고 싶은 사람과 함께 여행 계획 한번 멋지게 세워 보자.

흰 머리카락과 깡마른 얼굴에 선명하게 그어진 주름.

그 얼굴에서 어르신의 삶이 내 영혼에 깊게 다가온다. 한 10개 정도의 플라스틱 의자와 손수 가지고 온 다양한 음향 장비와 여러 가지의 악기들을 세팅하기 시작한다. 기타, 우쿨렐레(네 줄 하와이 전통 악기), 하모니카, 색소폰 등과 각종 아주 작은 타악기 등을 나열하고 있다. 흘러간 팝송과 함께 자신의 인생의 사연을 담아 노래하고, 그것이 거리마다 흘러 사람의 마음에 머물게 한다. 그 무명가수를 보면 지나온 인생의 사연이 보이는 듯하다.

인생이 복잡하게 얽힌 사람들일까, 한두 명씩 자리를 채워 가고 있다. 한 손에는 바로 옆의 코나커피 전문점에서 주문한 커피 한 잔을 들고 지나간 옛 추억이 생각이 났는지 한쪽 벽에 기대고 있다. 흐르는 음악에 자신의 인생을 담는 듯 무명가수의 노래에 심취된다.

내성적이고 매사에 적극적이지는 않은 나는 가만히 맨 뒷자리 모서리 마지막 의자에 살며시 앉는다. 잠시 시간이 흘러갔을 뿐인데 벌써 나의 발가락에 아주 작은 흔들림이 있다. 내 손가락도 리듬을 타고 얼마 후면 나도 그 노래에 내 마음을 담아 가고 있다. 같이 따

라 부르기도 하고 마음으로도 노래한다. 그 무명가수의 노래가 내 인생이 되고 내 인생이 그의 노래가 되어 코나의 거리로 흘러간다.

매주 금요일이 되면 나에게도 직업병처럼 오는 부담감이 있다. 오는 주일마다 사랑하는 믿음의 가족에게 밥 짓기를 준비해야 하기 때문이다(나는 설교를 밥 짓기와 같이 생각한다). 항상 좋은 밥을 지어 가족에게 주고 싶은 어머니의 마음이지만 나의 어머니도 가끔씩 삼층밥을 지어 준 적이 있다. 그래도 나를 사랑했던 어머님의 마음이 변하지 않음을 나는 안다. 나도 어떨 때는 삼층밥을 내어 준 어머니처럼 설교 준비가 손에 안 잡히는 금요일 오후가 올 때가 있다. 복잡한 내 머리를 아무리 쥐어뜯어도 안 될 땐 안 된다. 그럴 때면 조금 마음의 여유를 가지고 달래기 위해 걸어서 그 얼굴에 인생이 담긴 거리의 무명가수의 멜로디가 들려오는 그곳(코나 인 레스토랑) 옆으로 나는 간다. 내 인생에 노래는 나의 마음의 안식처이며 위로이다. 노래 하나가 흘러 들려온다. 아리랑을 부르면 한국인의 마음을 느낄 수 있듯이 하와이안들의 아리랑이라 말할 수 있는 노래로, 너무나 사랑했는데 헤어지라고 하니 두고 떠나야 하는 한 여인의 사연 있는 노래다.

검은 구름 하늘을 가리고 이별의 날은 왔도다
다시 만날 날을 기대하고 서로 작별하여 떠나가네
들려오는 저 물새 소리 이별을 서러워하고
날마다 가는 갈매기 떼들 우리 작별을 슬퍼하네

「알로 하오에」

이 노래는 유명 팝가수 '엘비스 프레슬리'가 부르면서 전 세계인의 사랑을 받은 노래이다. 사랑하는 연인과 이별의 아쉬움을 노래한 이야기로 알고 있지만, 사실 이 노래는 하와이 왕조의 무너짐을 슬퍼하면서 마지막 여왕이었던 '릴리우오칼라니(Liliuokalani)'의 조국에 대한 슬픔과 아픈 사연이 담긴 노래이다. 사랑하는 임을 떠나보내야 하듯 떠나가는 저 먹구름에 조국의 운명을 실어 보내면서도 그 노래 속에 다시 만날 소망을 담아 노래한다. 나는 이런 노래들이 좋다. 자신의 삶과 사연이 담긴 그런 노래 말이다. 그래서 나는 단순한 노래가 아니라 그 사람의 인생을 들을 수 있는 그런 노래가 좋다.

레스토랑 하루의 일과가 끝이 나고 땅거미가 드리워지고 거리의 사람들이 오던 길로 돌아가 한 명 두 명 사라져 갈 때면, 다시 그 노래 「알로하오에」가 마지막으로 들려온다. 그리고 먼 옛날 그때 그 시절로 들려오는 선율이 나를 인도해 가고 흥얼흥얼 입가에 이 노래가 흘러나온다.

긴 밤 지새우며 풀잎마다 맺힌 진주보다 고운 아침 이슬처럼
태양은 묘지위에 붉게 타오르고…

80년 민주화의 격동의 대학 시절부터 20대 중반 초급장교 시절 나는 이 노래 양희은의 「아침 이슬」을 참 많이 불렀다. 그때부터 지금까지 내가 잘 알고 있는 유일한 대중가요중 하나였기도 하고 좋아서 부르기도 했다. 1985년 내가 모시던 당시 박민순, 방효복 두 분의 대대장님은 힘든 훈련을 마치고 부대로 복귀한 후 수고한 초급장교들을 위해 강원도 철원 내대리 생맥줏집에서 맥주 한 잔 시원하게 사 주셨다. 그러면 반드시 나를 일으켜 세워 이 노래를 부르라고 명령하셨다. 군대는 하라 하면 해야 하는 곳이 아닌가.

그분의 인생에도 이 노래에 삶과 사연이 담겨 있나, 짐작이 드는데 초급장교가 어떻게 높으신 지휘관에게 물어볼 수가 있겠나. 27년 만에 나는 그를 한국 수지에 있는 코나 커피 전문점인 '헤이븐'에서 만났다. 왜 그때 그 노래를 좋아하셨는지 그 이유를 묻고 싶었는데 미처 물어보지 못했다. 언제가 다시 만날 기회가 온다면 꼭 물어보고 싶다.

이제는 50대 중반을 넘어 세월이 흘러간 만큼 살아온 삶과 사연이 다 있을, 함께했던 동기들과 같이 다시 한번 만나 보고 싶고 다시 그 노래를 불러 보고 싶다. 젊어 거친 광야를 걷는 나이이든 이미 세월이 흘러 지나온 거친 인생의 광야에서 서러움이 아직도 각자의 인생에 남아 있는 나이이든, 동기생들과 다시 한번 불러 보고 싶은 생각이 나는 것을 보니 아직도 이 노래가 내 삶과 마음을 전해 주는 나의 노래로 남아 있나 보다.

코나에서 아주 젊은 시절을 보내고 뉴욕으로 떠난 사랑하는 친구가 있다. 그는 다시 힘든 시간을 보내고 코나로 돌아왔다. 너무나 반갑게 마음을 나누어 본다. 그런데 예전에 내가 기억하던 그 얼굴 그 모습은 아니었다. 큰 꿈을 가지고 더 큰 세계를 향해 떠난 그가 보낸 뉴욕에서의 삶은 만만치 않았었나 보다.

어느 주일 저녁, 헤이븐 카페에서 노래를 듣는 시간을 청했다. 그의 노래에는 아픈 인생이 보였고, 그 사연이 노래에 배어 흘러 흘러

코나의 거리를 적셔 갔다. 그가 뉴욕의 삶을 정리하고 자신의 영적 고향인 코나로 돌아올 때 작사·작곡한 노래를 들을 때면 빠르게 흐르는 뉴욕에서의 삶이 쉽지 않았음이 느껴진다.

나만의 하와이 그리운 하와이 멀리 떠나 버린 나의 사랑

하와이 다시는 못 보겠지 난 항상 생각했지

멀게만 느껴지는 여기는 뉴욕 시티 도심 속에

꿍꿍 앓는 차들 사이로 걷네 콧대 높은 뉴욕 스타일 나는 따라

할 수 없네 촌스러운 나의 스마일 현실은 용서하지 않네

외로운 만남 속에 지쳐 가네 난 돌아가고 싶네

기타를 타고 몰아치는 세상을 나는 서핑하네

고향 없는 나그네 어디든 나의 집이라네

내 사랑이 함께라면 나는 어디든 갈 수 있네

파도 소리 따라 나는 다시 돌아가고 있네

돌아갈 수가 있네 나는 느낄 수가 있네

그대 잊을 수가 없네 나는 돌아가야 하네

You're like a sweet, sweet dream

You're like a sweet, sweet dream

You're like a sweet dreams come true

You're like a mmmmm……

「나만의 하와이」

아직도 육체적으로 정서적 · 영적으로 회복할 부분들이 많이 남아
보인다. 그러나 이제 그가 안식의 땅이자 내 아버지의 집인 은혜의
보호 날개 아래에서 온전히 회복되리라 나는 확신한다. 우리에게는
언젠가 다 아버지의 집을 떠나는 날이 온다. 자신의 부르심을 따라

떠나는 그날이 오기 전에, 아팠던 뉴욕의 거리와 그 땅과 사람들을 사랑해서 다시 뉴욕으로 돌아가는 날, 내가 그의 노래를 뉴욕에서 들을 수 있는 그날을 나는 꿈꾸어 본다. 생각만 해도 기분이 좋다.

　나도 이곳에 머물면서 나의 지난 삶을 생각하며 내 인생에 처음으로 노래 가사를 만들어 보았다. 자신의 소중한 존재와 가치를 잃어 지친 사람들의 마음에 들려주는 그런 노래, 누가 이 가사에 곡을 붙여 주면 한번 멋지게 부르고 싶다. 나는 이 가사의 제목을 「코나커피의 노래」라고 붙여 보았다.

　　흐르는 세월의 바람에 몸을 실어 본다
　　아주 작은 씨앗 하나가 날아간다
　　어디서 오고 어디로 가고 흐르는지 모른다
　　바람에 물어봐도 대답이 없다
　　나를 아는 이도 없다 나도 나를 모른 채 오늘도 바람에 날려간다
　　흐르는 세월의 파도에 몸을 실어 본다
　　아주 작은 씨앗 하나가 떠나간다
　　어디에 머물지 무엇을 해야 하는지 모른다 흐
　　르는 파도에 물어봐도 대답은 없다

　　나의 작은 모습 때문에 나를 사랑하는 이도 없다
　　나도 날 사랑하지 않은 채 파도에 내 몸을 실려 떠나간다
　　내 영혼이 외쳐댄다 난 외로워 난 외로워 하늘에 외쳐 본다
　　난 누군지 난 누군지 스치는 바람과 파도에 물어본다
　　그러나 아직 대답은 없다

세월의 바람에 날려 모를 어딘가 머문다

그곳 길모퉁이에서 나는 아주 작은 꽃을 피운다

나를 바라봐 주는 이도 없고 기억하는 이도 없지만

그분이 전해 준 그곳에서 봄을 알린다

흐르는 인생의 파도에 실려 머문 그 자리에서

나는 아주 작은 꽃나무가 된다

넌 특별해 넌 소중해 하늘이 열리고 노래가 되어 들려온다

넌 축복해 넌 사랑해 바람과 파도에 실려 내 귀에 들려온다

내가 모를 나를 그분은 안다

내가 어디서 오고 어디로 가고 있었는지

내가 이 작은 꽃을 피우기 위해 그 수고와 애씀을 그분은 안다

아무도 몰라도 바라봐 주는 이도 없어도

그 장소에 머물고 흘렀던 그 시간을 그분은 안다

하늘의 별도 알고 바람도 파도도 안다

넌 특별해 넌 소중해 널 축복해 널 사랑해

넌 특별해 넌 소중해 널 축복해 널 사랑해

「코나커피의 노래」

　　코나에 머물고 코나를 사랑하는 이들이 많다. 이곳 코나로 인도하
신 그분의 사랑에 감사하면서, 내 삶과 마음을 노래에 담아 코나의 거
리에 흘려보내는, 누군가 이 가사에 곡을 붙여 삶에 희망을 주는 노래
를 만들어 주면 여기 코나의 거리에서 부르는 날이 오기를 꿈꿔 본다.

오늘도 야자수 머리 위에서 영원히 이글거릴 것 같았던 태양도 작별을 고하고 떠났다. 이제 시간이 흘러 거리에는 온통 어둠이 짙게 깔리고 내 곁에 다정하게 다가오던 아주 작은 이름 모를 새들도 작별을 고하고 자기 집으로 들어가고 있다. 여기저기 스쳐 지나가는 거리 사람들도 떠나갈 그 무렵에 들리는 그 노래, 「코나커피의 노래」가 소망처럼 다가온다.

"넌 특별해 넌 소중해 널 축복해 널 사랑해"
"넌 특별해 넌 소중해 널 축복해 널 사랑해"

오늘도 사랑함과 아쉬움이 어느 무명가수 곁에서 한 명 두 명씩 다음을 기약하고 떠나간다. 어둠 속으로 떠나가는 하와이안의 얼굴에서 꽃피는 시절 다시 만나지는 못했지만 소망이라는 그 믿음을 가슴에 한 아름 담고 떠나가는 모습 안에, 사랑함과 감사함으로 가득 찬 것이 보인다. 나를 나보다 더 잘 아시고 사랑하시는 주님이 있어 나는 오늘도 내 인생을 그분께 맡기고 세월이라는 바람과 파도에 실어 떠나간다.

- 알로하오에(Aloha Oe)
  하와이 왕국의 85년의 역사가 사라지는 아픔을, 그 마음을 노래한 곡의 이름이기도 하다.

- 코나 인 레스토랑 머드파이(Kona Inn Restaurant Mud Pie)
  진흙 색의 코나 커피 아이스크림으로 꼭 한번 이 레스토랑에 방문해 맛보라고 권유하고 싶다.

☕ 커피 한 잔의 여유
  내가 지금 불러보고 싶은 노래나 듣고 싶은 노래를 찾아 지금 들어 보자.

코나에서의 일주일 중 나에게 제일 바쁜 날이 있다.

달력에 빨간 표시가 되어 있는 주일이면 남들에겐 쉬는 날이지만 나에겐 그날이 제일 바쁜 날이다. 주일 아침부터 마음이 분주해진다.

코나 다운타운에서 남쪽으로 한 4km 가다 보면 쉘(Shell) 주유소가 나오는데, 그 사거리에서 좌회전해서 100m 정도 올라가면 '레이라니'(하와이 말로 '천국의 목걸이')라는 도로를 타고 들어간다. 그리고 얼마 안 가 지붕은 있는데 벽이 없는 교회 건물이 나타난다. 코나는 산 중턱으로 올라오면 점점 시원해진다. 냉방이 필요 없고 선풍기도 필요 없다. 산에서 불어오는 시원한 바람을 느끼며 예배드릴 수 있도록 이 교회는 지붕은 있지만 벽이 없다.

내 직업은 목사다. 코나에 온 지 10여 년이 넘어간다. 주일이 되면 예배를 인도하면서 찬양도 부르고 설교도 한다. 오후 1시 예배가 시작되기 전 찬양 팀들은 찬양을 연습하고 조금 열심인 신자들이 일찍 교회로 모여든다. 젊은 날에 시작하여 28년 내내 늘 해왔던 일이고, 이곳 코나에서도 늘 반복되는 익숙한 일이기도 하다. 시간이 되어 찬양이 시작되고 내 영혼을 건드리기 시작한다. 조금 더 시간이

흐러가면 열정적인 모습으로 예배가 인도된다. 나도 더 크게 소리를
높여 부르기 시작한다. 그런데 기분이 오늘 조금 이상하다.

전에 느끼지 못했던 묘한 느낌이 왔다. 높은 음정으로 올라갈수
록 약간의 어지럼증이 느껴진다. 순간 앞에 놓인 강단을 붙잡고 높
이 부르던 찬양을 아주 작은 목소리로 줄여 부른다. 설교하던 시간

이 시작된다. 평소처럼 메시지를 전하는데, 조금 전 찬양시간에 느끼던 그 이상한 기분과 어지러움이 느껴진다. 이런 느낌을 전에는 한 번도 경험해 본 적이 없어 당황했다.

예배를 마치고 돌아오는 길에 아내에게 조심스럽게 오늘 있었던 일과 느낌에 대해 말문을 연다. 손을 툭 치면서 말이다. 아직도 나는 아내를 다정하게 부르는 데 익숙하지 못하다.

"오늘 내 모습이 조금 이상하지 않았어?"

"아니, 왜?"

아내가 대수롭지 않다는 듯 대답 한다.

"강단에 서 있는데 좀 기분이 이상해지면서 어지러움이 왔는데 당신 혹시 보지 못했어?"

"아니, 별로 이상하지는 않았는데.

오늘은 평소보다 말을 조금 천천히 한 것 외에는 별다른 모습은 없었어."

사실은 일부러 교인들이 못 느끼도록 말을 아주 천천히 조심스럽게 했다. 아내는 내가 강단에 설 때마다 항상 뒤에서 눈을 감고 중보기도를 한다. 그래서 나의 모습을 잘 못 볼 수도 있다. 가만히 집으로 돌아와서 지난 시간들을 천천히 생각해 봤다. 천천히 흐르는 코나의 시간 속에서도 나의 내면에는 쉼이 없이 빠르게 흘러온 지난 시간들이 있어, 몸이 그에 정직하게 반응하고 있는 듯하다.

나의 한 사랑하는 친구 목사가 건강상태가 안 좋아 건강 검진을 받은 적이 있다. 자신의 신분을 밝히지 않고 진료를 받았는데, 결과는 간경화가 심하게 진행된 상태라고 말했다. 의사 선생님이 목사인지 모르는 친구에게 이렇게 말했다.

"평소에 얼마나 술을 마시고 담배를 폈으면 간이 이 지경이 될 때까지 모르셨습니까? 무슨 일을 하시기에 스트레스를 이렇게 많이 받으십니까?"

"무슨 일을 하시기에 스트레스를 이렇게 많이 받으십니까?"

친구 목사는 아무 말도 하지 못하고 조용히 병원을 나와야 했다고 한다. 사실 세상에 자기 마음 하나도 다스리기 힘든데 목회란 상처 받고 아픈 사람의 마음을 위로하고 흐트러진 내면을 정리 정돈하도록 돕는 일처럼 힘든 일이 세상에 어디 또 있겠는가. 나도 지난 수년 동안 쉬지 않고 달려왔다. 내 육체가 안식이 필요하다고 여기저기서 빨강 신호등처럼 사인을 주고 있다.

유대인들은 하루를 저녁 일몰에 시작해서, 아침이 되면 일을 시작한 후 다음 날 일몰까지를 한 날로 계산한다. 우리의 달력도 쉬라고 빨강 신호등처럼 경고하고, 그리고 다음에 월요일부터 일을 시작하도록 해 놓았다. 우리의 몸은 창조주가 일하고 쉬라고 만들어 놓은 디자인이 아니라, 쉬고 자고 나서 일어나 아침에 일하라고 디자인해

놓았는데 지난 코나에서 나는 삶도 세월도 반대로 살아온 것 같다.

아주 분주한 주일을 보내고 월요일 아침에 나는 '호쿠'와 함께 나의 오랜 친구 박 실장을 만나러 코나커피 농장에 올라간다. 다운타운 카페를 지나 '쿠아키니 하이웨이'를 타고 남쪽으로 내려가다 보면 좌·우측에 코나커피 농장지대가 나온다. 온통 나무 가지가지마다 빨갛게 물들었던 커피나무는 이제 그 수고를 다하고 앙상한 가지만 남아 있다. 그 서 있는 모습이 내가 힘없이 어지러워 한 손으로 강단을 잡은 모습과 비슷하게 보이는 듯하다.

코나 커피 농장은 이제 안식의 계절 그 문턱에 서 있다. 매년 2~3월이 되면 숨 가쁘게 걸어온 한 해의 추수가 마무리되고 다음 해를 준비하기 위한 안식의 시간을 맞이하는 것이다. 농부도 그리고 나무도 힘들게 걸어온 길을 격려받고 칭찬받고 싶어 하는 것 같다.

'호쿠'가 나에게 물어본다.

"라이트친구, 커피 농장에 안식의 계절이 다가오면 커피 농장에서 해야 할 가장 소중한 일이 무엇인지 알고 있나?"

"아니, 무슨 중요하게 해야 할 일이 있어?"

'호쿠'가 말을 잇는다.

"감사한 마음과 가지치기를 하는 시간이라고."

농부는 거두어들인 수확에 대한 감사, 때를 따라 필요한 비와 해를 주신 지나온 시간에 대한 감사, 쉽지 않은 시간 속에서도 고비 고비마다 잘 견뎌 주고, 묵묵히 걸어와 준 코나커피나무와 농부인 자기 자신에 대한 감사로 하루하루를 보내며 달콤한 휴식의 시간을 가진다. 우리가 농장을 방문할 때면 마음의 여유와 함께 거둔 첫 수확으로 박 실장이 내린 코나커피 한 잔을 나에게 전해 준다. 카페에서 마시던 코나커피 맛과는 또 다른 느낌이다.

코나커피 특유의 신맛과 단맛이 커피나무를 바라보며 마시는 안식의 계절에 잘 어우러지고, 마침 불어오는 바람이 커피나무 사이사이를 휘감아 돌아내린 코나커피 그 향기 속에 농부와 커피나무의 수고 어린 마음과 사랑도 담겨 있는 듯하다. 이 안식의 계절에 농장에 올라와 코나커피의 첫 열매로 갓 로스팅한 코나커피 한 잔과 함께 감사와 휴식의 시간을 가져 본 적이 얼마나 됐나, 헤아려 본다.

빠르게 흘러가는 한국 목회사역의 현장에서 쉼 없이 달려오다 온몸이 만신창이가 되어 처음 코나를 찾아왔다. 그땐 내게 이곳은 내 영혼이 안식하는 장소였지만, 지금은 내겐 안식처가 아닌 사역의 현장으로 바뀌었다. 다시 내 몸에서 사역의 모든 짐을 잠시 내려놓고, 지난 시간들을 돌아보고 감사의 시간을 보내야 할 시간이 나에게도 다시 필요함을 깨닫는다. 코나커피 한 모금을 마시며 농부는 깊은 생각에 잠긴 듯 천천히 자기 자신의 삶을 바라보며 한 해의 수고로움을 이해하는 마음으로 격려의 메시지를 보내고 있다. 다시 농부는 코나 커피의 한 모금을 머금고 커피나무를 바라본다. 최선을 다해 열매를 맺어 주고 농부인 자신과 함께한 시간들에 감사해한다. 다시 한 모금을 마시고 하늘을 바라본다. 때를 따라 모든 필요를 채워 주신 하늘의 그분께 감사의 마음을 올린다.

'감사', 이것이 코나커피 농장의 안식 계절에 차분히 앉아 그분께 올려야 할 가장 중요한 것임을 알게 된 시간이었다.

커피 농장에서 안식의 시간에 하는 중요한 또 다른 일은 '가지치기'

다. 커피 한 잔을 마시면서 충분한 감사의 마음과 휴식을 보낸 농부는 천천히 커피나무 옆으로 다가가 묵은 가지를 잘라 내는 '가지치기'를 시작한다. 삼사 년간 열심히 열매를 맺은 커피나무의 가지는 수명이 다하여 그 옆에 새순이 나고 자라기 시작한다. 수명을 다한 가지를 치고 모아 두었다가 불에 태우는 것이다. 어제는 필요한 것들이지만 내일은 불필요한 것들이다. 그래서 안식의 시간에 매일매일 '자르고 버리는 훈련'의 시간을 보내야만 한다. 다음 인생의 여정에 가지고 갈 필요가 없는 가지를 정리해 주고 복잡하고 너무 많은 일을 단순하게 정리해 보는 것 말이다. 어제는 필요했지만 내일은 불필요한 일이나 만남, 너무나 많은 내 타이틀들을 정리하는 것을 의미하는 것과 같다.

코나커피 농부는 과감하게 가지를 잘라 낸다. 사정없이 잘려 나간 앙상한 커피나무를 보며 나는 걱정스러운 눈빛으로 농부를 바라본다. 그러나 농부의 눈 속에는 확신이 있다. 농부는 먼 훗날에 이루어질 그 믿음으로 얼굴 가득 평안함으로 차오른다.

나의 눈은 자꾸 현실을 보고 농부의 눈은 내일을 본다. 나는 지금을 보고 농부는 믿음으로 다음 해에 맺어질 미래의 커피나무를 본다. 그리고 농부는 즐거운 마음으로 거침없이 가지치기를 시작한다. 지금 당장 아깝고 아쉽긴 하지만, 더 큰 꿈을 이루기 위해 그리고 코나 커피의 그 깊은 맛을 지구촌 멀리 있는 친구들에게 전해 주기 위한 여행을 떠나기 위해 아쉬운 작별의 시간을 보낸다.

나도 지난 수년간 쉬지 않고 달려왔다. 안식이 필요하다고 내 몸 여기저기서 사인을 주고 있다. 나를 너무나 잘 알고 있는 '호쿠'가 나에게 조용히 속삭인다.

"라이트 친구, 내 생각에 지금은 안식의 시즌인 것 같아."

그가 아주 조심스럽게 나의 귓전에 이야기한다. '다음 시즌을 멋지게 준비하고 다음 세대 자녀들에게 소중한 믿음의 유산을 남기는 자가 되기 위한 재충전의 시간'이라고……

안식이 얼마나 소중하기에 주님은 그날을 자신의 성품을 따라 거룩함으로 지키라고 했을까. 열심히 일하고 사역하는 것만이 거룩한 일이라 생각하고 달려왔는데 쉬는 것도 거룩하고 소중한 시간임을 알게 한 커피 농장의 농부에게 감사드린다. 나는 지구촌에 머무는 모든 사랑하는 이들에게 '안식'은 거룩한 일이라고 전하고 싶다. 쉬라고 사인이 몸에서 오기 전에 먼저 불필요한 짐들을 정리하고 가족과 함께 감사의 시간을 보내라고 말하고 싶다.

- 가지치기
  코나 커피나무는 삼사 년 열매를 맺은 후, 더 좋은 수확을 위해 2월이 오면 가지치기를 한다.

- 커피 한 잔의 여유
  언젠가 나만의 안식처가 될 만한 장소에 갈 날짜와 시간을 계획해 보고, 꼭 그런 시간을 가지도록 나 자신과 약속 하자.

아름다운
열매

코나는 온통 빨간 코나커피 열매로 물들어 간다. 코나의 거리도 오색 물결의 유니폼으로 젖어 들어간다. 코나커피 추수의 계절이 시작되는 매년 10월 둘째 주 토요일, 코나에서는 "코나 아이언맨 월드 챔피언십" 경기가 1년에 한 번 열린다. 인구 4만 명의 작은 도시에서 한꺼번에 많은 사람을 볼 수 있는 토요일 새벽이다. 나도 평소보다 일찍 일어났다. 스스로 이렇게 다짐한다. "이번에는 기필코 아주 가까운 거리에서 아이언맨의 출발하는 모습을 보리라."

조용하던 토요일, 코나의 새벽이 분주하게 움직이기 시작한다. 늘 다니던 다운타운 거리에는 차량이 사라지고 밤새 어디들 숨어 있다가 나오는지 수많은 사람이 여기저기서 쏟아져 나오기 시작한다. 평소에 늘 천천히 걷던 어르신들도 이날만큼은 아주 빠른 걸음으로 발길을 옮긴다. 아직 잠에서 덜 깬 아이들이 어디로 왜 가는지도 모른 채 거의 다 감긴 두 눈을 하고는 아빠의 손을 꼭 잡고 총총걸음으로 아주 빠르게 움직인다. 그동안 각자의 가야 할 목적이 다르고 삶의 방향도 달라 여러 방향으로 갔는데 오늘 새벽에는 어린아이부터 모든 사람이 한 방향을 향해 가고 있다.

　멀리서 지켜보아야만 했던 지난 시간들의 아쉬움을 이번에는 반복
하고 싶지 않았다. 아직도 그대로 깔린 짙은 어둠을 뚫고 나도 조금
은 빠른 걸음으로 코나 앞 부두를 향한다. 나의 빠른 걸음을 보았는
지 덩달아 사람들이 빠르게 발걸음을 옮긴다.

　경기 시작 전 새벽 5시, 벌써 코나의 앞바다는 사람들로 가득하다.
밤새 부둣가 방파제 위에서 잠을 자고 그 자리를 지키고 있었는지,
이불을 깔고 누워 있는 사람도 보인다. 이른 새벽인데도 이렇게 많은
사람이 나와 있으리라 생각지도 못했다. 나도 재빨리 아이언맨의 경
기를 알리는 광고표지판 사이로 조그만 공간에 비집고 아주 어렵게
자리를 차지했다. 아직도 한 시간 반 이상 더 기다려야 한다.

　천천히 어둠이 사라지기 시작하고 최초 하와이인 교회 종탑 위로
조금씩 밝아지는 모습으로 변해 온다. ESPN TV 중계 헬기는 코나
의 하늘을 날고, 아나운서는 흥분을 감추지 못한 채 떨리는 목소리

로 경기를 안내한다. 잠시 후면 수천 명의 선수가 자신과의 싸움을 시작할 것이다.

경기 시작 10분 전을 알리는 하와이의 고동 소리가 길게 울려 퍼진다. 잠시 후 대포의 포성이 "펑!" 하고 크게 울리자, 일제히 거친 파도를 향해 자신의 몸을 던진다. 수영 3.8km, 사이클 182km, 마라톤 풀코스 42.195km를 새벽 6시 30분쯤 출발하여 밤 12시, 그러니까 자정까지 들어와야 하는 긴 여정이 시작됐다.

고향을 찾아온 고래 떼처럼 거친 태평양 바다를 향해 헤엄쳐 가는 모습이 장관이다. 돌고래들도 뒤질세라 등지느러미가 아주 바쁘게 들락거리고 뒤처진 놈은 얼마나 급했는지 자신의 몸을 공중에 날리고 난리를 친다. 한 시간 정도가 지났을까, 벌써 수영을 마친 선수가 물속에서 뛰쳐나온다. 자전거로 갈아타고 아이언맨 경기의 가장 긴 코스인 사이클 코스가 시작된다. 6~7시간 후면 마지막 마라톤 코스에 오게 될 경기 진행요원들의 준비가 분주하다.

코나의 도로에는 자동차들이 사라지고, 사람들은 길옆에 마실 물과 음료수들을 준비해 놓고 선수가 오기만을 기다린다. 지구촌에서 온 가족들의 모습으로 점점 코나의 거리는 한층 충만해진다. 코나 다운타운 거리의 바닥은 이제부터 어린아이들의 까만 도화지가 된다. 아름다운 색색의 분필로 힘겹게 달리는 아빠와 자신이 응원하는 선수들을 향한 격려의 말과 응원 문구를 써대느라 아이들의 얼굴에는 진지함과 즐거움이 가득 찼다.

아이들의 손놀림이 더욱더 빠르게 움직인다. 내 마음도 아이들의 손놀림처럼 내 얼굴의 도화지에 응원의 문구를 그려 간다. 코나 다운타운은 거리거리마다 온통 격려와 응원의 문구로 가득 채워진다. 가족이 준비한 피켓을 들고 응원하기도 하고 긴 나팔을 불기도 하고, 또 어떤 이는 소리를 지르며 지나가는 선수 한 명 한 명에게 응원의 메시지를 보낸다. 이 시간에 듣는 가족들의 응원 메시지가 내 인생 중에 가장 많은 격려의 말을 듣는 행복한 시간이 된다.

경기 시작 10시간이 지났다. 힘겹게 지나간다. 아이들이 바닥에 써놓은 응원 문구를 바라본다. 그리고 마지막 마라톤을 향해 뛰어간다. 아이들의 목소리도 더욱더 커지고, 얼음과 물을 나누어 주는 4,000여 명의 자원봉사자, 코나 가족들의 얼굴이 붉은 태양에 그을린다. 온통 코나가 빨간 커피 열매처럼 되어 간다. 내가 본 얼굴 중에 오늘 본 붉게 그을린 그 모습이 세상에서 가장 아름답게 보인다.

새벽 6시 45분에 출발한 후, 이제 13시간이 지났다. 50대 아주 후반쯤 보이는 한 한국 여자 선수가 마지막 마라톤 코스인 코나 다운타운 사거리를 돌아 하이웨이로 올라가는 언덕을 힘겹게 오른다. 얼마나 힘이 드는지 뛰질 못하고 걸어 올라온다. 점점 가까이 다가온다. 그 힘겹게 올라오는 선수가 기다리고 기다리던 한국 선수다. 나도 모르게 탄성이 나온다. "와, 한국 선수다."

가끔 오랜 기다림 중에 한국 선수가 보이면 가슴이 벅차 온다. 코나에서 만나는 한국 선수는 나를 한국인으로 태어난 것을 자랑스럽게 여기게 하는 힘이 있다. 그래서 나는 몇몇 친구들과 함께 늘 이맘때가 되면 태극기를 들고 코나의 거리로 나간다.

그의 얼굴에 피곤함과 버거움으로 가득한 모습이 역력하다. 앞으로도 이 언덕을 넘어 어두운 밤거리 20여 킬로미터를 더 달려야 하는 그 현실 앞에 그의 내면 안에서 치열한 싸움이 벌어짐을 본다. 주저앉음과 일어섬, 포기와 앞으로 나아감의 내면의 교차로의 갈림길이 계속되는 듯하다. 발걸음조차 떼기 힘들어 많은 생각에 잠긴 채 늘어진 어깨와 무거운 다리를 옮겨 가며 언덕을 오른다.

그 순간에 늦은 밤까지 응원하던 코나에 사는 한 여인이 그 선수 앞으로 뛰쳐나온다.

그가 이렇게 말한다. "나의 눈을 크게 바라보라고."

그리고 분명하고 또박또박 말을 한다.

"너는 할 수 있어. 내가 너를 응원할 거야."

천천히 언덕을 걸어 올라가는 선수인 자신도 알고 있다. 이런 상태로 걸어가다 보면 밤 12시 안에 들어오기가 쉽지 않은 거리라는 것을……. 머리가 복잡한 상황에 자신을 향해 응원하고 격려해 줌은

고맙긴 하다. 그러나 내가 이 경주를 끝까지 마칠 수 있을까 하는 생각에 아직도 내면의 싸움이 계속되고 있고, 힘들어하는 것이 보였다. 그때 다시 옆에서 격려의 메시지가 들려온다. 아주 분명하고 확신에 찬 음성이었다.

"내가 반드시 피니시 라인에서 기다리고 있겠다. 너는 할 수 있다."

새끼손가락을 보이며 '지금 나하고 약속하라'는 것이다.

너는 꼭 해낼 수 있을 것이라고, 내가 너를 끝까지 응원하며

마지막 피니시 라인에서 기다릴 것이라고, 그러니까 지금 나하고 약속하라고.

한국 선수 얼굴에 감동과 감격이 밀려온다.

코나 가족의 응원과 격려의 말에 하늘로부터 그분이 임한다. 두 다리와 팔에 힘이 나고 불신의 생각으로 가득 찬 머리가 확신으로

가득 찬다. 숨 가쁨과 고통이 점점 사라지고 호흡이 그분으로 인해 편안해진다. 그리고 2시간쯤 지났나, 얼마 남지 않은 피니시 라인이 점점 가까워 온다. 벌써 밤 10시를 훨씬 넘긴 시각이다. 아주 기나긴 시간이 흘렀다.

그녀가 저 멀리서 달려온다. 미리 준비한 대형 태극기를 머리 위로 높이 들고 뛰어온다. 마지막 한국 선수의 등장에 응원 나온 한국인은 더 크게 소리를 외친다. 자신과의 힘겨운 싸움에서 이기고 달려오는 선수를 향해 코나의 사람들은 다 일어서서 아낌없는 박수와 경의를 표한다.

피니시 라인에서 기다린다던 한 그 여인이 약속대로 기다리고 있었다. 자신을 위해 격려해 주고 끝까지 기다리는 그녀가 멀리서 점점 선명하게 보인다. 그리고 감사와 감격이 밀려오고 두 눈에는 흐르는 눈물을 주체할 수가 없다. 참으려 해도 흐르는 눈물이 그녀의 뺨을 적시고 코나의 거리도 그 감사와 사랑에 적셔진다. 두 사람은 손을 마주 잡고 마음 깊이 하늘을 향해 감사의 기도를 올린다. 그리고 그 선수는 피니시 라인을 힘차게 통과한다.

내가 사는 코나는 이런 따뜻한 격려의 말과 응원의 마음이 있는 곳이다.

코나의 사람들을 나는 좋아한다. 이런 친구들이 있는 코나에 사는 것을 나는 행복하게 생각한다. 오늘 아침 누가 말하더라. 그분이 하와이안 안에 숨겨 놓은 '알로하 스피릿'이라고……

코나는 지금 빨간 커피 열매로 가득 찬 추수의 계절을 맞이하고 있다.

지금 코나 후알랄라이 산에 오르면 길 좌·우측으로 온통 코나커피의 빨간 열매가 가득하다. 지난 1년간 수고한 농부가 커피나무에게 힘찬 격려의 박수를 보낸다. 농부가 보내는 그 격려와 응원의 소리를 들었는지, 커피 열매는 수줍어하는 듯 고개를 잠시 돌리고 그 얼굴은 더 붉게 물들어 간다. 그 모습을 보는 내 얼굴도 붉게 물들어간다.

지금 코나 산은 빨간 커피 열매로 온통 물들어 간다. 아이언맨 경기를 마치고 숙소로 돌아가는 가족들로 코나의 거리는 지금 형형색색 아름다운 유니폼으로 물들어 가고 있다. 지난 한 해를 힘들게 비바람과 더위와 추위를 싸우고 이겨 온 코나커피나무가 빨간 커피 열매를 가득 안고 피니시 라인에 도착한 이 수확의 계절, 하와이 코나에서 그분의 숨결과 '알로하 스피릿'이 담긴 빨간 코나커피 열매를 가슴에 한 아름 전한다.

- 코나 아이언맨 월드 챔피언십(Kona Iron Man World Championship)
  코나 경기가 특별한 이유는 각 나라에서의 지역 예선에서 티켓을 확보한 사람만 참가할 수 있기 때문이다. 전 세계 철인삼종경기 동호회 회원이라면 평생 한 번 참가해 보고 싶어 하는 경기이다.

- 아이언맨의 역사
  1978년 호놀룰루 오아후 진주만에 근무하는 미 해군 중령 존 콜린스와 동료 14명에 의해서 시작되었다.

☕ 커피 한 잔의 여유
  나에게 힘이 되는 응원 문구를 5개만 적어 보자. 작은 목소리로, 그러나 확신에 차서 마음에 외쳐 보자. '나는 죽을 때까지 포기하지 않아!'

성격 급한 '키고'가 나를 보더니 두 다리를 들고 달려든다.

자신을 향해 내가 사랑하는지 다시 한번 확인하려고 한다. 소극적 성격인 어린 '코아'는 늘 내 등 뒤에서 나를 살살 따라온다. 나는 여전히 사랑한다고 머리를 쓰다듬어 준다. 항상 그랬듯이 커피 농장에는 언제나 나를 반겨 주는 두 친구 '키고'와 '코아'라는 사냥개가 있다.

나의 사랑을 확인한 키고는 내가 커피 농장을 방문할 때마다 습관처럼 나를 앞서가며 농장을 안내하기 시작한다. 비탈길을 내려가는 길에 떨어진 커피나무 조각을 들면 앞서가던 키고는 사냥개의 본능처럼 가던 길을 멈추고 나를 바라본다. 빨리 던지라고 나에게 고개를 쳐들고 눈으로 강렬하게 사인을 준다. 내가 있는 힘을 다해 아주 멀리 던져도 항상 두 놈은 쏜살같이 달려가서 던진 막대기를 반드시 물어서 나에게 가지고 돌아온다. 그것이 그들을 향한 나의 사랑의 표현이고, 자신들도 내가 사랑하는 줄을 안다.

한바탕 두 놈과 신나게 막대기 찾기 게임을 끝내고 나면 키코와 코아는 내가 다음에 어디로 갈지 안다. 잘 가꾸어 놓은 정원으로 돌아 코나커피 농장 집 백향목으로 지은 '시다 하우스' 앞으로 인도한

다.가는 길에는 특이하고 화려한 모습을 한 하와이의 꽃들이 피어 있다. 정원주가 심어 놓은 꽃들이다. 꽃들이 나를 바라본다. 자신이 누구인지 그 당당함과 자신감의 아우라가 전해 온다. 이 정원을 지나는 수많은 사람이 자신의 화려함과 아름다움에 매료되어 가던 길을 멈추고 바라보리라는 것을 그들은 잘 알고 있다. 나도 그들의 화려함에 가던 길을 멈춘다. 내 손에 든 아이폰으로 몇 장의 사진을 찍어 본다. 카메라에 담긴 그 모습에 나도 감탄을 하며 바라본다. 그리고 그 화려함에 경의를 표한다. 그 꽃들은 서로를 보면서도 즐거워하는 듯하다.

나는 잘 가꾸어진 정원을 돌아 코나커피나무가 있는 농장으로 내려가는 옆길로 발길을 옮긴다. 여전히 코아와 키코는 나와 동행한다. 수없이 많이 다닌 길이지만 한 번도 시선이 가지 않았던 친구들이 숨어 있다가 오늘 내 눈에 들어오고 가던 길을 멈추게 한다. 자신을 바라봐 달라는 것도 아니다. 그 생김새가 독특하고 내 눈을 사로잡는 화려한 모양도 아니다. 멋진 색으로 옷을 입은 친구들도 아니다. 그리고 잘 보이는 위치에 있지도 않다. 농장 정원에서 능숙한 정원지기의 손길로 가꾸어진 꽃들도 아니었다.

어디서 그 씨앗이 날아왔는지 나는 모른다. 흐르는 세월에 그 바람에 몸을 실려 날아오다 창조주가 줄로 정해 주신 그 구역에 정착한 작은 이름 모를 꽃들이다. 금방 내 눈에 띄는 모양도 아니고 잘 가꾸어지고 정원에 올려진 꽃도 아니었다. 그저 농장 옆길 언저리 끝에서 꽃을 피우고 있다. 창조주가 자신에게 주어진 그 세월의 시간에 봄을 알리는 꽃을 피우고 있다.

이곳 코나에서도 흐르는 세월 속에 수없이 많은 사람이 지나간다. 지금도 여전히 코나는 오고 사람들이 여전히 지나간다. 그러면 화려한 경력이나 멋들어진 사람이 눈에 먼저 들어오게 마련이다. 그러나 나는 그냥 커피 농장 길옆 모퉁이에 있는 이름 모를 그 꽃과 같다. 창조주가 나에게 주어진 그 자리는 코나에 있다. 세월이 흘렀고 지금도 흐르고 있다. 봄이 되면 그 봄을 알리는 꽃처럼 화려하지는 않지만, 오늘도 그 꽃을 피우며 산다.

잠시 가던 길을 멈추고 길옆 모퉁이 꽃과 그 모습을 물끄러미 바라본다. 동질감을 느끼며 친밀하게 다가간다. 전에는 화려한 꽃에 내 시선이 있었는데, 이제는 내 인생과 비슷한 이 꽃에 마음이 가고 나의 시선이 머문다. 길모퉁이 어귀에 있는 그 꽃에서 내 인생을 보고 내 삶을 본다.

오늘은 어제의 일을 생각하며 걷고 싶었다. 늘 뛰어다니던 발걸음을 멈추고 천천히 걸어간다. 전에는 눈에 들어오지 않았던, 무관심 속에 스쳐 지나갔던 이 길에서 오늘은 작은 꽃들이 내 눈에 들어온다.

이렇게 많은 꽃이 여기에 있는 줄을 이제야 안 나는 깜짝 놀랐다. 그동안 내가 어디에 초점을 맞추고 살았는지 말해 주는 듯했다. 늘 화려한 꽃에만 시선이 가고 내 마음이 거기에 가 있기에 보지 못했던 작은 꽃들, 이렇게 많은 꽃이 그분이 줄로 정해 준 구역에 꽃을 피우고 있는지 몰랐다. 나는 미안한 마음으로 길옆 아주 작은 꽃들을 바라본다. 길옆 펜스에 힘겹게 기어 올라온 아주 작은 노란 꽃, 돌담 옆으로 피어난 가련한 여인의 몸매처럼 서 있는 꽃들. 내가 가던 길을 멈추고 물끄러미 바라보니 이룬 것이 없는 자신을 바라봄에 감사함으로 나를 향하여 미소를 띤다.

한 번도 이렇게 가까이서 자신을 깊이 바라봐 준 경험이 없었던지, 자신을 이렇게 가까이 오랫동안 사랑스럽게 깊은 마음으로 바라봐 주는 것이 익숙하지 않은 듯 연신 그 얼굴이 빨개지는 시골 어린아이의 얼굴을 보는 듯하다.

주차장 옆길 사이사이 건물을 돌았다. 주차장 모퉁이 사이에 힘겹게 피어난 꽃이 있다. 주변에 가까이 함께할 친구도 없다. 어떻게 창조주가 저기다 저 꽃의 인생을 정하여 주었을까. 그러나 그의 모습에서 원망함이나 불평함이 없어 보인다. 그 자리에 그들은 거기에 꽃을 피우고 자신의 소명을 말없이 순종하며 이루어 가고 있다.

자신이 할 수 있는 최선의 수고와 애씀으로 봄을 알리는 작은 꽃들, 하늘에서 전하는 좋은 봄을 알리는 기쁜 소식을 전하기 위해 소박하지만 아름답게 피어오른 그 꽃들이 오늘따라 나의 마음에 많은 위로와 격려로 다가온다. 가던 길을 멈추고 하늘을 바라보며 감사를 드린다.

나는 그 꽃이 어디서부터 왔는지 알지 못한다. 그러나 창조주는 안다. 그가 이 작은 꽃을 피워 하늘의 소식을 전하기까지 아무도 알아주지도 바라보지도 않는 그 장소에서 흘린 땀과 수고를 나는 모른다. 그러나 그분은 안다. 작은 꽃들은 자신을 향한 그 사랑과 관심에 그분께 최고의 경의를 표해 드린다. 그리고 하늘의 문이 열리고 그분이 그 자리에 가득 찬다. 그분의 거룩함을 보고 그 작은 꽃에서 나는 순결함을 본다. 그리고 겸손함과 신실함을 보고 그 순종함을 본다. 그 안에서 과묵함과 충성을 본다.

길모퉁이작은 꽃들처럼 사랑의 향기를 전하기 위해 나는 여기에 있다. 소박하고 작은 꽃을 피우고 있는 나에게 하늘 아버지가 내 이름을 부르며 이렇게 말씀하신다.

> 땅에 있는 '교문'은 존귀한 자니
> 나의 모든 즐거움이 '교문'에게 있도다
> 내게 줄로 재어 준 구역(코나)은 아름다운 곳에 있음이여
> 나의 기업이 실로 아름답도다

(시 16:3,6)

지구촌에는 60억의 수많은 사람이 살고 있다. 사람들은 눈에 띄고 화려한 꿈을 키워 간다. 나도 그런 삶을 기대하며 산 적이 있다. 그러나 오늘 내가 여기서 이해하는 것은 겸손함으로 꽃을 피워 온 자들이라면 다 소중하고 존귀한 자들이라는 것이다. 아주 평범하고 그 꿈이 크지 않아도 그분이 머물라 하신 그 자리에서 꽃을 피워 온 사람들에게 그분은 격려와 박수를 보내고 있다.

지금도 지구촌 구석마다 살고 있고 부르심에 순종하며 머물고 계신 모든 이들에게 나는 오늘 그분의 사랑을 코나에서 전하려 한다. 도시의 화려함이나 거창한 모습, 그 뒤편에서도 자신에게 주어진 장소나 그 인생의 길에서 조용히 봄을 알리는 꽃을 피우는 모든 이들은 존귀한 자들이다. 여전히 창조주가 줄로 재어 준 그 구역에서 나는 살려 한다. 오늘도 하늘의 위로가 필요한 이들을 위해 아주 작지만 아름다운 꽃을 피우는 사람, 그런 사람으로 살려 한다.

하늘에서 음성이 들려온다. "땅에 있는 너는 존귀한 자라." 내 모습 속에서 피어난 소박한 꽃 한 송이를 바라보시고 "네가 나의 모든 즐거움이라." 그 하늘의 음성이 내 귓전에 계속 맴돌아 온다.

- 히비스커스(Hibiscus)
  하와이 주 정부 공식 꽃 "항상 새로운 아름다움"이라는 의미다. 왼쪽 귀에 걸면 결혼한 사람을, 오른쪽 귀에 걸면 미혼임을 나타내 준다.

☕ 커피 한 잔의 여유
  내가 머문 장소나 삶이 아주 작아 보여도 존귀한 것들임을 기억하고, 나 자신을 향해 존귀하고 소중하다고 지금 말해 보자.

커피나무 한 그루가 있다.

주인의 손에 이끌려 긴 항해의 여정 끝에 코나에 도착한다. 커피나무가 코나로 들어올 때 나와 비슷한 생각을 하지 않았을까, 나는 생각한다. 이 낯선 땅에, 태평양 한가운데 주인은 왜 나를 여기로 데려왔나 무언의 질문을 계속해 본다.

코나 산 중턱 주인의 집 옆에 심긴다. 친구도 없는 이곳에서 한 해, 두 해, 여러 해가 지나간다. 시간이 흐르며 내가 여기에 언제까지 머물러야 하는지, 여기에 내가 머물고 존재하는 이유가 무엇이고 그 의미는 무엇인지 질문해 보지만 주인의 대답은 없다. 자신 존재의 의미가 잊혀 간다고 생각하면서도 코나커피나무는 주인을 신뢰하고 묵묵히 그 자리를 지킨다. 여기 코나에 감춰진 창조주 그분의 선물을 모른 채 말이다.

요즘 사람들은 특별한 것을 좋아하고 특별해지려고 한다. TV를 보아도 특별한 재능이나 특별한 모습에 눈이 가고, 요즘 젊은이도 특별해지고 싶어 한다. 눈에도 코에도 혀에도 피어싱을 한다. 어떤 친구는 머리스타일로 아니면 패션으로 자신의 특별함을 표현하는 친구도 있다. 보기에 다 좋아 보이지는 않지만 그들만의 특별한 이유가 있지 않을까 나는 생각해 본다.

현대인에게 특별함이란 많은 사람의 시선이 집중되는 것이다. 그래서 시골보다는 많은 사람이 있는 도시를 좋아하고, 작은 일보다는 큰일이나 큰 비즈니스 하는 것을 좋아한다. 사람의 시선이 잘 뛰는 CEO나 사역의 리더가 되려 한다. 나도 여기서 자유로운 사람은 아닌 것 같다. 특별한 자리에 초대받기를 은근히 기대하는 나를 본다. 젊은이들과 방법은 다르지만 내 안에 여전히 이 세상으로부터 특별해지려는 몸부림이 있다. 내가 코나에 오기 전까지도 그랬고, 코나에 와서도 여전히 그 갈망이 있다.

특별해지려는 나의 몸부림과 갈망이 언제부터 내 안에 있었나 곰곰이 생각해 본다. 인간은 누구나 다 그러고 싶다고, 보편적 욕망이라고 치부하기에는 내 안의 그 갈급함과 조급함이 크다. 흔들리던 내 내면의 파도가 잠잠한 이 시간에 눈을 감고 주님이 인도하는 대로 나의 어린 시절로 돌아가 본다.

가부장적이고 장남을 중시하는 한국 문화에서 살아오신 나의 아버님은 그 문화에서 자유로운 분이 아니셨다. 4남 중에 셋째로 태어난 나는 항상 부모님의 뒷전에 있어야 했다. 형님 두 분은 초등학교 때 안양에서 서울로 전학을 시켰다. 그 옛날 그 시절에 부모로서 쉬운 결정은 아니셨다. 당신의 자녀를 사랑했기 때문이라 이해된다. 그러나 나는 내가 살던 안양, 관악산 계곡 밑 초등학교에 남아 그대로 다녔다.

운동을 좋아하는 형님 두 분은 겨울이 되면 새 스케이트를 사 주섰다. 그러나 나는 형님들이 타시다가 남은 헌 스케이트에 솜을 한 주먹 집어넣고 탔다. 언젠가 아버님이 새 스케이트를 사 주시던 날, 처음으로 내가 특별하다고 느꼈던 기억이 아직도 난다. 두 형님의 서울에 있는 초등학교 졸업식에는 부모님이 가셨지만, 나의 초등학교 졸업식에는 고모와 둘째 형님만이 오셨다. 어린 시절 조금은 소외된 듯한 삶의 그 빈자리가 나를 이렇게 특별해 지고 싶은 갈망함으로 이끌지는 않았나, 그런 생각이 내 머리에 스쳐 지나간다.

잠시 머물다 더 넓은 세상으로 떠나려 했던 코나는 내가 전에 살았던 인구가 2~3개 정도의 '동'에 불과한 작은 도시이다. 국제결혼을 하고 로컬에 사시는 분들이 있기는 하지만, 이 작은 도시에 내가 알고 있는 비즈니스 하는 한국인 부부는 불과 10여 가정에 불과하다. 여기서 특별해지기를 갈망하는 내 마음은 점점 멀어지는 듯했다.

여기는 미래에 누군가에게 보여 줄 만한 것을 계획할 수가 없는 지역이었다. 아무리 오랜 시간이 흘러도 코나는 변한 것이 없다. 코나의 시곗바늘은 항상 그 자리에 있는 것 같기에, 내일을 향한 큰 꿈과 비전이 있는 사람이 장기간 머물긴 쉽지 않은 곳이다.

언제가 스스로 질문해 본 적이 있다. 시간이 멈춘 여기서 언제까지 머물러야 하는지, 인생의 시간은 지금 빠르게 흘러가고 있는데 말이다. 내 영혼에 느껴지는 감정을 정리하기란 쉽지가 않았다. 특별해지고 싶어 하던 내 내면의 소망도, 비전도 여기에서는 성취하기 어렵다는 생각이 밀려올 때 착잡한 심정을 가진 채 한국을 방문한 적이 있었다.

한국을 방문하던 어느 날, 나를 특별히 사랑해 주신 지인으로부

터 연락이 왔다. 얘기하면 다 알 만한 분인데, 내가 여기서 밝힐 수 있는 것은 그분이 커피를 좋아한다는 것뿐이다. 서울 목동에 사시고 전에는 방송과 관련된 일을 하셨다. 아주 젠틀하시다. 코나에서 만난 사람 중에 나를 아주 특별하게 여겨 주시는 아주 드문 사람 중 한 분이시다. 가끔 메일로 코나에서 떠오른 생각을 나눌 때마다 많은 격려를 해 주신 분이다. 코나에서의 시간이 길어지면서 낮은 자존감으로 살아가던 순간에 나를 특별히 여겨 주는 사람을 만난다는 것처럼 행복한 일은 없다.

나는 다른 일정은 다 뒤로했다. 이런 분을 만나러 가는 것보다 더 소중하고 급한 일이 있겠는가. 코나에서 가지고 온 커피를 들고 서울 목동에 있는 어느 전철역으로 향했다. 늘 그래 왔듯이 코나커피에 내 사랑의 마음을 담아 전하는 그 시간이 나는 제일 행복하다. 약속 시각에 늦을까 봐 아주 분주하게 움직였다. 내 옆을 지나는 사람도 덩달아 분주해지는 듯했다.

내가 여러 해 만에 고국으로 돌아오면서 알게 된 한 가지 사실이 있다. 아주 번잡한 사거리나 지하철역, 눈에 잘 뛰고 좋은 자리 모퉁이에는 어김없이 커피숍이 도시를 채워 가고 있다는 것이다. 독특한 디자인과 눈에 확 사로잡은 색채가 특별해지고 싶은 현대인들의 마음을 보는 듯하다. 지나다니는 사람들의 손에는 각자가 좋아하는 브랜드 커피가 들려 있다. '나 이런 사람이야.' 하는 태도로 시선이 집중되기를 갈망하는 마음을 보는 듯하다.

지하철 계단을 숨 가쁘게 올라오고 모퉁이를 돌아섰다.

약속했던 커피숍이 눈에 들어왔다. 우리는 반갑게 인사를 나누고 서로 안부를 물었다. 언제부터인지 나는 마음을 감추는 것에 대해 익숙해져 습관처럼 아무 문제가 없다는 듯이 인사를 하곤 했다. 코나에서 갓 로스팅해서 가지고 온 코나커피 "엑스트라 펜시"를 건네 드렸다. MBC 방송국의 국장, 워싱턴 특파원으로 지내다가 그 특별한 자리를 다 내려놓고 지금까지 걸어오신 삶을 더듬어 보고 계신 분이다.

당신이 다니던 방송국에서 방영된 TV 드라마에 소개된 커피와 관련된 책 한 권을 나에게 건네주셨다. '커피프린스 1호점' 드라마에 나온 '은찬이' 선생님으로 그 드라마를 자문을 하신 이동진 씨가 쓴 "바리스타 따라잡기"라는 책이었다. 나에게 슬쩍 책을 내밀면서 그 목동 사거리 화려한 커피숍에서 건넨 말을, 나는 아직도 잊지 못하고 있다.

"코나커피에 관한 따뜻한 마음과 더불어, 코나커피 속에 삶의 이야기를 담아 쓸 수 있는 사람은 이 지구상에 목사님밖에 없습니다."

나에게 격려해 주면서 이렇게 말씀하신다. 목사님의 글 속에는 전문적으로 배우신 분들의 글처럼 세련된 문장은 아니지만 삶에서 나오는 다른 사람은 표현하기 힘든 특별함이 있다고, 코나커피를 늘 가까이 접하면서 인생의 뒤편에서 함께하시는 주님의 따뜻함을 목사님 외에 누가 알며, 그에 관한 글들을 어떻게 쓰겠냐고. 계속 쓰시면 아주 특별한 글이 나오게 될 것 같다는 말이다.

코나에 살고 있고 코나커피를 사랑하는 코나를 지나간 수많은 사람들 중 나에게 이렇게 직접 그 특별함을 이야기해 준 사람은 처음이다. 나 자신도 스스로 그렇게 한 번도 생각한 적이 없었다. 내가 다만 가끔씩 코나와 코나커피에서 느껴지는 삶의 이야기를 전해 드렸을 뿐인데 그렇게 읽어 주시고 생각해 주시고 특별하게 여겨 주신 그 한마디가 나에게는 엄청난 격려요, 코나에 살게 된 내 인생에도 이런 특별한 의미가 있다는 사실을 알게 하는 축복이었다.

가끔 내 삶에 일어난 여러 가지 소소한 이야기를, '코나커피 코나 생각'을 보내 드린 아주 짧은 글이 그분의 마음에 그리고 자신이 겪고 계신 복잡한 삶의 현실에 이따금 따듯한 삶의 이야기로 전해진 것 같아 감사할 뿐이다.

밤늦은 시간까지 이어지는 이야기는 끝이 보이지 않는 듯했다. 영업시간이 끝이 났다고 바리스타는 계속 무언의 사인을 줬다. 언제 다시 만나게 될지 모르는 인생에 아쉬움을 뒤로하고 서로가 어둠 속으로 사라지고 나는 서울역으로 향했다. 지하철 차창 너머로 보이는 서울의 화려함이 내 시야에서 빠르게 지나가고 있다 서울역에 내려 내 숙소가 있는 퇴계로 방면으로 걸어가면서 건너편 서울 스퀘어 빌딩의 화려한 조명이 자신을 봐달라고 얼굴을 크게 내비치고 있다. 여기저기 우뚝 솟은 빌딩마다 자신만의 특별함을 자랑하고 싶어 발산하는 불빛의 이글거림이 내 안에 아우성치는 나의 마음을 대변해 주는 듯하다. 남대문 회현역 SK 본사를 돌아 멀리 보이는 남산을 타워를 바라보며 숙소로 돌아오는 길에 참 많은 생각이 스쳤다. 내가 생각한 특별함과 내가 믿고 있는 주님이 생각하시는 특별함은 다른 것 같다. 그분의 생각이 조금이나마 이해되는 시간이었다.

나는 아주 작은 도시에 머무는 시간이 길어지면 길어질수록 특별함을 가질 수 없을 것으로 생각했다. 사람들의 기억 속에서 잊혀 가는 슬픈 시간이라고 생각했는데 '나를 알고 나를 사랑하는 그분은 코나의 시간을 그분의 방법대로 인도하고 계시는구나.' 하는 감사함에 잠을 이룰 수가 없었다. 지난 코나의 시간이 새롭게 다가왔다.

☕ 커피 한 잔의 여유
　　누군가 나를 존귀하게 여겨 주고 들려준 격려의 말을 한번 적어 보라.

명품 커피의 조건

코나커피가 어떻게 명품 커피가 되었을까.

아무 물건에다 '명품'이라는 단어를 쓸 수는 없다. 이 단어를 쓸 때는 그만한 이유와 타당함이 있어야 한다. 커피에도 3대 명품 커피가 있다. 세계 3대 명품 커피를 말하자면 자메이카 블루 마운틴, 예멘 모카, 그리고 코나커피이다. 한 해 총 생산량이 500톤 정도로 세계 커피 총생산량의 0.1%밖에 안 되는 코나커피가 어떻게 명품 커피가 되었을까?

미국 대통령을 만나기 위해 백악관을 방문하는 세계 정상들은 코나커피를 마신다. 미국 유명인들의 식탁에는 항상 코나커피가 올라온다. 코나커피는 미국에서 세계 시장으로 수출되는 유일한 커피 브랜드다.

이 귀한 커피를 내가 원하면 나는 어제든 어디서든 마실 수가 있다. 이곳 코나에 산다는 것도 나에겐 특별한 선물인 것을, 오랜 시간이 지나서야 알게 됐다. 코나커피 특유의 신맛은 동양의 '차'처럼 은은하게 다가오며, 지구상에 열대 과일 향기가 나는 커피는 세계 어디에도 없다. 코나커피가 왜 명품 커피가 되었는지 이유를 나에게 말하라면, 다음과 같이 말할 것이다.

명품 커피가 되려면 세 가지 특별한 조건이 있어야 한다.

첫째는 토양에 있다. 코나는 화산 폭발로 형성된 섬이다.

지금도 용암이 계속해서 분출되고 흐른다. 그렇게 형성된 현무암은 배수가 아주 잘되고 특별히 미네랄이 아주 풍부한 화산토로 덮여 있다. 그 특별한 토양 위에서 코나커피나무는 자라고 있다. 코나커피나무는 창조주가 이 땅에 선물한 미네랄을 매일 먹고 마시며 자라고 있다.

나는 가끔 새벽에 코나의 앞바다에 나의 몸을 맡기고 수영하는 시간을 가진다. 항상 느끼는 것은 수영하고 나오면 피부가 다시 살아나는 느낌이 든다는 것이다. 내 아내가 내 피부의 상태를 가장 잘 안다. 나의 피부는 윤기가 흐르고 반질반질하다. 코나의 바닷물에서 수영한 날이면 누군가 가까이 와서 말한다. 어떻게 피부 관리를 했기에 피부가 좋아졌냐고 말이다. 우리 몸에 꼭 필요한 미네랄 속에서 신실한 농부의 사랑에 의해 길러진 코나커피는 최고의 명품 커피가 될 수밖에 없다.

두 번째 이유는 커피나무가 성장하는 데 최적의 날씨 때문이다.

내가 어린 시절 사회 시간에 시험에 나올까 암기했던 기억이 난다. 대구 하면 사과, 나주 하면 배, 제주 하면 감귤이 생각이 난다. 포도 하면 내가 살던 안양이 유명하다고 교과서에 나온 기억이 있다. 그러나 지금 나의 고향 안양에는 포도가 없다. 포도는 슈퍼마켓에 가야 볼 수 있다.

어린 시절 마을 주변은 온통 포도밭으로 둘러싸여 있었다. 밤에 몰래 포도 서리를 한 기억이 난다. 지금까지 한 번도 회개한 적이 없다. 혹시 포도밭 주인이 살아 계시면 이 지면을 빌려 용서를 구한다. 안양이 포도로 유명한 이유는 날씨 때문이다. 동서남북 산으로 둘러싸인 분지로, 따뜻한 기온과 풍부한 태양이 포도의 당도를 높였다.

커피도 날씨의 영향을 상당히 받는다. 커피나무는 열대 식물이긴 하지만 조금은 까다로운 조건을 좋아한다. 좋은 커피 열매를 맺기 위해서는 적당한 태양과 적당한 그늘이 있는 환경이 조성되어야 한다. 더우면 계속 덥고 서늘한 날씨면 계속 서늘한 지역은 있어도, 하루 날씨가 반나절은 덥고 반나절은 서늘한 특별한 기후 조건이 갖춰진 지역이 얼마나 있겠나. 좋은 커피 열매를 맺기 위해 커피 농사를 하는 농장주들은 그래서 커피나무들 사이에 인위적으로 그늘을 만들어 준다. 큰 나무를 사이사이에 심어 놓았다가 오후가 되면 그늘이 형성되도록 하는 것이다.

그러나 코나는 그렇게 인위적으로 조성할 필요가 없다. 지리적인 영향으로 기압골이 밤낮으로 자연스러운 변화를 일으킨다. 아침에 일어나면 떠오르는 태양이 태평양 한가운데 내리쬐는 열기와 에너지는 상상 이상이다. 오전 내내 커피나무는 태양 에너지를 받으며 미네랄이 풍부한 토양에서 수분과 함께 다양한 영양분을 한껏 흡수한다.

그러다 오후가 되면 상황이 바뀐다. 코나의 뒷산인 '후알랄라이' 산에 걸쳐서 안식을 취하던 구름은 바람의 방향이 바뀌면 천천히 코나의 커피나무 머리 위로 내려온다. 태양 에너지를 정신없이 흡수하던 커피나무의 머리를 식혀 주듯이 시원한 바람과 함께 내려온다. 가끔 뿌려 주는 부슬비는 커피나무를 차분하게 하고 우리의 마음도 차분하게 한다. 코나는 커피나무에게는 창조주가 선물한 최고의 자연환경으로 여기서 자란 코나커피가 명품 커피가 되는 이유이기도 하다.

세 번째 이유는 밤과 낮의 일교차다.

코나커피나무가 자라는 지역은 해발 5~600m(1,800~2,000ft)로 산 중턱 즈음이다. 그리 높은 위치는 아니다. 낮에는 강렬한 태양열을 받아 뜨거운 열기 가운데 견디다 밤이 되면 온도가 급격히 떨어진다. 해발 4,205m인 '마우나케아'와 4,169m인 '마우나로아' 두 산 사이에서 불어오는 찬바람은 상상 그 이상으로 차갑다.

찬바람은 밤새 코나커피나무를 괴롭게 한다. 그래서 코나커피나무는 본능적으로 그 추위를 견디기 위해 커피 열매에 옷을 많이 입는다. 그래서 다른 커피 빈보다 크기가 아주 크고 짙은 녹색을 띠고 있다. 아주 매끈하고 빈 가운데 라인이 아주 일정하다. 처음 보는 순간 느끼는 감정이 '훌륭하고 환상적이다'라고 하여 코나 사람들은 코나커피를 '엑스트라 팬시(Extra Fancy)'라고도 부른다.

힘든 시간을 견딘 코나커피는 나의 친구와 같다.

그들과 함께 내가 코나에서 보낸 시간 속에서 나는 안다. 밤낮으로 날마다 얼마나 많은 고난의 시간을 보냈는지. 나로서는 코나커피 열매에 붙여진 그 이름이 마땅하다 생각한다. 코나커피나무는 인생의 희로애락을 경험한 사람과 같다. 지구상에 이런 고난을 경험한 커피나무가 얼마나 있겠는가. 고난으로 맺어진 그 한 잔은 커피나무의 깊은 인생을 마시는 것과 같다.

명품 커피는 그냥 만들어지는 것이 아니다.

반드시 고난이라는 그 시간을 지나야만 만들어진다. '고난이 내게 유익이라'는 주님의 말씀이 진리다. 고난의 시간은 그 인생을 명품 인생으로 만들어 가는 축복의 시간이라는 것을, 나는 코나에 머물면서 이해했다.

코나에 처음 들어온 커피나무가 그것을 알기나 했을까. 그가 여기 오기 전 어디에 있었는지를 나는 잘 모른다. 브라질에서 들어왔다는 유래도 있고, 포르투갈 상인들이 어디서 가지고 왔다는 유래도 있지만 커피나무를 어디서 가지고 왔는지는 나는 알 수는 없다. 그러나 분명한 사실 하나는 지금 코나커피나무는 여기 머물고 있고 여기서 자라고 있다는 것이다. 고난이라는 과정을 겪고 성장함으로써 명품 커피로 거듭나게 되고 특별해지는 경험을 나는 가까이서 본다.

이제야 조금씩 깨닫게 된 한 가지 사실은 어디든 감추어진 특별함이 있다는 것이다. 코나에서 경험하며 알게 된 것인데, 사막 한가운데든 황량한 들판 어디든 그분이 머물라 하신 그곳에는 이유가 있고 그 안에 감추어진 비밀이 있고 축복이 있다. 지구촌 어디든 특별한 선물이 있음을 나는 본다.

내가 유한해서 볼 수 없을 뿐이지, 세상에는 감추어진 비밀이 너무나 많이 있다. 내가 한국인으로 태어난 축복의 비밀이 있고 돌아가신 나의 부모님 김정락 · 임지연 님 두 분의 자녀로 태어난 특별한 이유가 있음을 나는 확신한다. 지난 시간들에 대해 후회하기보다는 내 인생에 숨겨진 보물이 무엇인지 알게 되기를 바라며, 이제는 감춰진 보화를 찾는 광부의 심정으로 살아간다.

나는 요즘 감추어진 보물을 캐는 즐거움과 기대감으로 산다. 내가 밟고 있는 땅을 그렇게 바라보고 내 인생에 스쳐 지나간 사람들 속에 감추어진 그 보물을 캐는 즐거움에 하루하루를 살고 있다. 내 아내와 허락한 두 아들의 삶에 감추어진 보물은 무엇인가 생각하면서 산다. 사랑하는 가족과 형님들 속에 숨겨진 그 보물을 내가 알게 되고 발견하게 되는 기쁨으로 산다. 내가 특별해지고 싶어서 특별해지는 것이 아니라, 다른 사람들은 절대로 가질 수 없는 나에게만 주어진 선물이 있기에 주님은 나를 특별하게 생각한다. 내 인생에 그분이 선물한 고난을 가슴에 품고 코나커피처럼 열매 맺기까지 시간을 지내다 보면 자연스럽게 특별해짐을 이제야 나는 조금 이해한다.

내가 여기 코나에 머무는 시간이 쉽지만은 않았다. 목회자로서 아비의 심정이 아니면 머물기 힘든 시간을 보내야 했다. 코나에서 10년을 넘게 담임목회 중 목회 생활비는 항상 변함없이 동일했고 신실했다. 사실 코나에 자비량 선교로 헌신한 믿음의 가족의 생활 형편을 아는 내가, 나의 필요가 있다고 더 요청할 수가 없었다. 내 자녀들이 중·고등학교를 지나고 성장하여 대학에 들어가 큰아들이 졸업할 때까지 동일하다.

그러나 그 어려운 현실이 그분은 나에게 일만 명의 스승이 되지 말고 아비가 되라 말씀하셔서 머문 코나인데, 재정 형편이 좋으면 여기 있고 재정 형편이 나쁘고 어렵다고 더 좋은 조건을 찾아 떠난다는 것은 목회자의 태도가 아니라고 생각했다. 더 나은 재정과 형편을 원한다면 비즈니스를 해야지, 이 길을 가야 할 이유가 없다.

가족을 사랑하고 자녀를 사랑하기에 감당해야 하는, 부모가 지고 가야 할 마땅한 고난이라 생각했다. 앞으로 이런 시간을 얼마나 더

보내야 할지는 나도 모른다. 어쩌면 지금 이 삶에 더 나은 변화가 없이 살다가 여기서 끝이 날지도 모른다. 코나커피처럼 그 고난이 밤낮으로 계속될지도 모른다. 미래를 위해 준비해 놓을 것도 여기서는 보장할 수도 없다.

그러나 내가 확신하는 분명한 사실 하나는 나를 사랑하시는 그분이 내가 머문 코나에 나를 위해 준비해 놓으신 특별한 선물이 있다는 것이다. 나는 그 진리를 커피나무를 보면서 알게 된다. 코나에서 보내는 이런 고난은 내 인생에 유익이 되리라는 것을……. 이런 믿음을 나에게 보여 준 코나커피나무가 고맙다.

아직도 코나의 시간 속에서 내 눈에 보이고 내 손에 잡히는 것은 없다. 그러나 믿음의 눈으로 미래에 이루어질 그 사실을 나는 본다. 가끔 내 현실의 어려운 상황 때문에 이 믿음이 흔들릴 때, 코나커피나무는 오늘도 나에게 자신을 보라고 말하는 듯하다. 코나커피나무는 주님이 나에게 준비한 특별한 선물이다. 지구촌 어디든 쓸모없는 땅도 없고 쓸모없는 사람도 없다. 모든 피조물 가운데 쓸모없는 것이 하나도 없다. 다 그 장소에 그분이 숨겨 놓은 그 특별한 선물을 발견할 때, 비로소 모두가 그분의 방법대로 특별해지는 시간이 오리라 나는 확신한다.

- 카일루아 코나(Kailua Kona)
  인구 4만 명이 사는 하와이 빅 아일랜드 섬 서쪽에 있는 통일 하와이 역사의 출발이기도 하다.

- 커피나무의 종류
  아라비카(Arabica)가 원종이며 전 세계 생산량의 75%를 차지하고 있다. 품질은 좋으나 병충해에 약하다. 로부스타(Robusta)는 개량종이며 병충해에 강하고 카페인 양도 원종의 두 배나 된다. 코나커피는 아라비카종으로 180여 년 전인 1828년 개신교 선교사 사무엘 Ruggles(Samuel)가 처음 코나에 가지고 들어왔다.

- 마우나케아(Mauna Kea)
  세계에서 별 관측하기 제일 좋은 천문대로 천체 망원경이 있다. 해발 4,205m로 정상에서의 석양과 밤하늘의 별이 장관이다. 정상은 비포장도로로 자동차 4WD만 올라갈 수 있다.

☕ 커피 한 잔의 여유
내가 하는 일이나 머무는 그 장소에 창조주가 나에게 준비해 준 특별한 선물이 무엇인지 지금 찾아보자.

코나커피에게는 두 형제가 있다. 그리고 나에게도 두 아들이 있다.

한 놈은 키가 작고 한 놈은 키가 크다. 키 작은 형은 머리가 '스마트'하고 미래에는 대학에서 교수가 되고 싶어 한다. 키 큰 동생은 공부보다 아이들을 좋아하고 음악과 운동을 좋아한다. 미래에 어린이 스포츠 물리치료사가 되고 싶어 한다. 나는 두 아들의 이런 꿈이 현실이 되고 그 현실 속에서 모든 지구촌 사람들에게 축복이 되길 소망해 본다.

형의 방은 항상 조용하다. 테이블 앞에 오래 앉아있기를 좋아한다. 동생 방은 항상 시끄럽다. 음악 소리가 쉬지 않고 들려온다. 미래를 향해 떠났던 두 아들이 오랜만에 함께 집에 와 있다. 아버지인 나는 두 아들을 멀리서 바라본다. 쉽지 않은 미국 생활에 서로 의지하고 '형제 우애'가 깊어지길 바란다.

신약성서에도 두 아들을 둔 아버지의 이야기가 나온다. 많은 종을 거느린 것을 보면 아버지가 동네에서는 큰 지주인 것 같다. 큰아들은 무척 착한 아들처럼 보이고, 둘째 아들은 문제가 많은 아들처럼 행동한다. 큰아들은 늘 아버지 곁에서 아버지의 일을 도우며 평생을

살아왔다. 둘째는 어떻게 하면 빨리 아버지 집을 떠날지 궁리를 하며 세상의 화려한 도시들에 가고 싶어 한다. 아버지는 두 아들을 멀리서 바라본다. 그리고 똑같이 사랑한다.

오늘도 큰아들은 아비의 말을 듣고 일의 현장으로 간다. 둘째 아들은 아버지의 유산을 들고 아버지 곁을 멀리 떠나간다. 유대인들의 풍습에 아버지가 살아 계실 때 유산을 달라고 하는 것은 이제는 내 인생에 아버지는 필요 없다는 의미이다. 돈만이 자신의 인생에 필요하다는 삶의 태도이다. 큰아들의 생각 속에는 동생에 대한 생각이 없다. 돌아가시면 자신에게 올 아버지 재산만 생각한다. 아버지는 두 아들의 속마음을 다 안다. 아버지는 내가 죽으면 받은 재산을 생각하는 큰아들도 걱정하고 미리 재산을 가지고 집을 나가 버린 둘째 아들도 걱정한다. 아버지 얼굴에 날마다 수심이 가득 찬다. 아버지는 문밖에서 매일 멀리 바라본다. 아버지는 둘째 아들이 다시 집으로 오길 바라고, 형이 그 동생을 사랑해 주길 소망해 본다.

나에게는 사형제가 있다.

큰형은 운동을 좋아하고 못하는 운동이 없다. 둘째 형은 사람을 좋아하고 함께 어울리기를 좋아한다. 셋째인 나는 노래 부르기를 좋아하고 가끔 기회가 있으면 길거리에서 버스킹도 한다. 넷째는 친절하고 부지런하고 어린아이들을 좋아한다. 부모님은 하늘에서 사형제를 바라보며 서로 사랑해 주고 형제 우애가 깊어지기를 소망하고 기도한다.

코나커피에도 두 아들이 있다.

커피 열매 속에는 '빈'(Bean)이 두 개 있다. 꼭 쌍둥이 형제 같다.

똑같이 생긴 것 같이 보이기도 하고 아주 조금 다르게 보이기도 한다. 어린 시절 동네 친구 중에 쌍둥이가 있었는데, 가끔은 부모도 헷갈리는 경우가 있다. 나에게는 그런 친구를 구분하는 비밀이 있다. 깨어진 앞니가 보이면 형이고 없으면 동생이다. 지금 생각해도 내 친구 쌍둥이는 정말 똑같이 생겼다.

코나커피 열매 속의 쌍둥이도 똑같이 생겼다. 바라보는 농부도 쌍둥이가 서로 사랑해 주기를 갈망한다. 함께 잘 어우러져 농부의 마음이 담긴 사랑 깊은 코나커피 한 잔이 나와 주길, 그는 소망한다.

어제는 시애틀에서 공부하는 두 아들이 한바탕 싸웠다는 소식을 아내에게서 들었다. 쉽지 않은 삶의 현실에 조금이나마 형을 의지하고 싶어 시애틀에 갔는데, 책상에 앉아 자기 일에 몰두하는 형의 모습에 동생이 조금은 힘이 들었나 보다. 이제 20대 초반인 형도 자신의 미래를 향해 가는 중이라 현실에 버겁고 여유가 없어 일어난 일이라 이해가 간다. 하지만 두 아들을 똑같이 사랑하는 아버지로서 마음은 편치가 않다. 둘째 아들에게 위로의, 장문의 메시지를 보낸다. 사랑한다고. 그리고 형을 조금은 이해해 보라고……

그리고 큰아들에게는 좀 더 긴 메시지를 보낸다. 자신의 짐도 무겁지만 하늘이 부여한 형이라는 짐도 기쁨으로 지기를 바란다고. 멀리서 두 아들을 생각하고 바라본다. 서로 의지하고 사랑하기를……. '형제 우애'가 담긴 코나커피 원두를 갈아 한데 어우러져 내린 커피 한 잔이 온 집을 짙은 사랑의 코나커피 향으로 가득 채우듯 두 아들의 사랑이 하나로 어우러져 아버지의 기쁨이 두 아들에게도 임하기를 기도한다.

코나커피 원두 속에도 두 형제가 한 몸이 되어 나오는 경우가 있다. 코나 사람들은 이것을 '피베리'(Peaberry)라고 부른다. 코나커피 수확량의 5% 정도 되는 귀한 놈들이다. 생물학적으로는 둘이 무슨 이유인지 모르지만 한 몸이 되어 나온 놈들이다. 나는 고놈들을 볼 때마다 '형제 우애'를 본다. 밤마다 세찬 바람에 부딪히며 서로 덮어 주고 의지하고 견디다가 마침내 두 형제는 하나가 되어 나온다.

'형제 우애'가 깊은 그 피베리를 갈아 커피 한 잔을 내려 본다. 그 사랑 가운데서 나오는 코나커피 피베리의 조금 더 신맛이 깊고 길게 간다. 서로의 사랑도 깊고 길게 가듯이 말이다. 어머니가 사랑해서 만든 집밥 맛은 이 세상 어떤 음식이 따라올 수 없듯이, 그 맛은 이 세상 어떤 원두도 따라올 수가 없다. 농부는 '형제 우애'가 깊은피베리를 바라보며 서로에 대한 그 사랑에 흐뭇해한다. 나도 기분이 좋다. 그리고 두 아들의 삶에 그런 '형제 우애'가 있기를 바란다.

최근 코나를 방문한 노부부 한 쌍은 날마다 코나커피 전문점으로 온다. 매일 '피베리' 한 잔을 주문하고 두 분이 나누어 마신다. 그리고 부부 사랑도 점점 깊어만 간다. 먼저 떠나신 양가 부모가 두 분의 삶을 보시고 얼마나 흐뭇해하실까, 나는 그 모습을 믿음으로 본다.

지난여름 큰 형님의 60회 생신을 맞이했다. 장남인 정석이와 조카인 주영이와 사위인 온유아빠가 수고를 많이 했다. 형수님과 함께 두 분만의 좋은 여행을 떠날 수도 있었을 텐데 포기하셨다. 4형제가 다 모여 한 끼 근사한 저녁을 먹기로 했다. 부모님이 돌아가신 후 이렇게 4형제가 만나기는 처음인 것 같다. 이집트에 선교 사역하는 막내 가족이 들어왔다. 어린 두 조카 은택이, 영화를 데리고 먼 길을 마다치 않고 왔다. 둘째 형님 내외분과 조카인 정아, 정은(지윤)이도 왔다.

그리고 우리도 코나에서 이번 가족 행사를 위해 두 아들을 데리고 왔다. 부모님의 형제 중 유일하게 살아 계신 고모와 고모부가 이 모습을 보시고 흐뭇해하신다. 하늘에서 이 모습을 보고 계실 부모님의 얼굴을 보는 듯하다. 형님이 이렇게 혼잣말로 고백한다. "나는 이제 죽어도 여한이 없다"고. 너무나 기뻤던가 보다.

'형제 우애'에 감격해하면서두 아들을 둔 부모로서 나에게는 바람이 있다. 험한 인생이라는 도전에 두 아들이 서로가 의지하고 힘이 되길 바란다. 큰놈은 그래도 조금은 걱정이 덜하다. 시애틀에서 잘 적응하고 열심히 하기 때문이다. 그러나 뭐든지 천천히 하는 둘째를 볼 때, 부모로서 나는 걱정스럽다. 형도 천천히 가는 동생을 보며 조금은 걱정하고 염려한다. 큰아들이 동생의 연약함을 보기 전에 둘째를 바라보는 아빠의 얼굴을 보는 형이 되길 바란다. 아빠의 얼굴에서 동생을 보는 그 사랑을 보고, 그리고 동생을 바라봐 주길. 그래서 '형제 우애'가 더 깊어지길……

> 믿음에 덕, 덕에 지식을, 지식에 절제를, 절제에 인내를,
> 인내에 경건을, 경건에 형제 우애를, 형제 우애에 사랑을 더하라
>
> (베드로 후서 1:5~7)

나는 눈을 지그시 감아 본다. 미래의 두 아들을 본다. '형제 우애'가 깊은 아들들의 모습을 믿음으로 보고 벌써 내 얼굴에 미소가 가득 차오름을 느낄 수 있다. 먼저 떠나신 하늘에 계신 어머니, 아버

지의 얼굴을 본다. 고국에 계신 두 분의 형님을 본다. 다시 하늘을
바라보고 부모님의 얼굴을 본다. 이집트에 있는 막내를 본다. 거기
서 살아주는 것이 고맙다. 점점 형제 우애가 깊어지는 것이 느껴진
다. 하늘에 계신 부모님의 얼굴이 보인다. 우리의 모습을 내려다보
신다. 그리고 흐뭇해하신다.

* 피베리(Peaberry)
  일반적으로 커피 열매 안에는 반쪽짜리 두 개의 열매가 들어 있는데, 피베리
  는 하나의 열매로 완두콩처럼 생겼다. 100개의 열매를 따면 통계적으로 5개
  만 피베리이다. 코나커피 피베리에서는 아주 깊은 맛이 나온다.

☕ 커피 한 잔의 여유
  부모님 한 번 바라보고 나의 형제를 바라보기. 부모님을 한 번 생각하고 나의
  형제를 한번 생각해 보라. 형제에 대하여 어떤 모습을 부모가 가장 세상에서
  기뻐할까를……

코
나
커
피
내
친
구

지난밤에도 삶에 지쳐 정신없이 침대에 누워 버렸다.

　인생이 늘 그러하듯 이곳 코나에서의 삶도 날마다 만만치 않다. 늘 크고 작은 인생의 파도가 코나 앞바다처럼 내 영혼을 향해 밀려오고 있다. 깜빡 잔 것 같은데 정신이 들어 깨어 보니 새벽 5시 15분이 지나가고 있다. 평시보다 조금 늦었다. 주섬주섬 운동복으로 갈아입고 늘 그랬듯 조깅을 하러 아파트 문을 나선다.

　다운타운으로 내려가는 계단 옆 아주 오래된 작은 상가 앞에는 항상 노숙하는 친구 '앨버트'가 있다. 5마리의, 강아지라고 말하긴 조금 큰 개를 가슴에 품고 거기서 노숙하는 친구다. 코나에서 함께 시간을 보낸 지 오래된 나의 사랑하는 친구가 오늘은 나처럼 지난 인생이 힘들었나 보다. 한 놈 강아지를 가슴에 안은 채 아직도 잠자리에서 일어나지 못하고 있다.

　모쿠아이케쿠아 교회(하와이 최초의 교회)를 지났다. 알리 드라이브 다운타운 해안도로를 향해 달려간다. 아직 어둠이 가시지 않은 새벽이지만 이른 아침 일찍 하루를 시작하려는 사람들의 모습이 내 눈에 들어온다. 나는 지난 복잡한 일들을 잊어버리고 훌훌 털어 버리고 싶은 마음으로 달려 본다. 1km쯤 달려가다 보면 내가 자주 지나가는 코나커피 카페 옆을 지나게 된다. 6시가 되면 매장 안에는 불이 켜지고 음악 소리가 다운타운 거리에까지 크게 퍼지면서 활기찬 거리로 바뀌어 간다.

커피 한 잔으로 하루를 시작하려는 사람을 위해 바리스타 '호쿠'는 분주하게 움직이고 있다. 그 모습이 멀리서도 보인다. 항상 내가 그 앞을 지나갈 때쯤 '호쿠'는 어떻게 그 시간을 아는지 고개를 돌려 달리는 나를 본다. 분주한 손놀림을 잠시 멈추고 손을 흔들어 댄다. 그리고 나도 턱까지 차오르는 숨을 참으면서 잠시 손을 들어주고 계속 뛰어간다.

코나 리조트 호텔을 지나 오르막을 뛰어오르는 시간이 어제처럼 가볍지는 않다. 지난 일이 힘들었던지 뛰어갈 수가 없어 천천히 가던 길로 돌아오는데, 오늘따라 밀려오는 파도가 만만치 않다. 요즘 내 내면 안에 밀려오는 파도 높이만큼 내 사정과 현실을 보는 듯하다.

나이가 들어 내 인생에 이런 시간이 오면 함께 기대어 주던 옛 친구가 문득문득 생각이 난다. 내 인생에 무엇인가 바꾸라고 말하기보다는 내 모습 그대로 보는 친구, 나의 텅 빈 내면의 공간에 가만히 들어와 함께 있어 주는 친구, 그리고 같이 걸어가 줄 그런 친구가 절실해지는 이 아침 시간에 지난 시절 함께한 친구들이 생각 난다.

개울에서 물장구치고 함께 놀던 친구들이 그리워진다. 초등학교 때 내 옆에 항상 함께했던 반장 '천직'이라는 친구가 보고 싶다. 한때는 축구를 너무나 좋아해서 공부보다는 일요일 아침만 되면 함께 축구를 하던 친구들도, 강원도 철원에서 함께한 동기이자 친구들 '성원'이와 '주훈'이도 보고 싶다. 지난밤처럼 삶에 지친 이런 날에 그 친구들과 함께하면 얼마나 좋을까를 떠올렸다. 천천히 집으로 돌아 걸어오는 내내 친구들 생각으로 가득한 아침이었다.

여기 코나에는 나를 기다려 주는 친구들이 있다.

늘 새벽에 나에게 따뜻하게 손을 들어준 바리스타 친구 '호쿠'가 있다. 코나커피가 있는 카페로 나의 몸이 알아서 걸어가고 있다. 내가 올 줄 알고 기다리고 있던 '호쿠'가 나를 반갑게 맞이하며 인사를 한다.

"헤이, 라이트 친구! 오늘 기분이 어때?"

'라이트 친구'는 내가 어두운 새벽마다 조깅을 할 때마다 모자 앞창에다 아주 작은 안전 라이트를 켜고 뛰기 때문에 붙여진 별명이다. 모닝 코나커피 한 잔을 따라 주면서 말을 걸어온다.

'호쿠'는 오랜 시간 만난 적은 없는데 이상하게도 아주 오랜 친구처럼 편안함을 준다. 오늘 새벽에 생각난 그 친구 같은 느낌이 있다. '호쿠'의 질문에 지난 시절부터 지금까지 함께했던 친구들이 보고 싶다고 했다. 방금 내린 모닝 코나커피 한 잔을 내려 주면서 나에게 커피들에게도 좋은 친구가 있다는 이야기를 해 준다.

"지구상에 있는 커피에게도 고향이 있고 친구가 있다. 태어난 나라나 지역에 따라 커피의 맛이 조금씩 달라지지. 사람도 각각 나라나 지역의 출신에 따라 그들의 문화나 독특함이 다른 것처럼 말이야."

'호쿠'가 나라마다 가지고 있는 친구들의 특이성을 설명해 줄 때, 지난여름 아들이 있는 시애틀에서 나라마다 커피 맛이 독특함을 경험했던 그 시간이 생각이 났다. 아내는 에티오피아 예가체프를 좋아

했다. 그 맛과 향이 약간 달콤하고 따듯한 과일 향을 들이마시는 기분이다. 과테말라 커피는 내 느낌에는 거칠고 시골 같은 느낌, 흙냄새가 나는 커피였다.

사실 향미라는 것은 마시는 사람의 주관적인 느낌으로, 무엇이 좋다 아니면 덜하다 말할 수 없지만 사람이 다 특별하게 창조되고 개성을 가지고 있고 하나하나 소중한 것처럼 나는 다 소중하다고 생각한다.

'호쿠'가 계속 말을 이어 간다.

"커피 맛은 마시는 사람마다 느낌이 아주 주관적이라 다양하게 말할 수 있지만, 커피 전문가들은 커피의 맛을 다섯 가지로 그 밸런스를 체크하지. 신맛, 단맛, 쓴맛, 향미, 바디감이 얼마나 잘 균형을 이루고 있는지, 그 밸런스가 일정하게 잘 유지되고 있는지 체크하는데, 코나커피는 밸런스가 균등해서 누구나 마시기 편안하며 부드럽

게 다가오는 것이 특징이지. 그래서 코나커피는 다른 커피와 함께
'블렌딩'(Blending) 할 때 가장 잘 어울리지."

'호쿠'의 이야기를 들으면서 5가지 밸런스가 어떻게 느껴지는지 코
나커피 한 모금 입에 머금고 음미해 본다. 그는 좋은 원두로 만든 커
피는 약간 식었을 때 진짜 맛을 알 수 있다고 말한다. 커피라고 하면
아주 뜨거운 온도에 쓴맛 한 가지 맛의 기억밖에 딱히 표현할 수가
없었던 나는, 조금 식은 커피를 마시면서 5가지 맛이 아주 오묘하게
조화를 이루어 다가오는 것을 느낀다.

그가 말하길, 코나커피는 52도 정도의 온도에서 마실 때 그 진짜
맛을 느낄 수 있다고 한다. 뜨거울 때는 몰랐던 감각 잃은 혀가 다시
살아 돌아온다. 오늘 아침에 마시는 코나커피의 이 맛을 어떤 과일
이나 차에 비교하며 설명할 수 있을까 생각해 본다. 오래전에 한국
에서 먹어 본, 5가지 맛이 난다는 '오미자' 차가 생각 났다. 오미자는

처음에 약간 신맛이 나고 과육에서는 단맛, 씨에서는 맵고 쓴맛이 나면서 전체적으로는 짠 듯한 맛이 어우러지는 차다.

코나커피도 항상 나에게 첫인상처럼, 다가와 인사를 하는 맛이 있다. 자극적이지 않고 기분 나쁘지 않은 신맛이 내 혀에 제일 먼저 달라붙는다. 그리고 약간 달콤한 듯하면서, '스트로 베리 파파야'라는 과일 맛이 느껴진다. 하와이 파파야를 먹어보지 않은 사람에게는 설명하기가 쉽지 않다. 달지도 않은데 단 듯한 맛. 그리고 끝에는 약간 쓰쓰름한 맛이 따라오면서 입안에 머무는 바디감이 아주 오래가고, 혀끝에 아주 오래된 와인 한 잔을 마신 듯 깊은 여운이 남는다.

오묘하게 다섯 가지의 맛이 서로 조화를 이루고 어우러져 그 끝 맛의 여운이 내 혀를 휘감은 후, 아주 깊게 내 온몸에 천천히 스며들어온다. 코나커피는 내 생각에 인격으로 말하면 모든 성품의 밸런스가 잘 어우러진, 성숙한 사람이다. 누구와도 잘 어울리고 조화를 이루어 내는 성숙한 인격을 가진 그런 커피라는 생각이 들었다. 그래서 코나커피는 어느 커피와도 잘 어울리는 특징을 가지고 있다고 '호쿠'가 귀띔을 했다. 다른 커피의 부족한 부분을 채워 주면서 다섯 가지 맛을 균형 있게 만들어 주고 그 가치를 높여 주는 좋은 친구와 같은 특징을 가지고 있다. 코나커피를 10%만 넣어도 코나커피라는 브랜드를 사용할 수 있는 특권을 부여한다.

오늘 아침에 마시는 코나커피 한 잔 속에 투명하게 비치는 내 얼굴이 인생의 내면을 보게 하는 거울과 같다. 지금까지 만난 사람들에게 나는 어떤 친구였는지를 다시 한 번 생각해 보게 한다. 그렇게 다른 사람에게 부담을 주는 사람으로 살아오지는 않은 듯한데, 나와 가장 오랜 시간을 몸을 부딪치며 살아온 아내가 내 성격에 대해 힘들어할 때는 내가 참 모난 데가 많은 사람이라는 것을 새삼 알게 된다. 10%의 코나커피가 다른 커피 맛을 살려 주고 잘 어우러져 그 커피의 특징을 살려 주듯이 나도 아내에게 그런 친구로 늙어 가고 싶다.

세상에 완벽한 사람은 없다. 나도 부족한 사람이다.

인생의 살아온 시간이 길어지고 걸어온 길을 뒤돌아만 봐도, 나는 참 문제가 많은 사람이다. 코나커피와 같은 성품을 가진 사람이 누가 내 옆에 있어 주면 얼마나 좋을까. 나의 모난 성질이 튀지 않도록 잠잠하게 해 주는 친구 말이다. 조그만 일에도 흥분을 절제하지 못하고 내 속에 있는 감정을 어떤 식으로든 표현해 버리려는 나를 품어 줄 친구 말이다. 공동체를 어렵게 하고 주변 사람들의 마음을 아프게 찌르는 뾰족한 성품을 무디게 해 줄 그런 친구, 깨어진 내 인격의 밸런스가 그 친구 옆에만 있어도 성숙함으로 균형 잡히는 그런 친구가 나에게 필요하다. 나는 코나커피가 내 삶에 축복으로 온 것 같이 아직 남은 내 인생에도 그런 친구가 가까이 다가오기를 기다려 본다.

코나커피처럼 옆에 있으면 편안한 사람, 코나커피처럼 옆에 있으면 안정감을 가져다주는 사람, 코나커피처럼 옆에 있기만 해도 삶의 균형을 잡아 주는 그런 사람, 그런 친구, 그래서 누구와도 어울릴 수 있고 어디에서도 함께 하면 기분 좋은 사람이 되고, 함께 여행하고 싶은 친구, 인생의 끝자락에 얼굴의 주름이 늘어 가지만 같이 있어 주는 친구로 살아가고 싶다.

평생을 살아온 아내의 연약함을 고치라고 말하는 남편보다 이제는 그 모습 그대로를 받아주고 이해해 줄 친구 같은 남편, 반찬 없다고 어린아이처럼 밥투정 부리는 철없는 노인이 아니라 지나가다 시장에서 아내가 좋아하는 반찬 하나를 사 들고 집으로 들어오는 친구 같은 남편이 되고 이제는 서로가 그냥 함께 있으면 편한 사이가 되고 싶다.

남편과 아내라는 포지션이 가져다준 무거운 짐들을 다 내려놓고 서로가 인생의 끝자락을 향해 가다가 지치면 옆에서 그냥 기댈 만한 그런 남편, 그런 남자, 그런 친구가 되고 되려 한다. 언제든 그 자리에 있는 코나커피처럼 옆에만 있어도 부족함을 메꾸어 주는 그런 친구 말이다.

- 모쿠아이케쿠아 교회(Mokuaikaua Church)
  1936년 킹 카메하메하 3세 때 건축된 건물로, 못을 전혀 사용하지 않고 건설한 하와이 최초의 목제 건물이다.

☕ 커피 한 잔의 여유
  내 인생에 만난 사람들에게 어떤 친구인지 생각해 보자. 친구들의 이름을 기억나는 대로 적어 보고 그 친구에게 전화해 보자.

옛날 읍내시장 장터에 손에 저울을 들고 있으면 장사하는 사람이다.

손에 망치를 들고 있으면 대장장이이거나 목수일 수 있다.

손에 큰 가위를 들고 있으면 엿장수이고 손에 작은 가위를 들고 있으면 이발사이다. 손에 지팡이를 들고 있으면 노인이거나 아니면 목동일 수 있다.

손에 무엇을 들고 있다는 것은 자신이 어떤 사람이고 어떤 직업을 가졌는지를 알려 주는 도구가 되기도 하고, 지금까지 어떤 삶을 살았는지에 대해 말해 주기도 한다. 손에 들고 있는 물건들을 가만히 자세히 들여다보면, 거기에 세월이 있고 거기에 인생의 흔적들이 있음이 보인다.

코나커피 농부가 손에 거꾸로 된 V자 모양의 지팡이를 하나씩 들고, 다니는 경우를 본다. 경사진 커피 농장을 다니기에 필요한 도구이기도 하고 키가 큰 커피나무의 열매를 따기 위해 거꾸로 된 V자 지팡이에 고리를 걸고 잡아당겨서 열매를 수확하는 데 요긴한 도구이기도 하다. 커피 농장 농부의 지팡이손잡이엔 오랜 세월 동안 사용했음을 알려 주는 손때 자국이 선명하고 윤기가 번지르르하게 흐

르기도 한다.

 광야에 손에 지팡이를 들고 있는 한 사람이 있다. 손에든 지팡이를 보아 직업은 양을 치는 목자인 것 같고, 그가 어떻게 목동이 되었는지는 그 자존심을 위해 굳이 말하고 싶지 않다.

 가끔 짜증스런 태도로 양을 대하는 행동을 보니 분명한 사실은 목동이 일을 사랑해서 온 것은 아닌 듯하다. 무슨 일이 있거나 누군가를 피해서 떠나 구한 직업이 목동인 듯하다.

 그가 들고 있는 지팡이의 흔적을 보니, 오랜 세월을 광야에서 무명인으로 보낸 듯하다.

 40년 만에 그 목동을 사랑하시는 그분이 찾아오셨다.

 그리고 "네 손에 있는 것이 무엇이냐?"고 질문을 한다. 아주 신경질적인 그의 반응을 보니 서운한 감정이 오래 있었는지 그냥 툭 던지듯이 "지팡이니이다."라고 대답한다.

자기 자신의 현실에 대한 불만족, 나는 이제 아무짝에 쓸모없다는 감각, 아무것도 이룰 수 있을 만한 능력도 그럴 만한 권한도 없고, 이제는 세월 속에 잊힌 사람이라는 마음이 그가 던진 말 "지팡이니이다."라는 대답 속에 함축되어 있는 듯하다.

내 현실을 지금 몰라서 내 손에 무엇이 있느냐고 물었냐고, 그걸 질문이라고 하시냐고 투정 아닌 투정을 부린 것 같다.

그러나 그도 알고 나도 알고 있다. 지금 자신의 현실을 몰라서 물어보시는 것이 아님을, 광야 40년을 무명인으로 양을 치고 보낸 그 긴 세월을, 그도 잘 알고 나도 잘 알고 있다.

손에 무엇을 들고 평생을 살아왔는지 우리 모두 알고 있다.

목자인 그에게 지난 세월 속에 '지팡이'는 아주 소중한 도구였다.

가볍고 단단해야 하고, 가늘고 1m 정도로 작고 다루기 쉬워야 한다. 제 갈 길로 가려는 양들의 엉덩이를 가볍게 때리기도 하고, 웅덩이에 빠진 양을 건져내어야 했던 그에게 지팡이란 현재 가장 아주 유용하게 사용할 수 있는 도구임을 그는 잘 알고 있다.

다른 사람에게는 쓸데없는 것 같이 보일지 모르지만 목자인 그에게는 꼭 필요하고 너무나 소중한 도구이다. 그 지팡이가 자신의 신분 상승을 돕는 도구는 아니지만 목자로 사는 한 버릴 수는 없다.

이 지팡이가 어쩌면 오랫동안 가지고 있는 내 은사나 재능일 수도 있다. 다른 사람에게는 불필요한 것일 수도 있지만 나에게는 늘 필요했고, 지금도 사용하고 있는 나의 달란트일 수도 있다. 아니면 내가 오랫동안 손에 익혀진 전문적인 어떤 기술이나 일일 수도 있다.

우리는 내 손에 들고 있는 지팡이를 보며 지금 나의 현실을 보고 살 때가 있다. 그러나 그분은 앞으로 이루어질 미래를 보고 계신다.

나는 지팡이를 보면서 잃어버린 세월을 보지만, 그분은 아직 내 인생에 남아 있는 세월을 보고 계신다. 나는 지팡이를 보면서 내 손에서 사라진 것들을 보지만, 그분은 내 손에 마지막으로 남아 있는 것을 보고 계신다. 나는 지팡이를 내 불편한 감정을 표출하는 도구로 생각하지만, 그분은 앞으로 있을 내 인생에 이적과 기적을 행하실 도구로 그 지팡이를 보고 계신다.

내 손에 들고 있는 지팡이를 보면서 다른 사람은 나의 무가치함을 보지만 그분은 나의 소중한 가치를 보고 계신다. 다른 이는 나의 떨어진 신분을 보지만, 그분은 나의 존귀해질 신분을 보고 계신다.

나를 사랑하시는 그분은 누구의 인생에나 찾아오신다.

그리고 내 인생에도 찾아와 물으셨다.

"네 손에 있는 것이 무엇이냐?"

목사로 평생 살아온 나에게 내 손에 들고 있는 지팡이라 하면, 나는 '펜'이라고 말할 수 있을까.

나는 매주 그 펜으로 설교를 준비한다. 그리고 코나에서 만난 사람들의 이야기를 그 펜으로 적는다. 코나커피라는 소통의 도구도 이용하여 그 만남의 뒤편에 역사하신 그분에 관한 이야기를 에세이라는 형식으로 나는 쓴다.

내 손에 든 펜이 나의 지팡이.

이제 그 펜이 나를 사랑하시는 그분의 손에 들려 놀라운 이적과 기사가 미래에 일어나기를 소망해 보면서 지구촌 어디서든지 사랑하

는 모든 이들의 손에 들려진 각자의 지팡이에 같은 역사가 일어나기
를 기도한다…….

☕ 커피 한 잔의 여유

내 손에 아주 오래 들려진 물건이나 재능이 무엇인지 생각해 보자. 어느 날 그
것을 주신 창조주가 귀하게 쓰실지 모른다.

배의 뒷머리에 매달린 낚싯대가 휘청거린다.

릴에 걸린 채 늘어진 두꺼운 낚싯줄이 아주 팽팽하게 잡아당겨 지고, 달리던 배도 그 충격이 큰지 앞으로 나아가기를 버거워한다. 이제부터 진짜 전투가 시작된다.

코나는 지금 전투 중이다. 허리에 낚싯대를 고정할 벨트를 단단히 매고 치열한 전투가 시작된다. 버티기조차 쉽지 않은 힘든 상태이다. 온 힘을 다해 몸을 뒤로 힘껏 젖힌 후, 아주 조금씩 큰 낚싯대의 릴을 잡아 돌린다. 한 바퀴도 돌아가지 않는다. 30분 정도 지났을까, 얼마나 그 싸움이 치열한지 온몸이 떨리고 얼굴은 온통 붉은 열꽃이 피어오르는 듯 붉어지기 시작한다. 이때쯤 되면 재빠르게 다른 어부로 교체하고 또 버티기 싸움 2라운드가 시작된다.

코나에서 매년 7~8월 중에 일어나는 코나 국제 피싱대회(HIBT)의 전투 현장이다. 토요일 아침, 코나 앞바다에는 고기잡이배들이 하얗게 깔린다. 코나의 어부들은 고기를 잡으러 간다고 말하지 않는다. 그들은 전투하러 간다고 말한다. 우리가 생각하는 4~50㎝ 정도의 고기가 아니다. 토요일 아침 고기잡이배들이 코나 앞바다로 몰려

온다. 사람 키보다 더 큰 1400Ib, 약 635kg의 '블루마를린'(청새치)과의 한바탕 싸움을 벌이러 나가려는 어부들의 긴장된 얼굴과 들뜬 모습이 보인다.

잠시 후 출발 고동이 길게 울려 퍼진다. 그리고 서로가 좋은 포인트를 선점하려 선장의 손놀림이 바빠진다. 코나 앞 태평양 바다를 향해 전력 질주하며 달려간다. 앞에서 밀려오는 파도를 온몸으로 맞는다. 어부는 뱃머리에 부딪힌 물방울들을 얼굴에 뒤집어쓰고, 배의 뒷머리로부터 바닷물이 두 갈래로 갈라진다. 마치 도로 위를 달리는 듯하다.

필사의 질주가 계속되고 난 후 긴 기다림의 싸움에 들어간다. 언제 소식이 올지 알 수가 없다. 어부는 포기하지 않는다. 낚싯대가 휘청거림과 함께 이제 긴 싸움이 시작된다. 몇 시간이 지났을까, 거대한 코가 삐죽 나온 참다랑어의 모습이 바닷속에 희미하게 보이기 시작한다. 어부들은 그 흥분을 감추지 못하면서도 이 싸움의 끝을 보기 위해 긴장의 끈을 놓지 않는다. 물 위로 자신의 모습을 드러내기 전까지 마지막 필사의 용트림을 한다. 블루마를린은 더는 이 싸움에서 이길 수 없음을 직감한 듯하다. 이제 자신을 포기한 채 긴 주둥이와 거대한 몸을 수면으로 드러낸다. 어부가 재빨리 긴 갈고리를 아가미에 걸면 이 전투는 어부의 승리로 끝이 난다.

뱃머리 위에 거대한 물고기를 잡았음을 알리는 깃발이 올라가고 코나 앞 부두로 돌아온다. 항상 치열한 전투에서 승리하고 살아 돌아온 어부의 얼굴에는 무사히 돌아온 안도감과 이 싸움에서의 승리로 인한 흥분됨이 번갈아 교차한다. "코나는 지금도 전투 중이다".

'코나'에는 또 다른 생존의 현장이 있다. 새벽 5시 남쪽에서 북쪽으로 향하는 자동차 행렬이 줄을 서 있다. 하루하루 삶의 현장에서 생업과의 전투 시작을 알리는 서막과 같기도 하다. 아직 어둠이 가시지 않은 그 시각에 코나에서 남쪽 30km 정도 떨어진 곳에 살던 사람들의 출근길이다. 태평양 여러 섬에서 온 형편이 어려운 폴리네시아인들이 그곳에 산다. 새벽부터 북쪽 리조트가 몰려 있는 곳을 향해 가려면 코나를 지나야만 한다.

멀리 보이는 코나의 아름다운 새벽 야경이 조금은 위안이 되고, 어제의 전투에서 오늘 내 영혼이 살아 있음에 감사한다. 오늘 다시 삶의 전투 현장에 가는 시간이긴 하지만, 하루하루 주어진 일을 할 수 있는 삶에 감사한지 그 얼굴에 환한 미소가 담긴다.

코나에 가까워지는 길목에 아주 오랫동안 한인 부부가 하는 조그마한 슈퍼마켓에 들렀다 간다. 아주머니와 아저씨는 사랑의 마음으로 그들을 맞이한다. 아주 오랜 친구인지, 나는 알 수 없는 몸짓으로 아침 인사를 한다. 주인은 무슨 의미인지 아는 듯하다.

이들을 위해 새벽부터 주인아주머니의 사랑의 마음이 담긴, 다른 데보다 밥이 아주 많이 담긴, 값싼 '무수비(햄이 가운데 들어간 하와이안 김밥)'를 새벽부터 준비한다. 1불이 조금 넘는 김밥 하나와 값싼 커피 한 잔을 들고 새벽부터 바쁘게 나와 허기진 배를 채우고 그들은 생존의 현장인 삶의 현장으로 뛰어 들어간다. 사실 나도 그분이 만든 무스비를 아들과 함께 많이 애용한 사람 중의 한 사람이다. 아직도 그분이 만든 하와이식 김밥이 가끔 그리워질 때가 있다.

코나 뒤의 언덕 위에서도 지금 전투가 벌어지고 있다. 코나 앞바다가 훤히 보이는 후알랄라이 빌리지에서도 지금 치열한 전투 중이다. 서준·서현·서은이네, 재민·서현이네, S아, S환, 모세네……. 다 이름을 기재할 수는 없다. 지금은 코나를 떠난 친구들도 있다. 그중 가장 전투가 치열한 집은 성준·영준이네 집이다. 빌리지 안에 들어가면 들려오는 아이들의 재잘거리는 소리, 깨지는 소리, 무슨 일인지 모르지만 싸우는 소리, 그리고 외치는 부모의 절규 소리가 들려오고 있다.

"조용히 해!"

"가만히들 못 있어?"

"치워!"

"네 방으로 들어가!"

울고불고 아주 전투가 대판 붙었나 보다. 지금 거기도 치열한 전투 중인가 보다. 어린아이들의 싸움이 불씨가 되어 젊은 부부의 한바탕 집안싸움으로 번지기도 하고, 그 싸움의 현장을 지나가는 나는 전투의 현장에서 날아오는 파편을 맞지 않으려는 어느 병사의 모습처럼 자동차를 천천히 움직이며 나는 아주 조심스럽게 그 전투의 현장을 빠져나간다.

아빠와 아이들의 싸움에 엄마의 품은 항상 휴전선 비무장지대이다. 영원한 평화는 아니고, 그저 잠깐의 휴전일 뿐이다. 아이들의 널브러진 전투 현장을 힘겹게 정리하고 있다. 아이들과 한바탕 치열했던 그 현장을 바쁘게 피신하듯이 빠져나온 젊은 아빠는 빌리지 앞 화단 울타리에 앉아 있다. 그 얼굴에는 싸움에 지친 여력이 역력하다. 다시 저 아이들과의 전투의 현장으로 들어가야 하는데 어떻게

들어가야 할지 깊은 고민에 빠진 채 하늘의 별들을 바라보며 그분의 도움을 구한다.

코나에 여행 중인 사람은 이 사실을 모른다. 코나는 여전히 구석구석에서 지금 전투 중인 줄을……. 이곳의 모든 사람이 각자의 삶의 현장에서 치열한 전투를 벌이며 살아간다는 사실을 아는 사람은 그리 많지 않다. 내 내면에서도 여전히 전투 중인 것을, 코나에 오는 사람들은 알지는 못할 것이다.

내 내면도 지금 치열한 전투 중이다. 사랑하기를 좋아하는 사람만 사랑하려 한다. 내가 사랑하기가 힘든 사람이 있다. 내가 마음을 열고 품기가 힘든 사람을 어떻게 사랑해야 하나. 나 자신과의 버거운 한바탕의 싸움이 벌어지고 있다. 나를 사랑하신 그분의 사랑으로 용납하고 사랑하라 하신 그 말씀에 순종하기가 왜 이렇게 어려운지. 나는 여전히 치열한 싸움을 계속한다.

이런 싸움이 오래가면 갈수록 쉬운 방법을 선택하려는 유혹이 온다. 더 관계를 이어 가기보다는 쉽게 관계를 정리해 버리거나 그냥 담을 높이 쌓아 두려 한다. 내 인생 밖으로 선을 그으려고 하는 마음이 들 때가 있다. 내 내면의 치열한 싸움의 시간이다. 이런 순간에는 비전도 부르심도 생각하고 싶지 않다. 지금 현실이 힘든데 말이다. 주님이 말씀하시고 있으라 하신 그 삶과 사역의 현장을 떠나 버릴까 하는 유혹이 내 속에 복잡하게 밀려올 때가 있다. 사실 지금 내 안에서 가장 치열한 싸움은 사실 어떤 사람에 대해서가 아니라, 진리 안에서 살려 하지 아니하고 편리한 육신의 생각대로 행동하려 하는 나 자신과의 영적 싸움이다. 내 머릿속 그 전투의 현장에서 나는 지금 치열한 싸움을 보내고 있다.

나는 그 현장을 힘겹게 벗어나 내가 늘 가던 코코넛 나무아래 그늘로 향한다.

그리고 파김치 된 내 머리를 식히고자 긴 벤치에 누워 하늘을 바라본다. 코나 밤거리의 불빛은 하나씩 하나씩 꺼져 가고 그분이 하늘에 별 하나씩 하나씩 켜기 시작할 무렵, 나는 아주 어린 시절 고향의 밤하늘로 안내되는 듯하다.

아주 작고 사소한 일에 목숨 걸고, 내 자존심과 그 이기심 때문에 벌어진 싸움으로 친구의 마음을 상하게 하고, 그래서 여린 마음을 부여잡고 내 곁을 떠나간 어린 시절 친구들이 생각난다. 그때 그 시절 이후 지나온 인생 내내 나는 여전히 그 쓸데없는 자존심과의 싸움에서 자유롭지 못하다. 나는 깊은 실패감과 절망감으로 그냥 하늘의 별들을 무작정 세고 있다. 일, 이, 삼, 사……. 숫자를 잊어버리고 세기를 반복하고 있을 때 하늘 끝에서부터 아주 미세하게, 피아니시시모로 내 귀와 마음에 어느 목동의 노랫소리가 들려온다.

> 여호와 우리 주여 주의 이름이 온 땅에 어찌 그리 아름다운지요
> 주의 손가락으로 만드신 주의 하늘과
> 베풀어 두신 달과 별을 보오니 사람이 무엇이관데
> 나를 생각하시며 인자가 무엇이관데 나를 돌보시나이까
>
> (시 8:1~4)

내 두 눈에서 눈물이 닦아도 닦아도 주체 없이 흐르고, 아직도 성

숙하지 못해 하찮은 내 자존심 때문에 싸우는 내 모습 그대로를 여전히 사랑하시는 그 사랑에 깊이 물들어 가며 복잡한 내 머릿속도 정리되어 간다. 평안을 잃어버린 채 살아온 지 오래된 내 마음도 평온해져 간다.

매일 매일 코나라는 삶의 현장에 머물며 전투 중인 모든 이들에게도 임하기를 기도하고, 저 별빛 아래서 나와 같이 삶의 치열한 싸움터에서 별들을 헤아리는 지구촌 이들의 마음에도 그 하늘의 평안함이 임하길 축복한다.

여전히 그 어린 시절 치열하게 싸우던 그 녀석 둘이 5~6년이 지난 오늘도 내 앞에서 아직도 전투 중이다. 그 옆의 젊은 부부가 그럼에도 불구하고 두 아들을 세워 놓고 사랑으로 바라본다. 나는 눈으로 그 부부에게 물어본다.

'아직도 전투 중?'

오늘도 코나의 앞바다는 하얀 고깃배로 깔려 있다. 코나의 앞바다도 지금 전투 중이다.

나의 내면도 지금 전투 중이다.

- 코나 스포츠 피싱대회, HIBT(Hawaiian International Billfish Tournament)
  50년이 넘는 역사를 지닌 이 대회는 매년 7,~8월 중 열린다.

- 블루마를린(Blue Marlin)
  우리말로 '청새치'라고 하는, 코가 길게 창처럼 뻗은 아주 큰 물고기이다. 길이가 2.5m, 무게가 100kg이 넘는다.

☕ 커피 한 잔의 여유
  지금 내 내면의 치열한 갈등은 무엇이 있나. 나는 무엇 때문에 지금 싸우고 있는가.

하와이 말로 '아름답다'라는 이름의 바리스타 '나니'(Nani)라는 싱글 맘이 있다. 그 아들 '타일러'가 처량한 모습으로 카페 계단에 걸터앉아 있다. 나는 그의 몸을 위아래로 살펴본다. 무슨 일이 있어도 단단히 있는 것 같은 느낌이 든다. 계단에 걸터앉아 있는 그 친구에게 물어본다.

"무슨 일이야 '타일러'?"

그가 말을 더듬는다. 하고 싶은 말은 많은 것 같은데 자신에게 일어난 일이 어린 마음에 너무나 크게 밀려오는지 온몸이 떨리면서 내질문에 대답하지 못하고 있다. 큰 눈망울에 눈물만 글썽이며 나를바라본다. 나를 향한 눈망울이 얼마나 깊은지, 마음속으로도 측은하게 다가오고 그 슬픔이 나에게도 전해진다. 옆에 세워진 자전거는널브러져 있고 가방도 여기저기 흩어져 있다. 무슨 일이 아침에 일어난 것 같다. 손가락이 찢어지고 허벅지는 멍이 들었다. 종아리와옆구리 팔꿈치는 온통 까져 있다.

"괜찮아, 타일러?" 물어보니 고개를 떨구고 절레절레 흔든다.

조금 시간이 흘렀을까, 마음이 차분하게 가라앉았는지 말문을 연다. 오늘 아침 방학을 맞이하여 낚시를 하다가 코나 앞바다 바위 위에서 바다로 미끄러진 것이다. 크게 다치지 않은 것이 천만다행이다. 잠시 후 바리스타이자 엄마가 계단으로 온다. 앉아 있는 아들을보는 엄마의 두 눈에서 아들을 향한 근심과 그 사랑을 본다. 이제야'타일러'의 눈에서 마음의 평안을 느낄 수 있었다.

오늘 오후에 호놀룰루 공항에서 다급하게 한 자매에게서 전화가왔다. 호놀룰루에 무슨 일이 일어나도 크게 일어난 모양이다. 너무많아서 다 설명하지 못한다. 모든 것이 낯설고, 익숙하지 않기에 처음 여행에 대한 두려움은 누구에게나 있게 마련이다. 이 자매에게는처음으로 부모를 떠난 이 여행이 더 크게 느껴진 것 같다.

코나로 들어오는 비행기를 갈아타야 하는데 두 번이나 놓친 모양이다. 코나커피가 있는 코나는 호놀룰루에 내려서 옆 건물로 이동하여 다른 국내선 항공을 한 번 더 갈아타야 한다. 익숙한 사람에게는 쉬운 일이지만, 두려움에 사로잡힌 사람에게는 쉽지가 않다. 전화로 들려오는 자매님의 목소리에 낯선 외국에서 겪는 두려움이 느껴진다.

다급하게 한국에서 나에게 전화가 온다. 딸을 홀로 떠나보낸 어머님의 매우 급한 전화이다. 전화 통화 속에서 딸을 향한 걱정과 염려로 가득 찬 엄마의 마음이 전해 오고 당황하는 얼굴이 그려진다. 그 속에 부모의 걱정이 담긴 그 숨결과 사랑도 느낀다.

여러 시간을 호놀룰루 공항에서 보내고 나서야 어렵게 코나행 비행기를 탔다는 소식을 듣는다. 35분 후면 코나 국제공항에 도착한다. 비행기 도착을 알리는 소리가 크게 들리고 밖으로 나오는 게이트가 열린다. 그리고 기다리던 언니 '한나'와 나를 본다. 나오던 출입문 앞에서 멈추어 선다. 두려움과 안도감이 교차하는지 움직이지 못한 채 서 있다. 언니가 다가가자, 가슴에 안긴 채 펑펑 운다. 그런데 기다리던 가방이 도착하지 않는다. 코나에 살면서 수많은 사람을 만나러 공항에 왔었지만 이런 끔찍한 날은 처음이다.

그런데 나는 오늘 이 두 친구가 겪은 그 일이 부럽다는 생각이 든다. 한국에서 온 전화의 다급함 속에 딸을 향한 따뜻한 사랑의 음성을 듣는 자매가 나는 부럽다. 바리스타의 아들 데니를 보아도 염려하는 엄마의 사랑이 느껴진다. 그들에게는 사랑하는 타일러 어머니가 계시고 그 숨결을 가까이서 경험할 수 있기 때문이다.

오늘 하루 참 기분이 묘하고 이상하게 다가온다. 오늘 아침에 일어난 두 친구의 일 때문인지 자꾸 부모님 생각이 난다. 내가 코나를 처음 오던 해, 몸이 불편하셨던 아버님에게 다녀오겠다고 말씀드리고 코나에 온 지 3개월 만에 아버지는 세상을 떠나셨다.

　나는 아버지의 마지막 모습도 보지 못했고 그 숨결을 옆에서 느끼지도 못한 채 아버지는 돌아가셨다. 코나에서 아버님 소식을 접하고 장례를 치르기 위해 한국에 급하게 다녀온 적이 있다. 그리고 2년 후 사랑하는 어머니마저 마지막 숨을 크게 내쉬시고 4형제가 있는 가운데서 작별을 고해야만 했다.

　어머니가 떠나시던 날도 감정이 무딘 네 남자는 그저 무덤덤하게 생각했던 것 같다. 남자란 앞만 보고 가는 성향 탓이었을까, 부모님의 숨결과 존재를 잊은 채 수년의 시간이 흘러갔다. 그러던 어느 해 강의차 고국을 방문한 적이 있다. 인천공항에 도착해서 부모님이 살던 아파트를 향해 리무진 버스를 타고 갔다.

부모님이 머무셨던 아파트 그 동네가 내 눈에 선하게 그려졌다. 한 15분 정도를 지났을까, 인천 영종대교를 지나는데 갑자기 떠나가신 부모님에 대한 그리움이 크게 밀려왔다. 문득 '내가 이제 고아구나'라는 생각이 파도처럼 밀려왔다. 그 파도가 얼마나 큰지, 내 마음이 흔들리고 두 눈에는 눈물이 흘러내리기 시작했다. 닦아도 닦아도 흐르는 눈물을 주체할 수가 없어서 유리창에 기댄 채 멀리 바다만 바라봤다. 영종대교 앞바다도 내 마음을 아는지 검푸른 빛으로 물들어 있었다. 나도 모르게 마음속에서 신음하듯이 마음의 기도를 했다.

"아버지 나를 고아와 같이 내어 버려두지 마세요. 이제는 당신이 내 육체와 내 영혼의 아버지가 되어 주세요."

이 기도를 마치고 잠시 후 주님이 내 기억에서 사라졌었던 20대 젊은 시절로 나를 인도하셨다. 아주 멀리서부터 불어오는 바람을 타고 떠나가신 아버지의 그 숨결이 내 가슴을 스쳐 지나가는 듯했다. 당신의 인생에서 처음으로 나를 먼 세상으로 떠나 보내셨던 그 시절 말이다. 1984년 ROTC 초급장교 훈련을 받으러 광주 보병학교로 떠나는 용산역에 서 계시던 아버지의 모습이 문득 생각났다.

내가 탄 기차가 떠나가고 아버지는 기차역 플랫폼에서 나를 태우고 떠나는 열차를 바라보고 계신다. 아버지도 군인인지라 앞에서 눈물 흘리실 수가 없으셨는지, 고개를 뒤로 돌리시고 눈물을 닦으신다. 문득 그 모습 속에서 아버지의 숨결이 갑자기 나에게 다가온다. 그때 그 시절이 지난 지가 벌써 30년이 흘렀는데, 아직도 그 숨결은 남아 내 곁에 가까이 있고 지금도 나를 사랑하시고 바라보시는 아버지가 내 앞에 계신듯했다.

　어머니는 마지막 시간을 호스피스 병실에서 보내다 떠나셨다. 날마다 나를 사랑의 눈으로 바라보시던 그 어머니의 모습이 나는 아직도 눈에 선하다. 말씀하실 수가 없으시고 그 육체는 점점 야위어 갔지만 여전히 나를 사랑의 눈동자로 바라보시던 그 모습을 나는 아직도 기억한다. 세월이 많이 흘렀지만 그 사랑과 그 숨결은 아직도 살아서 흐른다. 아버지와 어머니의 숨결이 다시 내 영혼 속으로 들어오는 듯한 시간을, 나는 요즘에도 경험한다.

　오늘 아침에 만난 타이러와 코나에 도착한 자매를 통해 어머님의 사랑의 숨결을 느꼈듯 내 안에도 하늘 아버지의 숨결이 충만해진다. 마음에 평안과 그 위로가 잔잔한 바람을 타고 내 영혼 깊은 곳으로 다가오는 듯하다. 인천 국제공항을 떠나 달리던 리무진 버스 안에도 평안과 위로가 가득 채워짐을 본다. 사람들의 얼굴이 사랑하는 사람을 만난 듯한 미소로 바뀌어 가고 실내 백미러로 그 모습을 보던 버

　　　　　　　　　　　PART 3. "루아우"(Lu'au '만찬')

스 운전사의 얼굴에도 기쁨이 가득 차, 우리 모두를 사랑하는 사람 곁으로 데려가기 위해 달려간다.

> 내가 너희를 고아처럼 내어 버려두지 않고 너희에게 오리라
>
> (요 14:18)

☕ 알로하(Aloha)

이 단어는 하와이인의 정신을 의미하는 단어로, '앞에서'라는 뜻의 "알로"라는 단어와 생명의 '숨결'을 의미하는 "하", 두 단어가 합쳐져 '나의 숨결을 당신에게 드립니다'라는 축복의 의미가 담겨 있다. 생명이 전달되어야 하기에 코와 코를 맞대고 인사하는 것이 관습이다.

☕ 커피 한 잔의 여유

내 육체와 영혼에 힘을 주었던 부모님의 숨결을 느끼는 말이나 메모를 다시 한번 생각해 보자.

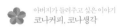 아버지가 들려주고 싶은 이야기
코나커피, 코나생각

코나 커피의 흔적

평생 사랑하고 항상 행복할 것만 같아 결혼했지만, 삶이란 늘 내 생각대로 움직이지는 않는다.

복잡해진 머릿속을 정리하고 싶을 때가 되면 나는 하와이인의 흔적이 있는 그곳으로 간다. 바위 위에 새겨진 하와이인의 흔적이 남아 있는 바닷가, 그 바위 위에 간다. 거기서 지난 시간들을 생각하고, 지금의 현실을 보며, 앞으로의 가야 할 길을 본다.

내가 살고 있는 아파트 울타리 옆길을 돌아 횡단보도를 건너 천천히 걸어간다. 2~3분만 가면 맥도날드가 보이고 '76주유소'를 돌아 오른쪽으로 가면 코나 현지인들이 모여 있다. 그들이 좋아하는 조그마한 '스시 포케'(하와이 생선회 무침) 가게를 지나간다. 늘 바라보고 지날 때마다 다짐한다. 나도 언제 저 가게에 가서 생선회를 한번 먹어봐야 하는데……. 이렇게 생각만 한 지 벌써 2~3년 된 것 같다. 아직도 그 집에 가질 못했다. 오늘도 아쉬움을 뒤로하고 하와이인의 흔적이 있는 그 바위에 도착한다.

건너편 '라바 자바' 레스토랑에는 기타를 든 하와이인의 노래가 아리아의 선율처럼 파도를 타고 흘러나오고 있다. 잘 정리 정돈된 하얀 테이블은 사랑하는 사람을 기다리는 신부처럼 수줍은 듯이 나를 바라본다. 길 건너편 하와이인의 흔적이 있는 바위에 엉덩이를 걸치고 앉아 있으면 내 입술은 나도 모르게 흐르는 음악에 읊조린다. "아주 옛날 나의 사랑하는 아내가 나를 저 테이블보처럼 기다렸던 적이 있었는데." 지금 나는 내 현실을 이렇게 투덜거리며 있다. 그 바위에 앉아 이곳에서 보낸 하와이인들의 흔적을 만져 볼 때마다 그들의 지나간 삶의 모습들이 내 머릿속으로 스쳐 지나가듯 내 삶의 기억도 함께 스쳐 지나간다.

내 왼쪽 얼굴에 긁힌 흔적이 있다.

지나온 세월만큼 내 몸 여기저기 흔적이 남아 있다. 옆집 할아버지가 논에 김매시다가 잠시 낮잠을 주무실 때 논에 매어둔 고삐 풀린 망아지가 우리가 놀던 동네로 달려왔다. 아이들은 다급하게 이리저리 피하는 가운데, 나는 급한 나머지 철조망 밑으로 피하려다 그만 철조망에 왼쪽 빰을 긁혔다.

그리고 물장구치고 수영하기를 유난히 좋아하던 어린 시절, 안양 유원지 계곡에서 유리 조각에 긁혀 오른쪽 허벅지가 길게 찢어졌다. 상처를 부여잡고 울면서 두려움으로 가득한 눈망울로 엄마를 목 놓아 부르며 달려왔던 그 기억들이 강산이 네 번하고 반이나 바뀐 45년의 세월이 흘렀음에도 불구하고, 그 흔적을 볼 때마다 새록새록 지금도 아주 생생하게 떠오른다.

코나커피나무에도 살아온 세월만큼 그 흔적이 있다. 커피나무는 80년을 살고 장수하면 100년을 산다. 인간의 수명과 비슷하다. 어린 커피나무를 묘목으로 심고 3~4년 후면 첫 열매를 맺기 시작한다. 그리고 수확 후 3~4년 지나면 가지치기를 하는데, 가지를 칠 때마다 커피나무는 지나온 세월만큼의 흔적이 남게 된다. 커피나무의 나이를 알려면 나뭇가지에 남겨진 흔적들을 자세히 들여다보면 된다. 사람도 그러하듯 커피나무도 살아온 긴 세월만큼 그 흔적들이 커피나무 가지가지에 그대로 남아 있다.

다운타운에서 산으로 한 10분쯤 올라가면 서부 영화에나 나올 법한 아주 작은 동네가 나온다. 오른쪽에는 아주 오래된 영화관이 나오고, 왼편으로 돌면 분홍색 호텔이 눈앞에 나오는데 1926년에 코나에 세워진 최초의 코나 호텔이다. 사람들은 그 호텔을 '핑크 호텔'이라고 부른다. 기회가 있을 때마다 그 호텔 화장실을 나는 자주 이용하는데, 그럴 만한 이유가 있다. 역사의 현장이기도 하지만 그곳 화장실에서 볼일을 보면서 눈앞에 펼쳐지는 코나의 경치는 세계에서 최고이기 때문이다.

코나 호텔을 뒤로하고 조금 더 가면 내가 자주 가는 코나커피 농장에 도착한다. 농장 입구에는 긴 세월을 지낸 커피나무 한 그루가 항상 그 자리에서 나를 환영한다. 그리고 나도 늘 기쁘게 환영해 준다. 어르신들이 자주 찾아와 줄 때 그러하듯 커피나무도 긴 인생을 살아 이제 나무로서는 노인이 되어 버린 자신을 자주 찾아와 준 것에 감사하는 듯하다. 나는 나무에 남겨진 그 흔적을 한번 만져 보면서 여기 이렇게 살아와 준 커피나무에 감사를 표한다. 마디마디에 그가 살아온 세월의 모습이 고스란히 담겨 있음을 보고, 지나온 내 인생을 보게 하는 그 흔적에 나는 늘 감사를 보낸다.

오늘도 커피나무와 하와이인의 긴 세월의 흔적을 보면서 앞으로

내가 이곳 코나에 살아갈 이유와 삶의 방향을 생각하게 된다. 커피나무 가지를 자른 후 남겨진 그 흔적들은 코나에 사는 나에게 전해주는 코나커피나무의 「징비록」과도 같다. 역사학자도 아닌데 내가 역사를 좋아하는 그 이유를 나도 잘 모르겠다. 그러나 그냥 좋다. 고교 시절 입시 시험지에 답을 적기 위해 들추던 역사책을 이곳 삶의 흔적이 남아 있는 코나에 살면서 다시 떠올리게 됐다.

지나온 과거의 과오를 스스로 징계하고 미래에 일어날 일들을 미리 대비시키기 위해 우리 선조 어르신이 남기고 간 그 책처럼 코나커피나무도 나 자신의 삶을 보라고 그 흔적을 남긴 것 같다. 코나커피 농장으로 이민 온 우리 선조들도 이곳 코나에서 나라를 잃어버린 고통을 이 먼 외국에서 겪으시다가 여기에 묻혔다. 어르신들의 무덤에 그 세월의 흔적이 새겨져 있다. 나는 지금 이곳 코나에서 이런 흔적을 보면서 역사 인식을 가지고 살고 있는지 스스로 묻고 싶다. 빠르게 변하는 이 세상에서 자꾸만 미래만을 보려 하는 나의 태도에 코나커피나무는 충고한다. '과거를 보고 미래를 준비하지 않으면 어쩌면 더 큰 시련과 고통이 더 빠르게 찾아올지도 모른다'고 말이다.

수천 년 고난의 역사를 가진 유대인의 역사 속, 중요한 순간에 자주 등장하는 단어가 있다. 소명을 주시는 하나님이 모세에게 이렇게 말씀하셨다.

너의 조상의 하나님 아브라함, 이삭, 야곱의 하나님께서
나를 너희에게 보내셨다 하라
나의 영원한 이름 대대로 기억할 나의 칭호니라

(출 3:15)

아브라함, 이삭, 야곱의 인생의 흔적을 언급하시고 함께하신 일들에 대해 하나님이 그 이름들을 언급하는 이유는 무엇일까. 나는 유대인들에게 전하는 그 시대마다 변하지 않는 조상들의 과거 속에 미래를 위한 그분의 징비록이 있다고 생각한다.

내 나이 벌써 50하고 중반으로 넘어간다. 지나온 세월만큼 내가 걸어온 인생에도 흔적들이 남아 있다. 사랑하는 아내의 마음속에도 남아 있고, 이제는 나보다 훨씬 커 버린 내 자녀들의 기억 속에도 그 흔적들이 남아 있다. 내가 살아온 인생의 여정에 함께한 모든 이들 마음속에도 있고 여기 코나에 온 지 10년이 넘어가는 세월 속에도 남아 있다. 나의 어두운 면이든 아니면 밝고 아름다운 면이든, 내가 빛 가운데 드러내고 남기는 이유는 다가올 내 자녀의 인생에 아비의 그 흔적들이 거울이 되기를 바라는 마음 때문이다. 지나온 삶과 일에 대한 후회와 아쉬움에 미련을 두고 내 과거의 흔적을 보고 싶은 것은 아니다. 지금까지 내가 살아온 인생을 토대로스스로 경계하고 다가올 미래를 대비하기 위해 보고 싶을 뿐이다.

내가 걸어온 인생에도 「징비록」이 있다. 아직도 과거에 했던 그 과오를 또 반복하려는 모습이 내 안에 남아 있다. 과거의 일을 알고 있는 내 안에 계신 그분과 내 양심은 오늘도 코나커피나무의 흔적에 감추어진 징비록을 보여 주면서 나에게 말씀한다. 지나온 나의 과오를 보라고, 그리고 지금 무엇을 준비해야 하고 내일은 무엇을 준비해야 하는지 말씀해 준다.

처음에는 너무 변하지 않고 옛 모습 그 흔적들 그대로 남아 있는 코나에 대해서 몰랐는데, 과거의 흔적이 그대로 남아 있는 코나가 지금은 좋다. 마디마디마다 잘린 흔적을 볼 수 있는 커피나무가 있는 코나에 내가 머무는 것에 대해 나는 축복이라고 생각한다.

건너편 레스토랑에서 내 귀에 여전히 들려오는 하와이인의 그 노래가 나를 평안하게 하고 하와이인의 흔적이 남은 그 바위 위에서 복잡해진 내 마음을 정리한다. 집으로 돌아오는 발걸음이 한결 가벼워진다. 그 음악 소리 뒤편에 계신 주님이 나를 평안의 세계로 인도하는 듯하다. 여전히 내일도 머리가 복잡한 일이 생기겠지만, 그래도 오늘보다 내일은 어떻게 살아야 하고 어떻게 걸어가야 하는지 가르쳐 준 그 흔적을 남긴 하와이인과 코나커피나무에 감사한 마음을 가지고 집으로 돌아온다. 내일의 희망을 품고…….

- 「징비록」
  1592년부터 1598년까지 7년에 걸친 임진왜란에 후손들에게 지나온 과거의 과오를 스스로 징계하고 미래에 일어날 일들을 미리 대비시키기 위해 우리 선조 어르신이 남기고 간 책이다. 그리고 300년이 흘러 동일한 사건이 조선 말기(1910년)에 일어났다.

- 포케(Poke)
  하와이 언어 중 '잘게 썬다'라는 말에서 나온 하와이 음식. '참치'라는 뜻의 '아이(Ahi)'를 깍두기처럼 잘게 썰어 양파나 해초류를 넣고 무친 음식.

☕ 커피 한 잔의 여유
  내 마음이나 육체에 남겨진 흔적들을 보면서 오늘과 미래에 전하는 메시지가 무엇이 있는지 잠시 생각해 보자.

한 여성분이 멀리 나와 마주 보며 걸어온다.

　그는 항상 검정 비닐봉지 하나를 들고 아침에 운동하러 나온다. 새벽에 코나의 거리를 걷고 운동하는 사람은 많아도 길 좌·우측 숲 속에 대해서는 아무도 관심 없다. 처박혀 널브러진 쓰레기들을 하나 하나를 주워 담는다.

내가 아는 분명한 것은 그 여성분은 청소부는 아니라는 것이다. 그냥 항상 그 시간에 운동하러 나오시는 평범한 분이다. 언제부터 그런 삶을 살아오셨는지 나는 모른다. 그러나 아주 오랫동안 반복하며 살아온 습관처럼 보인다. 그분의 한결같은 삶의 모습 덕분에 코나의 거리는 점점 깨끗해져 간다.

내가 가끔 가는 코나커피 전문점이 있다. 내가 그 집에 자주 가는 이유는 아침에 먹는 아메리카노가 항상 같은 맛을 내기 때문이다. 커피의 맛이 달라지는 이유는 수십 가지가 넘는다. 로스팅한 상태에 따라, 물의 온도에 따라, 그라인더에 갈 때 커피 가루 입자의 굵기에 따라, 커피를 몇 그램 사용함에 따라, 그날 온도와 습도 날씨에 따라 다르다. 심지어 어떤 때는 바리스타의 감정이나 기분에 따라 그 맛도 다르게 나온다. 내가 그 집에 가면 꼭 아메리카노를 주문하는 이유는 코나커피 특유의 구수하고 약간 신맛이 나면서 뒤에 따라오는 잔잔한 쓴맛, 혀끝에 느껴지는 바디감이 항상 한결같기 때문이다.

나는 습관처럼 커피잔을 코에 가까이 댄다. 커피잔 위로 피어나는 향기에 취한다. 어제 마셨던 그 향기가 똑같이 전해 온다. 세상은 나에게 항상 한결같지 않을 때가 더 많은데, 그 집에서 마시는 코나커피 아메리카노는 내 인생이 어떤 상황이든 어떤 형편이든 항상 그 향기로 한결같이 나에게 다가온다.

한 모금을 입안에 머금고넘겨 본다. 신이 주신 땅에서 길러진 코나커피에, 바리스타의 그 신실함에 감사를 보낸다. 그도 아침마다 찾아와 준 것에 대한 감사의 마음을 표현한다. 그런 코나커피를 이 땅에 남겨 주신 신실하신 하늘의 아버지께 감사를 드린다. 항상 나의 어떠함에도 불구하고 같은 향기와 같은 사랑으로 다가오시는 한 결같은 그분께 감사와 찬송을 올려드린다.

오늘은 주일 아침이다. 이번 시즌에는 많은 사람이 교회를 방문한다. 평소보다 배나 많은 사람이 예배를 드리면 내가 더 흥분되는 것 같다. 감사함과 사랑함으로 드려지는 예배는 오시는 사람들에게 위로와 격려가 되는가 보다. 커피 추수의 시즌인 가을이 오면 교회는 할 일이 더 많아진다. 간식을 두 배로 준비한다. 성도들의 수고도 두 배가 된다. 가끔 식사하는 날이면 준비하는 양은 더 많아진다. 한국 음식을 그리워하는 친구들이 이날은 광고도 안 했는데 너무나 잘 안다. 조금은 힘들긴 하지만 코나에서 자라고 본토로 떠나간 두 아들과 친구들을 생각하면 한국 음식이 먹고 싶어 찾아온 젊은 친구들이 다 아들과 그 친구들처럼 느껴져 사랑스럽다.

주방은 식사를 준비하는 사람들로 바빠진다. 이런 날이면 식사 후 정리해야 할 일들이 너무나 많다. 맛있게 먹는 사람들, 식사 후 다음 일정으로 바쁘게 교회를 빠져나가는 사람들, 한바탕 전쟁을 치르고 난 후 바닥에 널려진 전쟁의 상흔이 여기저기 흩어져 있다. 항상 어디를 가든 먹는 사람, 치우는 사람이 따로 있듯이 사람 사는 여기도 똑같다. 학교 셔틀버스가 오면 자신의 교회가 아니기에 대부분 그냥 간다.

한 친구가 생각이 난다. 12주 내내 한인교회를 방문한 한 친구가 있다. 친구라고 내가 말했지만, 사실 나는 이름도 모르고 어디서 살고 무엇을 하다 왔는지도 모른다. 내가 알고 있는 것 하나는 손가락 하나가 절단된 장애를 가진 친구라는 것뿐이다. 무슨 연유인지 자신의 인생에 힘든 시간을 보냈던 것은 분명한 것 같다. 그러나 그 많은 사람들 중 내 눈에 그 친구가 인상이 깊게 남는 이유가 있다.

그 친구는 누가 부탁도 하지 않았는데 의자를 정리한다. 주위에 간식 먹고 버려진 음식물 쓰레기를 말없이 정리하다가 마지막 학교 셔틀버스가 오면 조용히 간다. 이번에 한두 번 그러고 말겠지 생각했지만, 그는 3개월 내내 코나를 떠날 때까지 그러다 갔다. 그의 한결같은 모습을 보면서 누군가 대기업의 회장이 나에게 코나를 거쳐 간 사람 중에 한 사람을 추천하라 하면 그 사람을 추천하고 싶다고 생각했다. 그가 어디를 가든 그런 인생 결을 지닐 거라고 확신하기 때문이다. 지금은 어디에 있는지 모르지만 거기서도 그렇게 살고 있을 그 친구를 생각만 해도 나는 기분이 좋다.

'인생 결' 이는 아주 오랜 시간 동안 반복하는 것, 즉 어떤 패턴에

의해 생긴 것을 말하는데 나무에는 '나뭇결'이 있고 인생에도 '인생결'이 있다. 코나를 오랫동안 지켜온 나무의 나뭇결이 있듯이 사람에게도 살아온 삶의 인생 결이 있다. 다른 말로 '라이프 스타일'이라 말해도 좋겠다. 항상 반복되는 습관이나 태도의 어떤 패턴을 말한다. 상황이나 환경이 변한다 해도 그 패턴을 바꾸지 않고 항상 같은 삶의 방향으로 가는 사람을 보면 '한결같다'고 말한다. 나는 이런 사람이 좋다.

코나에 머물다 떠나는 사람들이 얼마나 많은가. 가만히 지켜보면 사람마다 그 사람의 '인생 결'이 있고 신앙에도 '신앙 결'이라고도 할 수 있는 그 사람만의 패턴이나 태도가 있음을 본다. 교회 오는 시간도 항상 그 시간에 온다. 앉는 자리도 항상 앉는 그 자리에 앉는다. 사람을 대하는 태도에도 그 사람만의 결이 있다.

또 한 젊은 청년이 기억이 난다. 결혼하고 신혼으로 코나에 온다. 그리고 여기서 오랜 시간을 함께 보냈다. 내가 아는 그는 한번 결정하면 변함이 없다. 한 방향으로 자신의 인생 결을 그어 간다. 다른 데 눈을 돌리거나 두리번거리지도 않는다. 결정하면 그 방향으로 계속 간다. 사역이든, 관계든, 한번 정하면 계속 간다. 한 방향, 한 길로 계속 걸어온 친구이다. 자신에게 주어진 일에 대하여 불편한 얼굴을 보이지 않고 주어진 책임에 대하여 항상 한결같은 친구이다. 그런 친구들을 보면 나는 행복하다. 늘 가던 커피숍 그 아메리카노의 향기처럼 그는 늘 내게 그렇게 다가왔다. 그리고 오늘도 여전히 같은 사랑과 같은 성품으로 다가오시는 주님의 한결같은 그 사랑에 나는 오늘을 산다.

이른 아침 새벽에 눈을 떴다. 간밤에 누군가 코나의 거리거리를 깨끗이 청소해 놓았다. 지난밤 큰 파도를 온몸으로 받고 심신이 어려워 투정부리다 잠든 나를 위해 사랑하시는 그분이 코나의 거리거리를 청소해 놓으셨나 보다. 온 대지를 깨끗이 청소해 놓으시고 플루메리아 꽃들이 간밤에 비를 맞아물방울을 머금은 채 20대에 처음 만난 싱그러운 아내의 얼굴 모습으로 나를 향하여 사랑의 음성을연거푸 날리고 있다! 아, 그때가 그립다…….

이 땅에 존재하는 모든 사람은 지금도 자신의 '인생 결'을 그으며 살아가고 있다. 아주 일정하고 동일한 패턴으로 그어 가고 있는지 내가 스스로 살아온 삶의 '결'을 나는 모를 수 있지만, 내 곁에 있는 사람은 나를 보고 내 안에 그어진'결'을 알 수 있다.인생 결, 즉 라이프 스타일이란 그것이 긍정적이든 부정적이든 다음 세대에 상당히 영향을 준다. 그래서 내가 매일매일 살아가는 삶의 태도나 좋은 습관은 매우 중요하다. 따라서 부모세대가 인식하고 살아야 할 삶의 중요한 요소라 나는 생각한다.

오늘도 하늘과 바다를 본다.

변함이 없으신, 한결같으신 그분 때문에 나는 오늘을 산다. 그리고 그렇게 살다가 내 곁을 떠난 그 친구를 생각하면 기분이 좋다. 오늘 아침에도 쓰레기를 줍는 그분의 인생 결이 코나를 아름답게 한다. 나도 그들처럼, 내 라이프 스타일이 한결같이 인생결을 그으며 가는 사람으로 기억되고 싶다. 내 주변에 늘 가까이 있던 사람들과 내 자녀들이 아버지는 한결같은 사람이었다고 기억했으면 좋겠다. 항상 일정한 결이 새겨진 인생이 되기를 소망하며 오늘도 산다.

- 바리스타(Barista)

  이탈리아에서 유래된 말로 '바(Bar)' 안에서 일하는 사람을 뜻하는데 커피나
  에스프레소 머신을 전문적으로 다루는 사람이라는 의미로 사용한다.

☕ 커피 한 잔의 여유

  지금까지 내가 살아온 내 인생의 결을 10년 단위로 한번 그려 보자. 나이테로
  그려도 좋고 선 그래프로 그려도 좋다.

내가 연애할 때 아내가 다니던 이화여대 앞 카페에서 아내 친구들을 만난 적이 있다. 나를 만나고 학교로 돌아간 아내의 친구들이 내 이름을 가지고 내기를 했다. 아내와 나는 친구들과 헤어지고 친구들은 그 자리에 남아 "양순이 남자 친구 이름이 뭐지?" 생각이 가물가물하여 내기한 것이다. 분명 문은 문인데 '정문'인지 '교문'인지 헷갈려 친구들끼리 저녁을 내기한 적이 있었다. 내 이름은 여기서 다시 한 번 분명히 밝히지만 정문은 아니고 '교문'이다.

어린 시절 나는 이름 때문에 좋지 않은 추억을 가지고 있다.

교문, 정문, 후문, 뒷문 등등. 동네에 학식이 높으신 할아버지가 지어 주신 이름인데 한자로는 가르칠 '교' 자에 글월 '문' 자로 '가르치는 사람'이 되라는 좋은 의미의 이름이다. 내가 이 의미를 알게 되기 전까지 이름을 지어 주신 할아버지와 부모를 원망하며 살아온 시절이 있다.

내 이름에 관한 에피소드는 무척 많다. 다 기록하자면 백과사전 정도는 되지 않을까……. 그러나 지금은 그 이름의 특이성 때문에 오랜 세월이 지났음에도 불구하고 나의 친구들은 나를 기억하고, 그

의미가 좋으므로 나는 지금 내 이름을 사랑하고 좋아한다.

건축을 전공한 나로서는 건물 설계 시 문이 얼마나 중요한지 잘 알고 있다. 기능에 따라 위치와 크기가 달라지기도 하고 문을 여는 방향도 결정된다. 문의 종류도 그 방식에 따라 다양하게 사용된다. 문이란 사전적으로 보면 다른 물건이나 사람이 또 다른 공간으로 옮겨 가거나 드나들 수 있도록 벽을 열어 놓는 것을 의미한다.

그리고 '문'이라는 단어는 건물에만 사용되는 것은 아니다. 인생에도 꼭 거쳐 가야 할 관문이나 이루고 싶은 꿈을 표현할 때도 문이라는 단어를 사용한다. 요즘 젊은이들은 문과 관련하여 '취업의 문'이라는 단어를 가장 많이 사용한다. 하루의 영업을 시작하는 가게 주인은 '문을 연다. 문을 닫는다.'라고 말한다. 세계무역이 자유화되면서 '문호를 연다, 개방하라'라는 문장에 '문'이라는 단어를 사용하기도 한다. 문이 없으면 건물은 소통되지 못하고 단절된다. 건축물로서의 그 기능과 가치를 잃어버리게 된다. 문이 효율적으로 설치되어 있지 않으면 쓸모없는 건물이 되고 사용가치가 없게 된다.

'문'이라는 단어와 평생을 함께 살아온 나는 내 이름과 의미는 달랐지만 문에 대해 많은 생각을 가지게 됐다. 사실 '문'이란 안과 밖을 연결해 주는 통로 그 이상의 의미가 있다. 내가 인생에서 이 이름으로 얻은 소중한 진리 하나는 '문'이란 서로의 마음을 열어 소통하고 마음을 나누는 의미가 더 크다는 것이다.

요즘 고국의 거리거리에는 손에 커피 한 잔씩 들고 다니는 사람들이 많다. 커피숍마다 만나는 사람들로 북적인다. 연인의 만남이기도 하고, 서로가 포옹하고 격한 반응을 보니 아주 오랜 친구의 만남처럼 보이기도 하고, 어떤 이들은 심각한 비즈니스 미팅 같기도 하고, 어떤 친구는 누군가를 기다려야 하는지 스마트 폰이나 책과 아주 깊은 소통을 한다.

지난여름 고국에서 코나로 돌아오는 시간 여유가 없어 일정을 쪼개어 만나고 싶은 분들을 만나기 위해 한 커피숍에 하루에 5번 간 적도 있었다. 그 커피숍 바리스타가 나를 의미심장한 눈으로 바라봤다. 궁금하기도 하고 어디서 무엇을 하는지 지그시 바라보는 눈길이 아직도 잊히지 않는다. 그들이나 나도 커피숍에 모인 이유가 다 다르긴 하겠지만 코나커피처럼 마음을 열고 그 마음의 문 안으로 들어가는 선한 통로가 되기를 바란다.

내가 코나에 처음 올 때, 나는 커피를 좋아하지도 마시지도 않았다. 초기 4~5년을 코나에서 흘러 지나가는 시간 속에도 코나커피가 세계 3대 명품 커피인지 알지도 못했다. 그러다 코나에 커피 농장을 사시고 운영하시는 한국 분으로 인하여 나는 코나커피의 세계로 들어가게 된다. 그리고 코나커피는 더 넓은 세상으로 가는 문이 되기도 했고, 사람들의 마음속으로 들어가는 통로가 되기도 했다. 나에게 코나커피는 세상으로 들어가는 '소통의 문'이기도 하고 더 넓은 세상의 친구들이 내 안에 들어오는 '통로'이기도 하다.

나는 가끔 코나커피 전문점에 간다.

매일 아침 하루의 일과를 시작하기에 앞서 코나커피를 마시러 나오는 나이 많으신 유대인 택시기사 아저씨와 인사를 나눈다. 유대인의 독특한 행동과 특유의 복장에, 머리에는 아주 조그마한 모자를 쓰고 계신다. 칵테일바처럼 아주 높은, 늘 그 자리의 그 구석 커피 테이블에 한 손을 걸치고 바리스타와 하루를 시작하는 소소한 이야기를 나눈다. 그에게 코나커피는 하루를 여는 소통의 시작이기도 하다.

커피숍 옆에는 그림 그리는 직업을 가진하와이인 형제 '데이빗'이 있다. 그도 매일 아침 코나커피가 자신의 작품의 세계로 들어가는 문이 된다.코나 바닷속의 아름다움을 좋아하는 그는 바닷속 미지의 세계로 들어가는 첫 시작을 코나커피와 함께한다. 그리고 붓을 들고 그림을 그리기 시작한다. 그리고 나를 향해 손을 흔든다.

베트남에서 온 아주 친절한 '존'이란 친구도 있다. 며칠 전 사랑하는 아내가 출산했다. 코나커피 전문점 때문에 알게 된 친구이다. 알래스카, 캐나다에서 온 여행객, 때로는 멀리 네덜란드, 덴마크, 북유럽에서 오신 분들도 만나게 된다. 코나커피가 아니면 만날 이유도, 소통할 이유도 없다. 그냥 흘러가는 바람처럼 스쳐지나 갈 수도 있었을 텐데 코나를 찾은 사람들과도 코나커피 때문에 소통하게 된다. 이제 코나커피는 코나를 다녀간 수많은 친구 모두의 삶으로 들어가는, 그분이 나에게 주신 나의 문이자 '소통의 통로'가 된다.

나는 '소통의 문 코나커피'를 늘 열어 놓고 세상과 오늘도 소통한다. 코나커피가 밖에 있는 사랑하는 가족들 마음에 들어갈 수 있고 내 인생 밖에 있는 친구들의 마음이 내 안에 들어올 수 있도록 늘 열어 놓는 문이 된 것에 감사하게 생각한다. 코나에 방문하는 사람들을 만나면 내가 제일 먼저 하는 일은 코나커피 한 잔을 대접하는 일이다. 그리고 그분이 이곳에 머무는 동안 커뮤니티 안으로 들어오는 문을 열어 주기도 하고 또 나는 그분의 삶으로 가는 인생의 여정을 시작하기도 한다. 한 번 주어진 내 인생을 다양한 사람들과 다양한

문화를 경험하면서 그들과 소중한 삶의 관계를 보내게 한 코나커피는 그분이 내 삶에 허락한 축복이고, 나는 그것을 감사하게 생각한다. 오늘도 그분이 허락하신 시간 속에서 만나는 사람에게 나는 이렇게 말을 붙인다.

"코나커피 한잔하시겠습니까?"

그리고 그분의 마음의 문으로 들어가는 흥분된 여행을 나는 시작한다.

• 커피의 무역량

　전 세계 무역량 1위는 석유이며, 2위는 커피이다. 전 세계적으로 연간 6,000억 잔, 하루 약 17억 잔의 커피가 소비된다.

커피 한 잔의 여유

　내가 다른 사람과 소통할 때 나는 무엇을 통해 소통하는지 적어 보자.

지난 3개월간 긴 여행을 마치고 나는 코나로 돌아왔다. 이번에도 여행하는 내내 나는 가방과 씨름했다. 그리고 그 가방 때문에 아내와 씨름했다. 이렇게 코나로 가지고 갈 물건들이 많은지. 코나로 돌아오는 시간 내내 말이다.

이 물건도 필요하고 저 물건도 가지고 가야 하고. 이것은 꼭 가지고 가야 하고 저 물건은 절대 두고 가면 안 되고. 이렇게 꼭 필요한 물건들을 다 챙기다 보면 무거운 가방을 끌고 여행한 적이 한두 번이 아니다. 그리고 공항에서 무게가 초과되어 여행 가방을 다 풀어 헤치고 정리하는 일은 지금 생각 해도 끔찍하다.

내가 장담하길 분명히 앞으로도 내 생명이 이 땅에 부지하는 한 계속되리라 생각한다. 나는 이번에도 가벼운 가방을 들고 하는 여행은 실패하고 만다.

코나에 살면서 자주 고국을 방문하거나 여행을 하다 보니 가끔 가방 없이 떠나는 여행은 할 수 없을까 생각해 본 적이 있다. 내가 가야 할 목적지에 필요한 모든 물건이 준비되어 있고 여행을 떠날 때는 가방이 필요하지 않은 그런 여행 말이다.

오직 여권과 비행기 표만 손에 들고 가벼운 마음으로 떠나는 그런 여행 말이다.

내가 가방과 한바탕 씨름하고 다시 여행을 마치고 코나에 도착한 지 며칠 후의 일이다. 코나에서 가방 없이 긴 여행을 떠난 사랑하는 가족이 있다. 2년간의 투병 생활을 하면서 언젠가 남편이 세상을 떠나게 되면 장례를 나에게 부탁한 가족이다.

내가 3개월간의 긴 여행을 마치고 도착한 것을 어떻게 아셨는지, 도착 이틀 후 가방 없는 긴 여행을 떠난 가족이다.

하와이 코나에서 북쪽으로 한 시간쯤 가다 보면 카메하메하 왕의 고향에서 태어나고 여기서 81년의 긴 세월을 보내다 떠난 한국인 부인 '엔' 성도의 남편이 살던 곳이 있다. 그는 인생의 모든 가방을 두고 빈손으로 여행을 떠나셨다. 국가의 부름을 받아 군인으로 복무하고 한 아내의 남편으로 세 아들의 아버지로서 그 책임을 다하다가 돌아갈 때가 되어서 가방이 필요치 않은 여행을, 그는 시작했다.

코나에서 북쪽 10마일쯤 웨스트 하와이 베테랑 국립묘지에 조기가 걸려 있고 동료이자 노 전우들의 총포 소리가 하늘에 크게 울린다. 가지고 있던 세상의 무거운 모든 것을 땅에 두고 가벼운 마음과 영혼만을 가지고 떠나는 전우에게 천천히손을 올리는거수경례로 경의를 표한다.

어느 노병의 그 태도에서 죽음 속에 담긴 인생의 경건함과 존귀함을 본다.

떠나는 자나 남아 있는 자들이나 치열한 전쟁의 현장에서 살아남아 이곳 코나에서 함께 살아준 감사함과 서로를 사랑함을 나는 본다.

그리고 그의 영혼은 가벼움과 자유로움으로 아버지의 집으로 떠나간
다. 그래서 하와이인들은 내가 살고 머무는 이 장소에 '하와이', 즉
'신이 머무는 장소', '내가 가야 할 고향'이라고 이름을 붙였나 보다.

인생이라는 여행을 우리는 모두 지금 하고 있다. 내가 머무는 이
곳 코나에서도 나는 여행 중이다. 나도 언제 코나를 떠날지 모르는
흐르는 시간 속에 가방이 필요치 않고 코나를 떠날 수 있도록 가벼
운 여행을 준비한다.

깊숙이 넣어 두었던 오랫동안 사용하지 않은 물건이나 불필요한
짐들을 정리하고, 먹어야 할 음식도 간단하게 하여 살기로 다짐한
다. 냉장고에 있는 음식물부터 하나씩 하나씩 비우고 있다.

내 주변에 너무 많이 널브러진 일들이나 사역들을 정리하고 내가
가지고 있는 직임이나 타이틀이 무엇이 있는지 정리해 본다. 하는
일도 없는데 지나친 욕심으로 붙들고 있는 자리가 있지는 않은지 나
를 정리해 본다.

문득 내 지갑 속을 열어 본다.

무슨 카드가 왜 이렇게 많은지 하나하나 끄집어 펼쳐 본다. 필요
할 것 같아 지갑에 넣어둔 지 아주 오래된 쿠폰이나 할인카드가 사
용 일자가 지난 지 오랜 줄도 모르고 가지고 나는 인생을 살아왔다.
지갑 속에 필요치 않거나 사용하지 않는 카드를 정리하고 내 신분과
나이에 맞는것들만 가지고 인생이라는 여행을 다시 시작하려 한다.

언젠가 나에게도 창조주가 가방 없이 여행을 떠나라 말씀하는 그
날에 가볍게 이 세상에 모든 것을 놓고 떠날 수 있도록 나는 오늘 가
방 없이 떠나는 여행을 연습한다.

  우리는 모두 오던 곳으로 돌아갈 것이다. 나를 사랑하시는 내 아버지의 집에는 이 땅에 있는 모든 것은 불필요하고, 무거운 가방이 필요치 않고 아주 가벼운 티켓 한 장을 들고 떠나는 여행을 미리 연습하는 삶을 살고 싶다.

  가벼운 여행을 떠나는 고인의 영혼이 인생의 가방을 가볍게 정리하려는 나에게 환한 웃음으로 손을 흔들어 주는 것 같다.

• 웨스트 하와이 베테랑 국립묘지(West Hawaii Veterans Cemetery)
  짧은 역사 속에도 미국은 국가를 위해 헌신한 군인에 대한 존경심이 크다. 지역마다 국립묘지가 있고, 그의 아내가 사망 시에도 함께 묻히게 된다.

☕ 커피 한 잔의 여유
  한 번은 꼭 가고 싶은 여행지를 생각해 보자. 그리고 그 여행에 꼭 가지고 가야 할 물건들만 적어 보자.

인생에는 누구나 반드시 넘어야 할 '죽음의 언덕'이 있다.

이 단어를 생물학에서는 '데스 포인트'(Death Point)라고 말한다. 어떤 생물의 원형이 생존할 수 있는 최고온, 최저온의 한계점을 말한다. 프로 축구 선수들이 90분 경기 중 선수마다 오는 시간이 조금씩 다르긴 하지만 85분이 지나는 전후 시점이기도 하고, 마라톤에서도 42.195km 중 30~35km 지점을 지나갈 무렵이기도 하다. 이때 선수는 인간의 극한 한계점, 즉 '데스 포인트' 지점에 도달하게 되는데 의지가 약한 사람은 이 지점이 되면 포기하고 경기장에 쓰러지거나 길바닥에 주저앉게 된다.

그러나 스포츠 과학자들은 말한다. 죽기를 각오하고 정신력으로 이 지점에서 그 극심한 고통을 견디고 싸워 통과하면 우리 몸은 놀랍게도 새로운 에너지를 만들어 내면서 베타 엔도르핀(Beta endorphin)이 급격히 분비되고 제2의 호흡 즉 '세컨드 윈드(Second wind)'라는 새로운 세계로 들어가게 된다. 이때 마음에는 평안함이 오며 축구경기의 90분 경기를 잘 마치게 되고 마라톤은 경주를 성공적으로 끝내게 된다.

코나커피에도 죽음의 언덕이 있다.

가끔 나는 월요일이 되면 코나커피 농장에 로스팅하러 올라간다. 코나의 높은 산에서 내려온 차디찬 바람을 견디고 이겨 낸 코나커피 원두가 여러 단계를 거쳐 수분이 일정한 창고에 귀하게 보관된다. 내가 그 원두가 보관된 창고의 문을 열고 들어갈 때마다 느끼는 그 냄새는 무어라고 표현해야 할까, 아주 어린 시절 부모님이 장사하시던 쌀 창고의 풋풋한 농산물의 냄새라고나 할까. 등에 흠뻑 젖은 코나커피 농장 농부의 옷에서 나는 땀 냄새 같기도 하다.

그해에 농부가 땀을 흘려 수확한 생두를 '뉴 크롭(new crop)'이라 하고 전년도에 수확된 생두를 '패스트 크롭(past crop)'이라 하는데, 코나에는 전년도 생두가 없다. 수확량이 적고 귀한 커피이기에 항상 커피 애호가들은 코나커피 생두를 구하기가 쉽지 않다. 코나커피 생두를 확보하려는 전쟁은 추수가 끝이 난 가을이 되면 시작된다.

생두를 농장 책임자가 조심스럽게 가지고 나온다. 나는 습관처럼 생두 한 주먹을 잡아 본다. 항상 그 느낌이 좋다. 어린 시절 설거지 하시고 난 후 내 손을 잡으신, 조금은 차가운 듯하면서도 다정다감하게 내미시던 그 젖은 어머니의 손길 같다. 조심스럽게 생두를 다루면서 테이블 위에 올려놓는다. 이제 경기를 막 출전하려는 축구 선수들이 대기하면서 느끼는 그 긴장감이랄까 아니면 마라톤 경기의 출발 선상에 몰려 있는 마라토너의 얼굴을 코나커피 생두에게서 보는 듯하다.

반 열풍식인 그리 크지 않은 로스팅 기계의 스타트 버튼을 누르면 드럼이 소리를 내면서 돌고 열을 아주 천천히 올리기 시작한다. 테이블 위에 있던 생두도 이제 자신이 새롭게 변화하는 삶으로 들어가기 위해 마음으로 준비하는 듯 나를 바라보고 사인을 준다. 깔때기 모양의 로스터 통 안에 생두를 부으면 그들의 움직임도 분주해진다. 드럼 온도를 알려 주는 계기판의 숫자가 빠르게 올라가고 400도까지 올라간 로스팅 기계는 예열을 마치고 생두를 받을 준비가 됐음을 알려 준다. 그리고 나는 드럼 안으로 생두를 들여보내는 손잡이를 힘 있게 올리고 내리며 생두를 투입한다.

이제부터 생두가 그의 데스 포인트로 가는 여정이 시작된다. 드럼 통 안에 들어간 생두는 드럼과 함께 돌면서 '싹싹', '사각사각' 소리를 낸다. 마라토너가 달리며 자기만의 그 리듬을 타는 듯 돌아가는 소리가 나기 시작한다. 200도 이하로 온도가 떨어진 후 서서히 다시 온도를 올린다.

15분 정도 지나고 온도가 160~170도쯤 지나갈 무렵 코나커피의 생두는 1차 '데스 포인트' 지점에 이른다. 생두는 이 온도에서 '1차 팝핑'(1차 크랙)을 시작하고 새로운 화학반응이 일어난다. 드럼통 안의 생두를 볼 수 있는 창문으로 내가 보는 생두는 이때까지는 별 어려움이 없이 달리는 듯하다. 내가 아주 평범하게 중·고등학교를 나오고 대학을 다니기까지는 내 인생에 죽음의 한계를 느낄 만한 나만의 '데스 포인트'를 지나가지 않았던 것처럼 말이다.

1차 팝핑이 시작되는 그 시간이 오면 나는 모든 오감과 촉각을 세운다. 처음 창고에서 느꼈던 풋풋한 냄새보다는 조금씩 구수한 냄새가 나면서 생두는 황금색으로 변한다. 조금 더 시간이 흘러가더니 그 얼굴에 견디기 힘든 고통이 느껴오는지 점점 어둡고 짙은 갈색으

로 변해 가는 모습을 내가 옆에서 지켜봐야 한다.

부모의 고통이 무엇인지 아직은 알지 못하는 어린아이들의 재잘거리며 노는 이야기 소리가 멀리서 들려오는 듯, 철없던 시절에 떠들던 소리가 지나고 '2차 팝핑'의 시간이 온다. '톡톡' 여기저기서 소리가 아주 희미하게 들리기 시작한다. 코나커피의 '데스 포인트'를 통과하는 시간이다. '댐퍼 밸브'(드럼통 안의 열기를 빼주는 밸브)를 열어 주고 데스 포인트를 힘겹게 지날 코나커피의 뜨거운 열기를 식혀 줄 냉각 통이 천천히 돌리며 수고했다고 받아줄 준비를 마친다.

2차 팝핑이 시작되는 이 시점부터 생두는 화학적으로 크게 변화되고 수백 가지의 아로마 화합물이 형성된다. 이 극한의 시점을 통과한 후, 코나커피라는 명품 커피가 로스팅이 되어 탄생한다.

'데스 포인트', 죽음의 언덕을 힘겹게 오르고 계신 분으로부터 연락이 왔다. 러시아에서 온 슬픈 소식이다. 사랑하는 남편이 떠났다는 소식이다. 2002년에 코나에서 만난 후 아주 오랜 시간 메일로 소식을 주고받은 선교사님인데, 남편을 보낸 선교지의 빈 자리가 얼마나 큰지 힘들어하시는 그 심정이 보내온 메일 속에 고스란히 묻어 났다. 한번 만나 뵙고 싶은 마음은 있으나 그분은 러시아, 나는 하와이 코나에 있으니 쉬운 상황은 아니다.

그로부터 수년 후 내가 여름 한국 방문 중 소식이 왔다. 지금 자신도 한국에 잠시 들리게 됐다는 소식이다. 항상 주님은 소망은 들어주시는가 보다. 강남 전철역 사거리 어느 카페에서 만났다. 나를 보자마자 눈물을 글썽이신다. 자기 인생의, 죽음의 언덕을 넘어가는 것이 무척이나 버거우신가 보다.

　말없이 침묵만 흐르고 시간은 멈추어 선 느낌이다. 슬픈 감정이
차분해지고 그동안 있었던 삶의 이야기를 하나씩 하나씩 풀어 놓으
신다. 남편에 대한 사랑, 이별, 슬픔, 그리움을 나눈다. 남편과 함
께 수십 년을 헌신한 선교지에서 모함, 배반, 누명, 외면을 겪었다.
내 남편의 인생을 묻어둔 그 현장에서 일어난 사건이 너무나 힘들었
나 보다. 다시 하염없는 눈물을 흘린다. 그리고 다시 긴 침묵이 흐
른다. 한참 후에 그 죽음의 언덕에서 내가 견디고 살 수 있었던 것은
죽을 것 같은 순간에 날아오던 코나커피 이야기였다고, 그것은 주님
이 전하는 위로와 격려의 편지였다고 나에게 감사의 마음을 전한다.
나는 내 인생에 주님이 주신 마음을 나누었을 뿐인데, 그 부족한 글
에 주님의 숨결을 실어 죽음의 언덕을 오르는 이들에게 격려가 됨에
감사할 뿐이다.
　내 인생에도 코나커피처럼 죽음의 언덕(데스 포인트)을 지나가던 시

간이 있었다. 어쩌면 나는 지금도 그런 시간을 코나에서 보내고 있는지도 모른다. 내가 코나에 머물 때 죽음의 순간 그 고통의 시간을 보내는 아버님을 옆에서 애처롭게 바라만 봐야 했던 큰형님의 얼굴이 떠오른다. 얼마 전 둘째 형님으로부터 연락이 왔다. 방광암이 재발하였다는 소식이다. 근육까지 침투하여 큰 수술을 결정해야 하는 어려운 상황이다. 그런데 그 목소리가 이상할 정도로 평온하다. 모든 것을 생명의 주관자에게 믿음으로 맡긴 듯하다. 지금 둘째 형님도 이 죽음의 언덕을 지나고 계시다.

코나에 나와 오랜 시간을 함께한 한 장로님이 한국을 방문했을 때의 일이다. 내가 아는 지인의 병원을 소개했는데, 거기서 세상은 우연이지만 그분에겐 하나님의 은혜이자 기적이다. 위암을 발견한 것이다. 그 위치가 내시경으로 발견하기 어려운 위치인데 기적적인 발견이다. 수술 과정 중에 일어난 에피소드를 말하면 끝이 없을 정도로 주님의 인도하심이 놀랍다. 장로님도 지금 '데스 포인트' 지점을 지나고 있다. 힘들지만 견디다 보면 어느 날 자신도 모르는 새로운 세상으로 인도되리라 확신하기 때문이다.

나는 둘째 아들까지 대학 진학으로 시애틀에 두고 왔다. 나의 아들들은 지금 자기 인생에 처음으로 하와이 코나 조그만 도시에서 더 큰 비전을 위해 넓은 세상에 나가 있다. 아들들은 자기 인생에 처음으로 혼자 보내는 '데스 포인트'의 혹독한 시간을 보내고 있다고 생각한다. 큰아들을 기숙사에 두고 다시 코나로 돌아올 때도 그랬고, 둘째 아들을 시애틀 남쪽 타코마에 두고 공항 근처 호텔에서 하루를 머물던 그 밤도 나는 아직도 잊히지 않는다.

모든 부모 심정이 그러하겠지만 이제는 내 손에서 떠나간 두 아들의 인생에 부모로서 내가 할 수 있는 것이란 많지 않아 보인다. 시애틀을 뒤로하고 코나로 돌아오는 비행기 안에서 곰곰이 깊은 생각에 잠겨 본다. 아주 세미하고 다정하게 위로하는 그분의 음성이 들려온다. "부모인 네가 할 수 있는 일이란 두 자녀를 위해 첫째는 부모가 아이들의 진로에 방해되지 않도록 건강하게 사는 것이고, 둘째는 쉽지 않은 이 세상에서 도전하는 삶을 포기하지 않도록 격려하고 매일 기도하는 것이다." 나는 코나에 도착하자마자 다음 날 새벽을 달리면서 두 아들을 위해 기도했다.

50여 년의 인생을 살아온 아버지인 내가 믿는 것 하나는 나에게 말씀하신 그분이 두 아들 인생의 '데스 포인트'의 시간을 지나갈 때마다 돕는 자를 옆에 반드시 붙여 놓으셨으리라는 것이다. 그리고 그 선물을 받기까지 아들이 죽기를 각오하고 인내하며 잘 견디길 기도한다.

　내 아들은 조금 후면 알게 될 것이다. 자기만의 '데스 포인트'가 지나고 나면 새로운 세상으로 들어가게 되고 마음에 평온함이 온다는 것을 그리고 마지막을 승리와 영광의 길로 가게 된다는 것을……. 내 인생도 그리고 두 아들 환희와 견희 인생도 코나커피가 '데스 포인트'를 지나 명품 커피가 되듯 이 세상에서 각자의 그 시간을 잘 견디고 통과하여 명품 인생이 될 그날을 나는 생각하며 기쁜 마음으로 코나 다운타운으로 돌아온다. 내 눈앞에 펼쳐지는 코나 다운타운의 모습이 얼마나 아름답게 보이는지. 고난의 시간을 통과한 후 보이는 모습이 세상에서 제일 아름답게 보이는 것 같다.

- 　베타 엔도르핀(Beta endorphin)
  긍정적인 사고를 할 때 우리 몸에 형성되는 호르몬으로 통증을 완화하고 기분을 좋게 만드는 효과가 있다.

- 　세컨드 윈드(Second wind)
  1979년 캘리포니아대 심리학자 '아놀드 맨델'의 정신과학 논문집에 나옴

☕ 커피 한 잔의 여유
  내 인생에 가장 고통스러웠던 일이 언제인지 생각해 보자. 그리고 그때 내가 어떻게 견딜 수 있었는지도 떠올려 보자.

천천히 가도 이루어지는 꿈

코나의 거리는 가끔 나를 뒤로 돌려보내는 것 같은 느낌을 받는다.

세월 속에서 계속 앞만 바라보고 달려왔을 뿐 한 번도 뒤로 간 적이 없는데 말이다. 다운타운에 머리에는 두건을 쓰고 옛날 서부 영화에서나 나올 듯한 롱드레스를 입은 자매들이 걸어 다니고 형제들은 청바지 위에 체크무늬 남방을 입었다. 아주 그리 세련된 색상이나 디자인이 아닌 그냥 오래된, 평범한 의상을 입고 다니는 사람들은 18세기 중반쯤으로 시간이 되돌아간 듯한 느낌을 받게 한다.

영국교회가 세속에 물들어 버린 후 거대한 권력과 조직에 대하여 종교개혁을 부르짖다가 16세기에 핍박을 피해 영국을 떠난 사람들, 우리가 익히 들어서 아는 퀘이커 교도들, 모라비아 형제회 사람들, 1620년 미 동부 보스턴으로 와서 미국이란 나라의 기초가 된 청교도의 영향을 받은 사람들이 천천히 가는 코나에 나타난 것이다. 21세기 빠르게 변하는 이 세상에 살면서도 그들은 천천히 가는 삶을 선택하고 있다. 아주 단순하게 사는 삶을 더 높은 가치로 두며 살아간다. 땅에서 두 발을 딛는 동안 꼭 필요한 것만 소유하고, 불필요한 것들이나 너무 많은 것을 손에 쥐기를 포기하고 살아가는 사람들이다.

꿈을 찾아 떠나 이루고 싶은 것이 많아 미국에 찾아온 사람들은 '아메리칸 드림'을 말하고 동남아시아 사람들은 한국이 그들이 이루고 싶은 '코리안 드림'이라고 말하기도 한다. 비전이나 꿈을 가지는 것만큼 인생에 소중한 것이 어디에 있겠는가. 성서는 "꿈이 없는 민족은 망한다"고 말씀하기도 하는데, 나도 이곳 코나에서 만나는 젊은이들에게 꿈을 물어보기도 하고 구체적인 꿈을 가져보라고 말하기도 한다.

그러나 꿈을 가진 사람들을 만나다 보면 아주 바쁘게 움직이는 것을 본다. 이루어야 할 꿈이 크고 올라가야 할 산이 높기에 하루 24시간을 아주 세밀하게 쪼개고 쪼개 가며 시간을 아끼며 사용한다. 이런 사람일수록 만나야 할 사람들을 얼마나 많은지 같이 앉아 커피 한잔하기조차도 쉽지 않은 모습을 보면서 나는 의문이 든다. 18세기

　　　　　　　　　　　　　PART 4. "마우나 라니"(Mauna Lani '천국의 산')

로 시간을 되돌아가게 한 이 사람들에게는 어떤 꿈이 있기에 저들의 시간은 어떻게 천천히 흘러가는지 묻고 싶었다.

내 옆 테이블에 6명 정도의 20~30대 젊은 친구들이 앉아 있다. 행동도 천천히 하고 테이블을 앉으려고 의자를 뒤로 뺄 때도 천천히 한다. 말하는 것도, 지나가는 사람을 바라보고 눈앞에 보이는 사물을 쳐다볼 때도, 아주 천천히 바라보고 급하게 서두르려는 행동을 찾을 수가 없다. 평소에는 두 명이던 바리스타가 오늘따라 한 명이다. 주문한 커피가 아주 늦게 천천히 한 잔씩 나온다. 서로 마주 보며 하루의 일과를 나누면 담소하다 2~3분 지나면 또 한 잔이 나온다. 이렇게 나오다 보면 주문한 커피가 다 나오기까지 한 15분 정도 걸리지 않을 생각이 된다.

커피가 늦게 나와도 쳐다보거나 재촉하는 행동을 저들에게서는 찾아볼 수가 없다. 주문한 커피에 대해서 아무런 반응도 없다. 나 같으면 바리스타 옆에서 서서 커피가 나올 때까지 기다리면서 지켜보고 있겠다. 빨리빨리 하라고 말은 하지 않지만, 무언의 시위를 한다. 그리고 나오자마자 빠르게 가져다주고 다시 와서 서 있겠다. 바리스타의 얼굴은 약간 굳어질 테지만 계속 속도를 더 빨리 내라고 메시지를 날려 보냈을 것이다.

그러나 그들은 천천히 흐르는 시간에 사는 것이 익숙한 삶을 살아온 것이 분명했고, 나는 빠르게 흐르는 시간에 익숙한 삶을 살아온 사람인 것을 보게 된다. 그들은 기다림이 삶 일부가 되고, 나는 빠름이 나의 삶 일부가 되어 있음을 본다.

커피를 주문한 지 10분이 지난 시간이 천천히 흘러가는데도 아직

도 마지막 커피가 나오지 않았다. 옆에서 지켜보는 내가 더 답답해
한다. 오늘따라 바리스타가 왜 한 명인지 속으로 불편하면서 혼자
힘들어진다. 나와는 아무런 상관이 없는데 말이다. 정작 그들은 아
무도 개의치 않고 오늘 일과를 어떻게 보냈는지 아주 편안하게 나누
고 있다.

　저들의 꿈과 비전은 도대체 무엇이기에 저렇게 여유롭게 천천히
가고 있는지, 이렇게 빠른 세상에서도 그 꿈이 언젠가는 이루어질
수 있는 꿈인지 나는 궁금해져 온다. 1시간 정도 앉아 있었을까, 코
나에서 코나커피와 시간을 가진 것에 감사하고, 함께한 가족 모두가
아무런 사고나 어려움 없이 하루의 일과를 마친 것에 대해 감사하며
일어난다.

　자원봉사자를 위한 숙소인 맥도날드 뒤까지는 차가 없기에 걸어
서 가야 한다. 걸어갈 수 있지만 조금은 가깝고도 멀다. 한 명 한 명

각자 주어진 내일의 꿈을 향해 가기 위해 오늘을 마무리하러 숙소로 돌아간다. 나도 어둠으로 사라지는 그들의 뒷모습을 멀리서 바라보면서 조금 늦은 시간에 집으로 돌아간다. 그리고 내 머릿속은 계속 맴도는 질문으로 가득 찬다.

'천천히 가도 이룰 수 있는 꿈이 무엇일까?'

오늘 저녁에 있었던 일로 인해 잠이 오질 않는다. 내가 가진 그 질문이 계속 맴돌고 있기에 잠을 청할 수가 없다. 천천히 가도 이룰 수 있는 그 꿈 말이다. 한 시간 내내 이 질문에 대해 씨름하다 지쳐 잠이 들게 된다. 언젠가 그 질문에 대한 대답이 내 인생에 찾아오기를 기도하면서 말이다.

코나의 시간은 흐르고 시계는 새벽 5시 30분을 가리킨다. 아이폰의 알람은 나를 일어나라고 난리다, 난리. 지난밤에 씨름했던 그 씨름의 후유증이 큰지 몸이 개운하지는 않은 느낌으로 늘 가던 그 장소로 간다. 나를 사랑해 주시는 그분이 기다리시는 그 장소이며 내가 사랑하는 친구들에게 바닷가에서 세례를 주던 장소로 가서 떠난 그 친구들의 이름을 불러 본다.

아직 어둠이 희미하게 그 흔적을 남기고 있고 코나 산 중턱에는 아직도 불빛이 남아 있다. 그 새벽 야경도 아름답다. 산 넘어 하늘부터 조금씩 환해져 오는 그 시간에 산에서 불어오는 시원한 바람이 지난밤의 깊은 씨름과 육체의 피로감을 가지고 날아가 버렸다. 내 머릿속을 말끔히 씻긴 듯 상쾌하다. 그리고 나를 사랑하시는 그분이 '천천히 가도 이루어지는 꿈'이 무엇인지를 하나씩 하나씩 보여 주기 시작한다.

"눈에 보이는 꿈과 눈에 보이지 않는 꿈. 내 손에 잡히는 꿈과 내 손에 잡히지 않는 꿈. 이 세상 내 몸 밖에서 이루어지는 꿈과 내면에서 이루어지는 꿈. 땅에 속한 꿈과 하늘에 속한 꿈."

눈에 보이고 내 손에 잡히는 꿈들이 무엇인지 하나씩 하나씩 이루려다 보니 내가 바쁘게 산다. 그러나 내 눈엔 보이지 않고 내 손에 잡히는 것이 아닌 꿈을 생각하니, 내가 시간에 쫓기고 바쁘게 살아가야 할 이유가 하나도 없다. 도리어 나를 천천히 가게 함을 본다. 내 몸 밖에서 이루어지고 싶은 꿈들은 나를 바쁘게 살아가게 하는데 내 몸 안에서 이루고 싶은 꿈들, 즉 사랑함, 온유함, 겸손함, 자비로운 성품의 꿈들은 천천히 가도 이루어질 수 있다. 코나에서의 삶은 그것을 나에게 보여 주기 시작한다.

그래서 지난밤에 본, 그들이 그렇게 천천히 흐르는 시간 속에서 살아갈 수 있는 그 여유로움을 이제야 조금 이해할 수 있을 것 같다. 눈에 보이는 꿈을 좇는 이들에게는 주문한 코나커피를 기다림이란 15분이 아니라 1~2분도 아까울지 모르지만 손에 잡히지 않고 보이지는 않는, 내면 안에서 이루고 싶은, 사랑함과 자비로움을 꿈으로 가진 사람들에게는 15분이 아니라 30분도 기다릴 수 있고 아주 여유롭게 시간을 흘려보낼 수 있다.

내가 목사로 수없이 전했던 소중한 가치임에도 불구하고 여전히 내가 바쁘게 사는 이유가 무엇인지 알게 해 준 고마운 시간들이다. 내 내면 안에서 이루어지는 꿈들보다는 눈에 보이고 내 손에 무엇이라도 잡히는 것들, 내 몸 밖에서 이루고 싶고 다른 사람들의 시선을 받고 싶은 꿈들이 나를 그렇게 바쁜 시간 속으로 살아가도록 함을

이제야 깨닫게 된다.

코나의 시간을 뒤로 가게 한 그 친구들로 인하여 감사한 마음이 든다. 그분은 늘 그랬듯이 내 인생에 삶의 중요한 가치들을 가르치기 위해 코나로 여러 부류의 사람들을 보내 주신다. 코나의 아침과 함께 조용히 내 곁으로 찾아오시고 홀로 있는 이 시간에 내 곁에 머물기를 좋아하신다. 되돌린 그 코나의 시간 속에서 오늘 어떻게 걷고 어떤 꿈을 가슴에 품고 앞으로 어떻게 걸어가야 하는지 보여 주신다.

아직도 이루고 싶은 것이 많고 하고 싶은 일이 많은 것이 잘못된 것은 아닌데, 그것들 때문에 아직도 내 안에 다툼이 있다. 시기가 있고 질투가 있고 원망함이 있는 나를 본다. 아내를 향한 이기적 기대가 있고 무엇인가 나를 위해 더 해 주기 바라는 어린아이 같은 나를 본다. 아직도 사람들이 인정해 주기를 원하고 존경해 주기를 바라는 이 땅의 영광을 그리워하는 내 모습을 본다.

여전히 자신의 이익에 빠르고 자신의 이름과 그 영광을 위해 빠르게 움직이는 나를 본다. 내가 누구를 만나고 시간을 같이 보낼 때도 손익계산서를 따져보기 위해 계산기 자판을 두드리는 소리가 '다다다다……' 여전히 심하게 난다 그리고 그 소리가 점점 더 크게 들려온다.

그분은 천천히 일어나시고 천천히 걷고 있는데 나는 왜 이렇게 빨리 가려고 하는지 모르겠다. 그분은 더 낮아지시고 더 깊이 아래로 겸손해지려 하시는데, 나는 왜 이렇게 높아지고 더 높아지려고 발버둥을 치려 하는지 모르겠다. 그리고 나는 그분 앞에 온갖 문제들을 다 저질러 놓는다. 내가 엎질러 놓은 죄의 열매들을 그분은 다시 자신의 어깨에 둘러메시고 십자가 위에 놓으시려 지금 코나의 언덕길을 힘겹게 올라가고 계시는 모습을 본다. 서두르지 않고 너무 혼자 앞서가지도 않고 사랑하는 사람과 같이 가고 싶다. 많은 것을 혼자 이루는 것보다 작은 것 하나라도 함께 행복해하는 일들을 같이 만들어 가고 싶고, 그 행복을 나는 코나에서 누리고 싶다. 세상의 큰 영광을 혼자 받는 것보다 작은 영광이라도 사랑하는 가족과 함께 받고 싶다. 이 땅에서 썩어지고 없어질 것을 마음에 두기보다는 영원한 것 썩어지지 않는 것이 나의 꿈이자 나의 비전이다. 이제 복잡할 필요도 없고 서두를 필요도 없다. 빨리 갈 필요도 없다. 코나를 방문한 그들처럼 나도 18세기에 그들이 결정했던 그 삶과 그 가치로 단순한 삶을 살며 천천히 그분과 함께 다시 코나에서 걷고 또 그렇게 걸어간다.

그러므로 너희가 그리스도와 함께 다시 살리심을 받았으면
위의 것을 찾으라 위의 것을 생각하고 땅의 것을 생각하지 말라

(골 3:1, 2)

- 종교개혁(Protestant)
  중세시절 로마 가톨릭의 잘못된 폐습과 신앙에 대해 1517년 10월 31일 마틴 루터가 95개 조의 문항을 발표하면서 시작된 기독교 개혁을 말한다.

- 커피 한 잔의 여유
  내가 이 땅에서 이루고 싶은 꿈을 5가지만 적어 보자. 그중에 천천히 가도 이루어질 수 있는 꿈이 무엇인지 생각해 보자.

코나커피
'너는 누구냐?'

"명함 한 장 주시겠습니까?"

아주 근사한 알로하셔츠로 갈아입은 여행객 신사 한 분이 내게 다
가왔다. 자신의 명함을 건네주면서 던진 말이다. 가끔 코나를 방문
한 사람이 내게 명함을 한 장 건네주며 내 명함도 달라 하신다. 나는
평생에 건네줄 명함을 한 번도 가져 본 적이 없는 사람인지라 당황

한다. 한 번은 명함을 만들어 볼까도 생각해 본 적이 있다(언젠가 명함을 만드는 날이 올지도……).

나는 아직도 내 지갑에 명함을 가지고 있지 않다. 내가 명함을 주지 않아도 내가 누구인지 다른 사람들이 내가 어떤 사람인지 유명하여 다 알고 있어서 명함이 없는 것은 아니다. 명함 뒤에 내가 누구인지 보여 줄 만한 이력도 없지만 명함을 달라는 말을 듣는 것도 코나에선 내겐 아주 드문 일이다. 나를 내가 잘 알고 있는 나는 특별하게 명함을 가져야 할 필요를 많이 느끼지 못하고 살아왔다. 이 때문에 나는 지금도 명함을 가지고 있지 않다. 코나를 방문한 이가 가끔 나에게 명함을 달라 하면 건네줄 명함이 없는 나는 대신 내 가방에 들어 있는 지난주 주보를 준다. 현재 내가 누구이며 무엇을 하는 사람인지 알려 줄 유일한 것이 그것뿐이다.

누군가 명함을 달라 할 때 나는 가끔 질문해 본다. 나는 누구이며, 어디서 왔으며, 지금까지 살아온 인생은 어떤 과정과 삶을 살아왔는지. 그리고 여기 코나에 무엇을 하기 위해 왔고 지금까지 무엇 때문에 여기 머문 사람인지. 나는 지금 어디를 향하고 가는 사람인지 생각해 본다. 이 질문은 인생 내내 주님께 던진 질문이고, 지금도 나는 계속하고 있는 질문이기도 하다. 아마 나는 그분 앞에 머물 때야 정확하게 내가 누구인지를 분명하게 알게 될 것이다.

코나를 사랑하는 한 젊은 청년 '에이브'(Abe)가 있다. 잘나가던 도시에서 살던 그는 코나를 사랑해서 눌러 살게 되었다. 이런 청년들이 나에겐 코나 생활에 산소 같은 친구이다. 나는 이런 친구를 보면 '코사모'(코나를 사랑하는 모임, 실제는 없다)라 부른다. 요즘 자신에게 일어난 삶의 이야기를 한다. 원하고 계획한 대로 그리고 멋지게 성취하려고는 하는데, 삶이 항상 계획한 대로 잘 진행되지 않아 힘들다고 말한다. 모든 일이 더디게 진행되고 어떤 결과물이 손에 주어지지 않을 때, 이곳에 머문 시간에 대한 회의와 후회 그리고 불편함이 그에게 파도처럼 밀려오는 듯 얼굴과 그의 말투에 또렷이 드러난다. 고난이 깊어지면 점점 자신이 누구인지 혼돈의 세계 속에서 희미해지고, 오늘 그 얼굴에 그 불편함과 갈등함의 모습이 역력하게 보이는 것이다.

테이블 옆 멀리서 나는 그 친구를 아주 조심스럽게 바라본다. 한참이나 지났을까, 무슨 생각이 떠올랐는지 그의 얼굴이 미소를 조금씩 머금어 간다. 그 얼굴이 감사함으로 바뀌는 듯하여, 나는 가까이 다가서 아주 조심스럽게 질문한다. 당신의 내면에 무슨 일이 일어나고 있는지를……. 요즘 자신의 어려운 마음과 고민을 서투른 한국말로 나에게 털어놓는다. 그리고 수년 전 뉴욕에서 자신이 들은 강의 내용을 나에게 이야기해 준다.

러시아 혁명 전에 일어난 이야기이다. 유대인 랍비가 회당에 가는데, 총을 든 러시아 군인이 갑자기 가슴에 총을 들이댔다.

"너는 누구냐? 여기서 무얼 하고 있느냐?"

랍비는 군인의 갑작스러운 질문에 이렇게 지혜롭게 되물어본다.

"여보게 군인, 여기서 총을 대고 이렇게 질문하는 데 얼마의 급여를 받는가?"

군인 20코페이카를 받는다고 말했다. 목숨을 부지하기 위해 지혜로운 랍비가 이런 제안을 했다.

"매일 아침 내가 이곳을 지나갈 때마다 이 질문을 나에게 해 주게 그럼 내가 더 많은 돈을 드리리다."

그는 이 이야기를 나에게 나누면서 요즘 자신이 매일 아침 러시아 군인이 랍비의 가슴에 총을 들이대고 말 한것 처럼 '너는 누구냐? 여기서 지금 무엇을 하고 있느냐?'고 질문했고, 이것이 한 랍비의 삶을 계속 바꾸어 가듯이 자신에게 던지는 삶의 질문이 되었다는 이야기다. 코나를 사랑하는 그 친구는 자신의 삶이 힘들 때마다 수년 전에 뉴욕에서 들은 노 교수의 이 이야기처럼 질문하며 살아야겠다고 스스로 다짐을 했다……. 요즘은 자신이 코나에 머물게 된 그 이유와 삶의 일들이 계획대로 진행되지 않을 때마다 질문한다고, 자신이 여기서 머무는 이유가 무엇인지 알기 힘들지만 견딜 만하다고 말한다. 언젠가 그분이 그분의 시간에 가장 아름답게 이루실 것을 자신은 믿는다고…….

나는 코나에서 자신을 찾아가려는 인생의 여정을 걷는 이런 청년을 만나면 기분이 좋아진다. 이 친구를 만나는 것은 나에게 행복한 일이다. 어제 그 친구의 이야기를 생각하며 나도 내 왼쪽 가슴에 손을 대어 본다. 그리고 자신에게 같은 질문을 해 본다.

"너는 누구냐? 그리고 여기 코나에서 무엇을 하느냐?"

나는 대답해 본다. 나는 아버지이고, 나는 한 아내의 남편이다. 그리고 그 신분과 부르심에 합당한 삶을 살고 있는지 매일매일 자신을 돌아본다.

내가 누구인지, 나의 신분, 정체성을 알아갈 때 나의 삶이 의미를 알게 되고, 너무 이기적이고 복잡하고 계산하지 않게 됨을 본다. 내

가 하는 일이 올바른 일인지, 올바른 방향과 길을 가고 있는지 아니면 잘못된 길인지 알게 된다. 내 명함에 남길 이력보다도 그 부르심을 따라가고 살다 보면 내 마음의 명함에는 새겨질 이력을 남기게 되리라 생각한다.

　오는 주일에는 갓난아이부터 나이가 많으신 어르신까지 코나에서는 처음 있는 가족 예배를 드린다. 구약성서에서 유대인들이 가장 소중하게 여기는 말씀을 생각해 보았다. 하나님 자신도 자기 백성에게 자신이 누구인가를 소개할 때 반드시 이렇게 소개한다. "아브라함의 하나님, 이삭의 하나님, 야곱의 하나님이……" 이 세 사람과 함께한 그 삶에 하나님은 자신이 누구신지 계시하신 사건으로 자신이 누구인지 자주 이렇게 말씀하셨다. 나는 소망하기를 코나에 머무는 모든 다세대 가족이 이 하나님을 만나길 원하고 자신이 누구인지 어디로 가야 하는지 분명히 알고 사는 가족이 되기를 소망한다.

그리고 두 아들이 앞으로 지구촌 어디에 머물든지 자신이 누구인지 무엇을 하는 사람인지 자신의 신분을 알기를 원한다. 지금은 학생이라는 신분, 한국인이라는 신분, 그리스도인이라는 신분에 자녀라는 신분, 남성이라는 신분에 대한 합당한 삶을 살기를 아버지로서 기도한다.

나는 뒷주머니에 명함을 가지고 있지 않다. 그러나 내 마음 주머니에는 명함을 가지고 있다. 명함에 새겨질 이력이 없어 내 뒷주머니에 나는 명함을 가지고 있지는 않다. 그러나 내 마음의 주머니의 명함에는 내가 어떤 사람이고, 여기서 지금 무엇을 하는 사람인지가 새겨져 있다. 나는 명함을 달라 하면 줄 명함은 없다. 그러나 내 삶으로, 마음으로 드릴 명함은 가지고 있고, 명함을 달라 하면 그것을 주려고 한다.

아브라함의 하나님 이삭의 하나님 야곱의 하나님이 곧 나의 하나님

이는 나의 영원한 이름이요 대대로 기억할 나의 칭호니라

(출 3:15)

☕ 커피 한 잔의 여유
지금 내 가슴에 손을 대고 '너는 누구냐?' 질문해 보기.
나의 신분을 나타내 주는 역할이나 포지션을 한번 적어 보자.

소중한 유산

내 지갑 속에는 돌아가신 어머니의 주민등록증이 있다.

엄마가 나에게 남기고 가신 유일한 유품이다. 내 가방 속에는 돌아가신 아버지의 시계와 반지가 있다. 아버지가 남기고 가신 유일한 유품이다.

내 가슴속에는 이웃을 향한 어머니의 따뜻함의 기억이 유산으로 남아 있다. 이웃을 향해 늘 음식을 나누어 주시던 어머니의 유산 말이다. 내 마음속에는 가족을 향한 아버지의 부지런함과 신실함이 유산으로 남아 있다. 새벽부터 일찍 일어나셔서 가족을 책임지려는 아버지의 그 신실한 유산 말이다. 그리고 사랑하는 4형제는 부모가 남기고 가신 소중한 가족이자 부모님의 살아 있는 유산이다.

매주 목요일 오전이 되면 나는 사랑하는 아이들을 만나러 간다. 이제 2살이 안 된 아이들을 만나는 것은 나에게 큰 기쁨이고 소중한 시간이다. 가까운 세이프웨이 슈퍼마켓에 들러 아이들에게 줄 간식과 음료를 사 가기도 하고, 아주 가끔은 꼬마 김밥을 만들어 가기도 한다.

아주 큰 나무 아래 아이들과 엄마들이 모여 있다. 수줍음이 많으나 마음은 부드러운 승우, '나는 개구쟁이'라고 얼굴에 써진 다니엘,

아주 하실 말씀이 많으신 이든이, 늘 내 품에 안기면 자신의 마음까지 안기는 희준이, 그리고 이제 두 개 난 이를 하얗게 드러내며 나를 보고 활짝 웃는 서윤이, 이제 갓 태어난 여이엘이 있다. 그리고 내 마음속엔 늘 하언이도 있다.

나는 이 자리에 오면 유치원 갈 나이가 되어서 이 모임을 떠난 그 친구들도 참 많이 생각난다. 마음을 금방 안 주고 천천히 주는 새침데기 서은이, 투정쟁이같이 보이지만 마음은 착하고 여린 영준이, 늘 나만 보면 인사를 아주 반듯하게 잘하는 S아, S환이, 그리고 무슨 궁금함이 그리 많은지 질문을 늘어놓던 질문쟁이 희원이, 그리고 에너지가 늘 넘치는 에나벨, 아빠 엄마 따라 먼 길 떠난 재민이, 얼굴에 난 착함 이라고 써있는 모세, 이 짧은 지면에 함께하고 간 아이까지 다 이야기하지 못해 아쉽지만 그 시간 그 나이에 나는 그들의 마음속에 남겨지고 그들은 내 마음속에 남겨진 친구들이다. 내가 그들을 본다는 것은 코나에 살면서 가장 큰 행복한 시간 중 한 부분이다. 오늘도 나는 그들을 바라보고 영적 아비의 심정으로 축복한다.

한 아이 한 아이의 얼굴을 보면 그의 부모의 얼굴이 보이기 시작한다. 그들이 성장하고 부모와 함께 살아온 삶만큼 부모의 모습과 행동, 때로는 음식이나 삶의 태도까지 부모도 모르는 사이에 영적 유산이 되어 전수될 것이다. 나의 삶을 보아도 내가 좋아하는 음식만 보더라도 보이지 않은 부분에서 부모가 물려주는 유산은 생각보다 많은 것 같다.

내겐 어린아이들이 한군데 함께 앉아 있는 것은 늘 도전이다. 아직도 조금은 부산하지만 아주 많이 점잖아졌다. 아주 긴 나무테이블 의자에 앉기도 하고 어떤 친구는 테이블 위에 올라앉았다. 아이들이 조금 잠잠한 틈을 타 시선을 집중하기 위해 아내는 재빠르게 노래와 율동을 시작한다. 늘 부르던 익숙한 노래가 흘러나오면 아직 박자도 맞추기 어렵고 자기 몸도 가누기 어려운 가운데도 따라 하려는 그 모습에, 엄마들의 얼굴에 웃음이 피어오른다. 나는 이들의 이 시간들의 흔적을 남기려고 가끔은 사진을 찍어 두기도 한다.

준비한 헌금 시간이 오면 고사리 같은 두 손으로 아주 기쁘게 야자수 갈대로 만든 바구니에 드린다. 나는 그들의 마음을 본다. 아주 오래전 부모님이 첫 열매를 정성껏 드린 그 감사함의 모습을 아이들의 모습 속에서 보는 것 같다. 5분만 지나도 집중력이 떨어지고 아이들의 잠잠함의 한계가 조금씩 나타나기 시작한다. 그때가 되면 준비한 간식으로 아이들의 마음을 잡아 보려 노력한다. 준비한 말씀을 나누면서 엄마들에게 질문하고 대답하면 간식을 아이에게 준다. 엄마에게 질문한다. "당신의 자녀에게 인생의 끝자락에 남기고 가고 싶은 마지막 영적 유산은 무엇인가요?" 엄마가 대답해야 목사님 손에 들고 있는 간식이 자기에게 온다는 것을, 아이들은 아주 오랜 시간 동안 겪어 알고 있다.

아이들이 엄마의 얼굴을 한번 쳐다본다. 그리고 내 손에 주어진 간식을 한번 쳐다본다. 다시 엄마의 얼굴을 쳐다본다. 그리고 무언의 사인을 준다. 빨리 대답하라고 말이다. 한 엄마가 한참을 고민한다. 아이를 사랑하기에 줄 것이 많은데 한 가지만 나누라고 하니 말이다.

엄마가 대답한다. 아이의 얼굴이 환해지고 나는 간식을 건네준다. 난 안다. 대답한 자기 엄마에게 마음속으로 쾌재의 박수를 보내고 있음을……. 그리고 난 안다. 한 아이에게 간식이 건네지는 순간, 아직 간식을 받지 못한 아이들은 행여나 엄마가 대답을 못할까 봐 초조함과 아우성이 그 마음에 있음을. 그 마음이 아이의 투명한 두 눈에 비추어 온다. 내가 이 시간을 소중하게 생각하는 이유는 코나에서 태어나고 살다가 언젠가 떠나가는 이들에게 소중한 유산을 주고 싶어서이다.

내가 사는 코나에도 소중한 유산이 있다. '코나커피'이다. 1828년 '사무엘 Ruggles(Samuel)'가 코나에 남기고 간 유산이다. 나는 그가 어떤 가정에서 성장하고 어떤 부모로부터 어떤 유산을 받았는지 알 수는 없다. 그러나 이기적이고 자기중심적인 삶을 살라고 그런 유산을 받지는 않은 것이 분명한 것 같다. 20대의 젊은 인생을 타인을 위해 이타적인 삶을 살기로 하고 하와이에 선교사로 온 사람이다. 자신의 소중한 삶을 누군가의 축복이 되는 선택을 했다는 것을 보면, 분명 부모로부터 소중한 유산을 받은 사람임은 분명한 것 같다.

이 땅을 사랑하고 이 땅에 사는 하와이인을 사랑해서 시작된 그의 인생 여정은 미 동부에서 출발한다. 남미를 돌아 6개월의 긴 여행이다. 누군가를 사랑해서 이런 긴 여행을 나는 해 본 적이 있는가 스스로 질문해 본다. 사랑하는 사람을 한 6시간 정도 기다려 본 적은 있다. 그러나 자신의 인생 전부를 드리고 사랑하는 이를 위해 5개월 이상 미지의 긴 여행을 떠난다는 것은 분명 그가 부모로부터 인생의 가장 소중한 가치가 무엇인지를 유산으로 물려받았음을 짐작하게 한다.

긴 여행 끝에 그가 코나에 도착을 한다. 이 땅을 사랑하고 이 땅의 사람을 사랑하는 마음과 함께 가지고 온 축복된 선물은 남미에서 가지고 온(브라질'로 추정한다.) 에티오피아 원종인 '아라비카' 코나커피나무이다. 코나의 산 중턱 언덕에 코나커피나무를 심고 그는 100년, 200년 열매가 맺어지면서 코나가 이 커피나무 때문에 유명하게 되고, 이 땅에 사는 사람들에게 축복이 될 것이라는 믿음의 눈으로 바라본다. 성서는 말한다. "믿음은 바라는 것들의 실제이며 보이지 않는 것들의 증거가 된다"고. 지금 코나커피는 그 믿음의 실체가 되었고, 보이지 않았던 그것이 오늘날에는 증거가 되어 세계인의 사랑을 받는 커피가 되었다.

부모로부터 소중한 영적 유산을 받은, 그리 유명치 않은 한 선교사가 남기고 간 코나커피라는 소중한 유산 때문에 전 세계인들은 코나를 안다. 그리고 그가 남기고 간 코나커피는 전 세계인들에게 축복이 되고 사랑을 받게 된다. 코나 사람들은 코나커피가 한 선교사의 소중한 영적 유산 때문에 지금의 축복이 되었다는 사실에 감사한다. 이런 코나에 사는 나는 코나를 사랑하고 코나가 자랑스럽다.

어느 날 코나에 살다가 성장해서 코나를 떠나는 두 아들과 그 친구들에게 그들의 마음에 남기고 싶은 코나에서의 마지막 영적 유산으로 무슨 말을 보낼까 고민했던 때가 있었다. 여기서 자라고 성장하다가 떠나가는 친구들과 함께 쉐라톤 호텔 방을 빌려 1박을 같이하며 시간을 보내다가 떠올랐다. 내가 항상 전하고 싶은 두 가지 영적 유산이 있다. 내 인생의 끝자락이 올 때는 주고 싶은 유산이 더 많이 있지만, 지금 어린 시절을 마치고 부모의 품을 떠나 저 넓은 세상을 향해 나가는 친구들 가슴에 심어 주고 싶은 유산 말이다.

먼저 맛있는 음식을 배불리 먹는다. 코나에서는 먹어 보기 힘든 떡볶이, 어묵, 짜장면 등등을 따뜻하게 먼저 먹는다. 그리고 한 명 한 명씩 2층 거실로 '나는 만족합니다. 더는 부러울 것이 없습니다.' 하는 표정으로 올라온다. 얼굴의 모든 표정도 열려 있고 그의 마음도 열려 있음을 본다.

얼마 후면 해군 장교로 멀리 떠날 '인서'부터 시작하여 나의 아들 환희, 건희, 요나단, 엄마가 한국인인 데이빗, 그리고 '선혜'에게 아주 진지하게 이야기한다. 그리고 한참 후에 코나로 잠시 돌아온 '유진', 멀리 뉴욕으로 떠나갈 '진'이, 에게도 전한다. 그리고 수년 후 아빠의 건강 문제로 한국으로 돌아간 '연서', 아직 그분이 여기에 더 머물다 가라고 하여 기다림의 시간을 인내하며 하나님이 준비한 최고의 때를 기다리는 '한나'가 있다. 나는 그들에게 이 소중한 영적 유산을 전해 준 기억이 있다.

우리에게는 창조주로부터 주어진 것들이 있는가 하면, 창조주가 내 인격을 사랑해서 '선택'이라는 선물을 주기도 했다. 내 인생에 주어진 소중한 영적 유산은 먼저는 나를 태어나게 한 부모, 나의 형제, 그리고 나의 조국이니 이들을 잊지 말기를 바란다. 내 인생에 소중한 것이기에 바꿀 수도 없고, 내 인생에서 지울 수도 없는, 창조주가 나에게 정하여 주신 그 소중한 유산의 의미가 무엇인지 평생을 기억하며 살기를 바란다. 그 의미가 무엇인지 안다면 자기가 누구인지를 알게 되고 너는 심지가 아주 견고한 사람이 될 것이라고, 그리고 네 쉽지 않은 인생에 늘 힘이 되리라고 나는 확신한다.

그리고 부모를 떠나면서 이제 수없이 많은 선택을 하게 될 텐데 학교도, 친구도, 음식도, 옷도, 심지어는 아침에 일어나고 잠을 자는 시간도 선택하는 삶을 살게 될 것이다. 언제나 네가 선택한 일에 대한 책임을 지길 바라고, 하와이인을 사랑하고 진리 안에서 누군가를 위한 이타적인 삶을 살도록 해라. 코나커피나무를 가지고 와 코나를 유명케 한 선교사처럼 네가 선택하여 머문 지역이나 선택한 일이 지구촌의 모든 이들에게 축복이 되는 결과가 되기를 나는 기도한다.

로열 리조트 호텔을 지나 아주 작은 해변이 보이기 시작한다. 오늘은 파도가 평소보다 조금 높이 밀려온다. 이런 날이면 서핑을 즐기려는 친구들은 벌써 바다 한가운데 서프보드 위에서 높은 파도가 오기만을 기다리고 있다.

아주 오래전 세례를 받으러 바닷가로 들어온 친구들이 멀리서 밀려오는 파도에 움츠리고 두려움에 등을 돌릴 때, 그들에게 던졌던 그 말들이 생각이 떠오른다. 너희 등 뒤에 서 있는 부모님과 내가 항상 너희를 위해 기도할 테니 두려워하지 말라고. 밀려오는 파도에 물러서지 말고 담대하게 도전하며, 서퍼들처럼 그 파도를 타고 멋지게 세상의 파도를 지배하는 자가 되라고. 그리고 훗날 너희가 자라고 살던 코나를 유명케 하는 사람들이 되라고. 그렇게 축복했던 그 장소에 서면 나도 모르게 그 친구들이 생각 나고 내 입술은 또 그 영적 유산이 성취되기를 축복한다.

여기서 자라고 코나를 떠나간 사랑하는 친구들을 위해 코나에 사는 부모세대로서 나는 무슨 유산을 남기고 가야 할지를 심각하게 고민했다. 이런 시간이 오면 항상 나를 사랑하신 그분이 내 인생에 찾아오신다. 그리고 말씀하신다. 넓은 세상에 도전하러 떠났던 코나의 자녀들이 지쳐 돌아올 때 그들을 받아주고 품어 줄 사랑의 공동체를, 그들을 위한 안식처를 남기고 가라고. 이것이 네가 남기고 갈 영적 유산이라고…….

인생의 거친 파도를 맞고 지쳐 돌아온 그들이 잠시 머물 수 있는 안식처 같고 자신이 어디서 오고 여기서 무엇을 했고 자신이 누구인지를 다시 알 수 있는 그들의 어린 시절 사진이 담긴 사진 박물관을 남기고 싶다. 모든 한국인이 코나에 머무는 하와이인은 물론 지구촌 모든 이들과 함께 사랑을 나눌 수 있는 공동체를 이루고, 함께 사랑하고 주님을 예배할 교회부지와 공간을 영적 유산으로 남기고 가고 싶다.

코나에 이 놀라운 영적 유산을 남기는 일에 함께할 사람은 나는 그분으로부터 선택받은 축복이라고 말한다. 자신을 위해 지은 집이나 자신을 위한 비즈니스는 세월이 지나면 내 집도 아니며 내 비즈니스도 아니다. 나의 나라, 나의 조상, 부모 세대의 이름도 그 가치나 소중함도 모르고 사는 세대에 우리는 지금 살고 있다. 그리고 한 세대는 가고 한 세대는 오지만 모든 것은 사라진다. 그러나 누군가 타인을 위하고, 커뮤니티 공동체를 위하고, 나를 위함이 아닌, 오고 올 다음 세대를 위해 남겨진 영적 유산이 얼마나 중요한지 나는 알고 있다. 코나커피처럼 200년이 다 된 이 시간에도 한 선교사의 삶과 이름은 남겨지며, 세계인은 코나커피를 마시며 그 유산을 남기고 간 한 선교사에게 감사한다.

지금 여기 코나에는 아주 소수의 한국인이 살고 있다.

이곳 코나 사람들이 코리안으로 인하여 코나가 축복을 받게 되었다는 말을 하는 날이 오기를 소망한다. 나는 오늘도 잘 내린 코나커피 한 잔에 코를 대고 깊이 그 향기를 음미해 본다. 이 땅 코나를 사랑한 한 선교사가 남기고 간 그 코나커피 유산이 느껴지는 듯하다. 한 모금 입에 잠시 머금고 천천히 마셔 본다. 이타적인 삶을 살다가 간 한 선교사의 소중한 그 영적 유산이 내 마음 깊이 다가오는 듯하다.

그리고 내 뒷주머니에 있는 지갑을 열어 어머님의 주민등록증을 본다. 그 사랑에 감사를 드린다. 내 가방의 지퍼를 열어 본다. 시계와 반지를 본다. 아버님의 영적 유산, 그 신실함에 감사를 드린다.

- 세이프웨이(Safeway)
  미국을 대표하는 식료품 슈퍼마켓 브랜드의 하나이다. 코나 여행 중에도 바로 가입하면 할인이 많이 된다.

☕ 커피 한 잔의 여유
  내가 부모로부터 받은 좋은 영적 유산에 감사하자. 그리고 내가 자녀에게 전해 주고 싶은 유산 7가지만 적어 보자.

모든 것에는 시작이 있으면 끝이 있다.

일도 시작이 있으면 끝이 있고, 운동 경기도 시작이 있으면 끝이 있다. 내가 좋아하는 공연도 시작이 있으면 끝이 있고 여행도 시작이 있으면 끝이 있다.

코나의 도로에도 시작이 있고, 한참 경치를 보고 감탄하며 가다 보면 코나의 도로도 끝이 있다. 요즘 내가 쓰는 책에도 '프롤로그'가 있고 '에필로그'가 있다. 내 인생에도 언제가 에필로그가 있을 것이다.

코나에 잠시 머무셨던 어르신을, 지난여름 고국에서 투병 중에 계신 그분을 만나고 온 적이 있다. 그 어르신이 이제 끝을 보셨다는 소식이 들려왔다. 그리고 내 사랑하는 코나 가족 중 부모님이 세상을 떠나셨다는 소식을 듣고 급하게 고국으로 들어가신 분도 계시다.

인생이 그러하듯 시작이 있고 누구나 다 인생의 끝이 찾아오게 마련이다. 내 인생이라는 책장의 끝 페이지에 써질 '에필로그'를 나와 함께한 코나의 가족들과 내 자녀들은 어떻게 쓸까를 생각하는 연말을 나는 보내고 있다.

올 한해도 시작한 지가 엊그제 같은데 벌써 끝이 가까이 왔다. 그리고 또 새로운 시작을 하게 되고 또 시간이 흐르면 또 한 해를 마치게 될 것이다.

나는 요즘 성서 속에 나오는 어느 유명한 리더의 에필로그를 읽고 있다. 그의 인생의 시작 즉 프롤로그는 이렇게 시작한다. "레위 가족 중 한 여자가 임신하여 아들을 낳으니."

그리고 그의 인생의 에필로그는 이렇게 끝이 난다.

"모압 땅 골짜기에 장사 되었고 오늘날까지 그의 묻힌 곳을 아는 자가 없다."

나는 목사로서 성서의 인물 중 가장 위대한 인물을 말하라면 서슴없이 이 사람 모세를 말하고 싶다. 홍해를 가르고 반석을 쳐서 샘물이 터지게 한 사람은 아무도 없다. 지구촌 어느 리더도 자기 민족을 노예의 속박에서 자유롭게 한 리더가 없다고 나는 생각한다.

자기 민족을 출애굽 하면서 40년을 광야에서 함께 동고동락하고
자기는 못 가고 타인만을 축복의 땅 가나안 땅으로 인도한 지도자는
지난 인류의 모든 역사에서도 찾아보기 힘들다.

그런 위대한 리더의 에필로그가 성서에 이렇게 쓰여 있다.

그의 묻힌 곳을 아는 자가 없다.

(신명기 34:6)

동시대 사람이자 세계를 지배했던 이집트 파라오의 에필로그는
수천 년이 지난 지금까지 그 기록과 흔적이 남아 있는데 말이다.
연간 인원 10만 명을 동원하여 20년에 걸쳐 자신의 끝을 준비하고
무덤을 만들었다. 10톤이나 되는 화강암 2백60만 개를 20년
간 210계단 높이로 쌓아 만든, 어마어마한 피라미드의 무덤이 파라
오의 에필로그이다. 그리고 나도 모세의 에필로그보다는 파라오의
에필로그를 좋아하는 사람이며 그렇게 기억되기를 좋아하는 사람이
라는 것은 부인할 수 없는 사실임을 고백해 본다.

사람은 누구나 자신 인생의 끝 페이지에 그 흔적을 남기기를 좋아
한다. 이루어 놓은 업적이 크면 클수록 많으면 많을수록 좋다. 리
더는 더 많은 에필로그와 그 흔적을 남기고 떠나려는 마음을 가지고
있다. 그러나 파라오보다 더 위대한 리더 모세의 에필로그는 흔적도
없고, 그 무덤도 찾아볼 수 없다고 성서는 말한다.

그의 에필로그를 통해 내가 알게 된 사실은 진정한 리더는 흔적을
남기지 않는다는 것이다. 진정한 리더는 내가 행한 일을 기억하지

말고 하나님이 행하신 일을 기억하라고 한다.

리더는 인생의 끝 페이지 에필로그에 자신의 흔적을 지우고 그 자리에 하나님의 흔적을 남기고 간다. 리더는 역사 속에 조용히 사라지고 사람의 기억 속에 없어지도록 자신의 흔적을 남기지 않고 사라짐을 나는 본다. 진정한 리더는 인생의 끝에 다음 사람을 세우고 간다. "모세가 눈의 아들 여호수아에게

모세가 눈의 아들 여호수아에게 안수함으로 지혜의 영이 충만함으로

(신명기 34:9)

하나님의 사람은 모든 것을 내가 이루려고 하지 않는다. 사람들은 내 시대에 내가 하나님 역사의 끝을 보려 하는 것 같다. 그러나 하나님의 구속의 역사는 내가 혼자 할 수도 없고 이룰 수도 없다. 역사는 주님이 써내려 가는 것이고 세대와 세대를 흘러 그분이 이루어 갈 뿐이다. 진정한 리더는 구속의 역사에 이어갈 다음 세대를 세우고 간다. 약하고 기력이 쇠잔할 때 세우는 것이 아니라 강건할 때 세운다. 나중이 아니라 지금 이 시각에 시작한다.

리더는 갑자기 세워지는 것이 아니라 진정한 리더에 의해 오랜 시간 길러지는 것이라고 모세는 그의 에필로그에서 내게 말하고 있다. 그리고 진정한 리더는 스스로 비문을 세우지 않음을 본다. 다만 하나님이 자신의 마음에 직접 자신의 손으로 비문을 세우고 기록을 남기신다.

모세는 무덤도 없고 세워진 비석도 없다. 그래서 우리의 눈으로 볼 수 있는 모세의 행적이나 업적을 기록한 비문은 사실 없다. 그러

나 모세의 비문은 성서에 이렇게 남아 있다. 하나님 마음에 있고 남겨진 사람들의 기억에 있다고. 하나님과 사람의 마음에 새겨진 비문에는 이렇게 쓰여 있다.

여호와께 대면하여 아시던 자라

이스라엘 목전에서 그것을 행하던 자라

(신명기 34:10, 12)

나는 지금 한 해를 마무리하는 끝자락에 서 있다. 올해 내 인생의 마지막 12월과 마지막 날들을 넘어가는 이 시간에 하나님의 마음에 나에 대한 에필로그가 어떠한 기록으로 남게 될지를 생각하는 시간을 나는 지금 보내고 있다.

코나를 지나가고 내 인생의 곁에 지나간 사람들의 마음에 남겨질

내 에필로그가 어떻게 쓰일지를······.

그동안 나를 알고 내 인생에 함께한 고국에 계신 사랑하는 사람들
의 마음에 써질 나에 대한 에필로그······.

지난 10여 년을 코나에서 함께한 사랑하는 가족의 마음에도, 사랑
하는 내 아내와 멀리 떠나 열심히 사는 두 아들의 마음에도, 그리고
나를 가장 잘 아시고 세세히 들여다보고 계신 그분이 언젠가 내 인
생의 끝자락에 나에 대하여 에필로그를 어떻게 쓰실지를 생각하며
나는 지금 코나에서 한 해의 끝자락을 보내고 있다.

☕ 커피 한 잔의 여유
당신의 묘비에 누군가가 당신을 위해 글을 새긴다면 어떤 글귀가 새겨지길 원
하는가 한번 진지하게 스스로 적어 보라.

무서운 사람들이 코나에 오신다고 연락이 왔다.

공중파 TV나 유명 언론매체에서나 뵐 수 있는 언론인들이 코나를 방문한다고 했다. 60~70년대 나의 부모님이 아침마다 즐겨 보던 정치 프로그램 「안녕하십니까 봉○○입니다」의 메인 앵커이신 그 어르신을 코나 공항에서 뵐 줄은……

잘못 보이면 내 인생이 끝이 날지도 모른다. 평생을 기사를 쓰며 지구촌 모든 나라의 구석구석에서 일어나는 사건 사고들을 대중매체를 통해 실시간으로 전달하시는 분들이다. 잘못 찍히면 10여 년의 코나의 삶이, 아니 내가 살아온 평생의 인생이 단 한 번에 세상 사람들에게 낙인찍히게 할 수도 있는 분들이 코나 공항에 도착했다.

설렘보다는 두려움으로, 감사함보다는 내가 왜 부탁을 허락했나 하는 후회가 밀려오고 있다. 그 순간에 무서운 분들이 내 앞으로 아주 가까이 이미 다가오고 있다. 이제는 뒤로 물러설 수 없는 현실에 내가 할 수 있는 최선은 어떻게 하면 코나 여행에 오신 이분들의 마음에 깊이 기억에 남을 장소로 안내하고 나와 코나에 대한 좋은 추억으로 보내 드릴 수 있을까 고민하는 것이다.

첫인상이 중요한 한국 문화에서 예전에 내가 늘 하던 방법이 있다. 에메랄드빛 코나의 아름다운 해변에 있는 테이블 위를 멋지게 세팅하고 바비큐 파티를 열어 드리는 것이 나의 작전이다. 지금까지 이 작전에 실패해 본 적은 거의 없다. 그러나 이분들은 다르다는 느낌이 들었다. 전 세계를 여행하시던 분들에게 그것은 또 하나의 아름다운 장소의 하나일 뿐, 그분들의 마음에 코나에 대한 깊은 인상을 남길 수 있을지 확신이 들지 않는다. 그때 구약성서의 한 구절이 문득 떠올랐다.

좋은 이름이 좋은 기름보다 낫고
죽는 날이 출생하는 날보다 나으며
초상집에 가는 것이 잔칫집에 가는 것보다 나으니
모든 사람의 끝이 이와 같이 됨이라

(전도서 7:1, 2)

'모든 사람의 끝'이 있는 장소, 그 장소로 모시기로 마음을 정했다. 1903년 조선 시대 조국을 떠나 커피 농장에 정착하고 살다 여기에 묻힌 초기 이민자 한인 무덤으로 나는 아주 조심스럽게 출발한다. 평소와는 조금 다른 차분한 모습과 신중한 태도로 하와이 코나의 역사를 설명한다.

코나 다운타운을 지나 비치로 향하는, 평소에 가던 길이 아니다. 코나에 유일하게 하나 있는 대형 슈퍼마켓 '코스트코'를 지난다. 산중턱에 자리 잡은, 코나커피 농장이 있는 홀로홀로아 지역 코나커피

벨트로 향해 간다. 어디로 가는지 알지 못한 채 어르신들은 코나에서 가장 아름다운 곳으로 인도할 거라는 생각을 하는 듯하다. 코나에 처음 온 모든 분들이 들뜬 모습이 자동차 실내 백미러에 들어온다. 산 능선의 흐름을 따라 돌아가는 도로 좌·우측에 커피나무가 구석구석 숨어 있고 우측으로 내려다 보이는 코나 다운타운의 아름다운 모습과 짙은 블루칼라의 바다는 항상 보아도 아름답게 다가온다.

한 15분쯤 지났을까 '모든 사람의 끝', 인생의 끝을 볼 수 있는 그 장소가 점점 가까이 다가온다. 마운틴 선더 코나커피 간판이 보이고 우측으로 들어가면 비포장 공터가 있다. 잘 정리 정돈이 안 된 이런 곳을 왜 첫 안내 장소로 인도할까 의아해하는 시선으로 나를 바라보고 계신다. 나는 눈을 오래 마주치지 않으려 한다. 어디에 가느냐고, 왜 이런 곳에 왔냐고 물어볼까 봐 나는 그 시선을 피하려는 사투

를 벌이고 있다. 권투경기의 마지막 라운드 3분만 참으면 된다는 생각으로 버티고 '모든 사람의 끝'의 장소로 말없이 인도한다.

좌측에 파인애플 나무에 열매가 보인다. 주홍색 스트로베리 파파야 나무에도 열매가 영글어 가고 있다. 조금 경사진 도로를 걸어가다 보면 바닥에는 마카다미아 열매가 떨어져 여기저기 흩어져 있다. 몇 개를 주워, 내가 방문할 때마다 까먹어 움푹 파인 바위 위에 올려놓고 돌멩이로 내리친다. 단단한 마카다미아 열매를 깨서 맛을 보게 한다. 사실 맛을 보게 한다기보다는 나에게 질문하지 못하도록 하기 위한 작전이다.

우측으로 노란 '일리코이'(패션푸르트)와 구아바 열매가 떨어진 계곡을 지날 때면 약간은 음산한 기분이 든다. 아주 긴 세월이 흘렀음을 보여 주는 야생 대나무 숲으로 들어간다. 커피 농장에 1903년에서

1905년 사이 노동자로 왔던 7,400여 명 선조 중 일부의 돌무덤이 보이기 시작한다.

- 정복수, 고향 미상, 1938년 9월 4일 56세 사망
- 조해운, 조선 경상도 고창, 1933년 4월 12일 사망
- 리션익, 도션 경북 동내군, 1938년 6월 22일 사망
- 최성식, 도션 황해도 평상군, 1938년 4월 12일 사망
- 윤○상, 대한국 경상도 안동군, 1922년 6월 18일 사망
- 박○○, 조선 황해도 수안군, 1931년 4월 ○일 사망
- 남평 문씨 ○○, 조선 경상도, 1930년 10월 8일 사망

(희미해서 다 확인을 할 수가 없었다.)

먼 나라에서 코나에 오셨다고 모기들이 난리다. 경사진 수풀을 헤치고 나아가니 바지엔 도깨비 풀이 찰거머리처럼 다닥다닥 붙어 떨어지지 않는다. 야생 대나무는 긴 세월로 무덤을 뒤덮어 빛이 들어오지 않고 어두침침하다. 조금은 음산한 분위기의 묘지 속으로 들어간다. 좌측에 이름 모를 돌무덤이 널려 있는 가운데, 입구 오른쪽에 첫 비석이 보인다.

'정복수'라는 이름이 적혀 있다. 1938년 9월 4일 56세로 사망하셨다. 그리고 이름 모를 돌무덤이 군데군데 놓여 있다. 가끔 돌무덤 사이 한문과 한글로 표기된 묘비가 눈에 들어온다. 가만히 서 있기만 하면 그 기회를 놓치지 않으려는 모기의 습격을 피할 수 없다. 나는 전투에 나간 지휘관처럼 계속 움직이라고 소리를 질러댄다. 한

10분쯤 지났을까, 고개를 숙이고 거미줄과 쓰러진 잔가지들을 헤쳐 나와 출구 쪽 마지막 묘비 앞에 이르자 한 어르신(아까 서두에 말씀드린 그 무서운 어르신)이 한참을 한 묘비 앞에 서 계신다.

그분이 이북에서 태어나 남한으로 내려오신 분인 줄 나는 몰랐다. 그런데 거기에 그 어르신의 고향 마을에서 오신 선조의 묘비가 있어 무척 놀라시는 기색이 역력하다. 자신이 태어날 무렵에 이분은 여기 코나커피 농장 여기에 묻혔다. 여기서 고향 어른의 묘비를 만나다니 놀라움과 깊은 탄식이 나온다.

함께 뒤따라 들어오신 사모님의 눈에 왠지 모를 충격과 함께 감동이 드러나던 것을 나는 아직도 잊을 수가 없다. 그분은 코나의 다른 어떤 장소를 여행하는 것보다 오늘 첫 방문지인 이곳, 우리 선조들의 무덤 앞에 머문 것이 가장 의미 있는 시간이었다며 감사하다고 말씀하신다.

무덤에는 항상 인생의 의미가 마음에 한층 더 다가오게 하는 전달력이 있는 듯하다. 누구나 다 태어나고 누구나 다 매일매일 자신의 꿈과 목적을 이루기 위해 산다. 그러다 보면 우리는 자신에게 찾아오는 인생의 끝을 잊어버린 채 바쁘게 지낸다. 아주 심하게 아프거나 나이가 들기 전에는 내가 아주 오래, 아니 영원히 살 것 같은 착각을 하게 된다.

그런 생각이 들면 나는 나를 잘 아시고 사랑하시는 그분이 말씀하신 '인생의 끝'이 있는 장소에 간다. 내 자녀들과 조국에 갈 때는 부모님의 묘소에 간다. 언젠가 떠나고 인생의 끝을 만나게 되는 우리의 삶에서 이 선조들의 무덤은 오늘을 사는 나에게 가끔 소중한 의미의 메시지를 전하는 축복의 장소이다.

나는 무덤 앞에서 이곳까지 흘러들어 오신 어르신들의 이민 역사를 잠시 설명해 드린다.

선조들은 하루 인건비 70센트, 한 달 16불의 임금을 받는다는 정식 노동계약서에 서명했다. 사랑하고 사랑했던 정든 고향과 부모 형제를 뒤로하고 조국을 떠났을 때 그분들의 마음이 어떠했을까 생각해 본다. 고향과 조국을 떠나는 것이 세상에 가장 큰 불효라 생각했던 당신의 문화와 환경에서 시골에서 한양으로 떠나는 것도 엄청난 일인데 몇 개월을 거쳐 타국으로, 그것도 원수의 나라 일본을 거쳐 하와이 태평양 한가운데로 오신 선조들의 발걸음은 무거웠을 것이다. 한 번도 듣지도 보지도 못한 새로운 문화, 언어, 그리고 민족에게 간다는 것은 쉽지 않은 결단이었을 것이다.

3~4개월의 긴 항해 끝에 호놀룰루에 도착했다. 그 후 코나커피 농장으로 들어온 소수의 한인 선조 어르신들은 떠날 때는 돌아갈 조국이 있었는데 일본으로부터 1905년 외교권이 박탈되고 1910년 강제로 국권이 침탈당하면서 돌아갈 나라가 없어졌다. 자신의 뿌리도 정체성도 상실된 채, 1880년대에 먼저 들어와 이미 정착한 일본인 농장주들의 핍박을 받는다. 나라가 없어지니 노동계약이 휴지조각이 됐다. 자신의 이름도 마음대로 사용하지 못하게 되고 목에다 '방고'(일본말로 '번호')라는 번호표를 달고 살게 된다.

그리고 아주 적게 받은 최소한의 임금을 쪼개어 고향의 부모와 가족에게 보내고, 나라의 독립을 위해 상해 임시정부로 중국인 편에 몰래 보낸다. 자신을 위해 집이나 죽어서 묻힐 묘지를 마련하기가 어렵지만 그래도 착한 일본인 농장 주인을 만나 그 일본인 커피 농장에 한 모퉁이에 묻히게 되고 여기서 인생의 끝을 본다.

무덤을 돌아보고 차량으로 올라오는 길이 아주 길게만 느껴진다. 종아리와 팔뚝 목 주변에 모기와의 전투의 흔적들이 선명하게 보인다. 연신 가려우신지 긁어대신다. 어떤 사모님의 이마에 벌겋게 모기에 물린 자국이 보인다. 그래도 코나에 첫발을 디디고 여기 의미 있는 장소에 온 것에 대해서 각자의 자신의 '인생의 끝'을 생각하시는 듯 깊은 생각에 잠겨 긴 침묵만 흐른다. 내가 이 무덤을 수십 번도 더 방문했지만, 오늘처럼 나 자신에게도 다시 새롭게 다가오는 특별한 시간은 없었다. 그분께 감사를 드린다.

시간이 조금 지체 됐다. 점심이 약속된 장소로 부지런히 운전해서 간다. 영국의 캡틴 쿡 선장이 마지막으로 이 섬에서 사망한 그 장소를 돌아 하와이인들의 피난처인 아름다운 해변에 도착한다. 커피 농장 집사님께서 아주 특별하고 근사하게 바비큐 식사를 준비해 놓으셨다.

한 어르신이 말씀하신다. 우리가 지금 이런 귀한 대접과 이런 음식을 먹을 수 있는 것은 먼저 하와이 코나 이 땅에 오신 그분들의 그 땀과 수고 덕분이라고. 그것을 기억하자고 말씀하면서 정성껏 준비하신 그 음식에 감사기도를 나보고 하시라고 부탁을 드린다. 나를 태어나게 한 조국과 부모님을 허락하신 하늘의 아버지께도 감사기도를 올려드린다. 여느 때 비치에서 먹은 어떤 만찬보다 오늘의 만찬은 더욱더 특별함으로 다가온다. 오늘 특별한 장소에 다녀오면서 받은 그 감동이 사랑과 함께 코나의 파도처럼 계속해서 내 마음에 잔잔히 밀려온다.

- 코나 이민 센터(Kona Imin Center)
  우리말 '이민'과 같은 단어이다. 하와이 이민은 중국, 일본, 한국 순서로 이뤄졌다. 코나커피 농장으로 이민 온 선조들을 언어문화 직업소개 등을 도와준 장소다.

- 방고
  일본말로 '번호'라는 뜻이다. 한국 노동자들의 목에다 걸고 다니게 하고 이름 대신 번호를 불렀다.

- 일리코이
  일명 '패션프루츠'라고도 하며 노란색에 안에 도롱뇽 알처럼 씨앗이 가득 찬 과일로 비타민 C가 다량 함유되어 있어 파파야와 함께 먹으면 하와이 최고의 디저트가 된다.

☕ 커피 한 잔의 여유
  카페에서 누군가를 기다리는 시간에 잠시 하와이 이민역사 관련 영상을 유튜브에서 한번 찾아보면 어떨까.

땅
끝
으
로

땅
끝
에
서

"인생의 코너에 몰린 사람이 코나에 온다."

코나에는 이런 전설이 내려오고 있다. 이 말은 진리도 아니고 사실도 아니다. 자신의 인생 벼랑 끝에서 코나에 왔던 어떤 사람들에 의해 전해 내려오는 개인적인 이야기일 뿐이다.

코너에 몰린 사람들이 코나 공항에 무더기로 내렸다. 3개월에 한 번씩 코나 공항은 이런 사람들로 북적인다. 공항을 출발한 지 15분을 지나면서 다운타운으로 내려가는 중간에 하와이 왕국의 지방정부 책임자 총독의 이름을 붙인 '쿠하키니 하이웨이'가 나온다. 오른쪽 바닷가에 코코넛 나무로 가득 찬 쇼핑몰이 보이고, 그 뒤편으로 하와이 왕의 권위를 상징하는 투구모양의 건물, 1967년쯤 처음 생긴 콘크리트 고층건물인 코나 리조트 호텔이 눈에 들어오면 도로 왼쪽으로 학교 정문이 눈앞에 보이기 시작한다.

하와이 코나에는 국제 YWAM(Youth With A Mission)에서 운영하는 U of N 대학이 있다.

정치, 경제, 문화, 종교, 가정, 교육, 매스미디어 7개의 모든 사회 영역에 영향력을 줄 수 있는 젊은이들을 기르기 위해 세워진 대

학이다. 그렇다고 젊은이들만 오는 대학도 아니다. 부모를 떠나 어떤 삶을 선택하고 살아야 하는지 고민하며 지구촌 땅끝에서 온 친구들부터 인생의 갈림길에서 자신의 새로운 삶을 찾아가기 위한 사람들이 이곳 코나에 온다.

학교 게이트를 지나면서 S자로 그려진 언덕길을 올라가는 도로 우측에는 '알로하'라는 대형 환영 문구가 인생의 땅끝에서 온 이들을 환영하고 있다. 도로 왼쪽에는 로마 파르테논 신전의 기둥같이 아주 크고 둥근, 여우 꼬리 모양의 '코코넛 팜 트리'가 웅장하게 세워져 있고, 학교 정중앙 센터에는 땅끝에서 몰려온 사람들이 속한 약 40여 개국 나라들의 국기가 걸려 있다.

나는 그 광장을 지날 때마다 게양대에 걸린 국기를 본다. 늘 경험하지만 나도 모르게 나의 시선의 끝이 자연스럽게 태극기를 향하고 있다. 내가 어디서 왔는지 나를 사랑하시는 그분이 정하셔서 나의 부모로부터 내가 태어나고 나를 자라게 하고 내가 어떤 존재인지를 알게 하는 사인과 같다고 할까, 항상 나를 특별하게 한다.

플루메리아 나무가 좌우로 펼쳐 나를 환영하고 있다. 멀리 태평양 바다를 보면서 왼쪽으로 돌아 올라가면 아주 큰 농구장이 나온다. 학교 사람들은 그 코트를 '오하나(하와이 언어로 '가족'이란 뜻)'라고 부른다. 농구장에는 입학을 위한 접수 행렬과 수많은 여행 가방들이 늘어져 있다. 이제 코나에서 학교생활이 시작되는 순간이다.

이 학교가 일반 학교와는 다른 점은 캠퍼스 안에 들어온 다양한 인종과 다양한 나라 친구들이 좀 더 짧은 시간에 서로의 삶을 나누고 공유한다는 것이다. 그 시간을 '퀘이커 교도의 질문(Quaker's Question)'

이라고 말한다. 청교도의 한 분파였던 퀘이커 교도들이 자신의 공동체 안으로 들어올 때마다 나누는 두 가지의 주제가 있다. 지나온 인생의 따뜻했던 기억들과 아주 힘들어 그 마음이 추운 겨울을 지낸 기억이다. 이 두 주제를 5~10분 정도 나누는 시간을 가지게 된다.

맨 뒤에 시간을 알려 주는 타임키퍼가 종을 들고 앉아 있다. 한 사람 한 사람이 자신이 걸어온 인생의 두 가지 주제를 간략하게 나누기 시작한다. 아주 짧은 인생을 산 젊은이든 아주 긴 인생을 살아온 학생들이든 인생의 추웠던 기억들을 나눌 때는 무슨 슬픈 사연이 그리 많은지 끝이 없이 흘러만 간다. 타임키퍼가 이제는 끝내야 할 시간이라고 일어서서 사인을 던져 주어도 5~6분의 주어진 시간이 어떤 경우는 1~2시간 흘러가기도 한다. 아마 "코너에 몰린 사람이 코나에 온다"는 전설은 여기서부터 시작된 것 같다.

사랑하는 아내를 먼저 떠나보내고 어린 두 아들과 함께 코나에 와서 살아야 했던 어느 교수님이 생각난다. 얼마나 사랑했는지 멀리 지켜보던 내가 내내 안타까운 마음을 어떻게 할 도리가 없었다. 두 아들에게 엄마라는 그 빈자리가 얼마나 큰지, 그 자리를 채우려는 아빠의 처절함과 그 애절함이 13년이 지난 긴 세월이 흘렀음에도 불구하고 나는 아직도 문득문득 생각이 난다. 이제는 부모를 떠나 청년이 되었을 그 친구들이 보고 싶다.

피부암으로 투병 중 수술하시고 인생의 끝이 될 줄 모르는 그 시간에 코나에 오신 목사님이 나는 기억난다. 3개월의 강의 시간을 마치고 강의 적용을 위한 여행을 떠나게 되었다. 나는 건강한 몸으로 돌아오기를 기도해 드렸다. 그러나 내 기도는 내가 원하는 방식대로 응답받지는 않았다. 정반대의 모습으로 코나로 돌아오셨다. 이제는 걸어서 다닐 수가 없을 정도로 건강상태가 좋지 않은 상태였다.

그분도 코나를 떠나 부모가 있는 고국으로 돌아가야 할 시간이 가까워 왔다. 얼마나 더 자신의 인생에 시간이 주어질지 모르는 상태에서 코나를 떠나야 했다. 그럼에도 불구하고 자신 인생의 마지막 여행을 누군가를 위해 섬길 수 있었던 시간이 주어진 것에 대해서 감사해했다. 그리고 불편한 몸으로 쉽지 않은 여행이었지만 가족이 함께할 수 있어 행복했다고 전했다.

그 목사님이 고국으로 돌아가기 위해 코나를 떠나는 날 함께 예배하고 기도하는데, 내 두 눈에서 흐르는 눈물을 막을 수가 없었다. 몇 달 후 내가 사역차 고국을 방문 중 소식이 왔다. 세상을 떠나셨다는 소식이다. 천안 어디 병원 아주 작은 장례식장으로 찾아갔다.

아내와 어린 자녀, 유가족이 갑자기 찾아온 나를 보더니 눈물을 왈칵 쏟는다. 남편을 보내고 남은 자녀에 대한 그 책임감에 아이들 앞에서 눈물을 보이지 않으려 했는데, 코나에서 남편과 함께 보낸 그 시간이 생각이 나셨는지 참으려 해도 참으려 해도 닦고 닦아도 눈물이 계속 흐르고 흐른다. 남편을 사랑하기에 가슴에 담아 두었던 눈물이 그렇게 많은 줄 나도 몰랐다. 땅끝에서 코나로 오고 인생의 땅끝으로 돌아간 그분이 아직도 생각나는 것을 보니, 나도 그분을 사랑했고 사랑했나 보다.

코나에서 사역하다 떠난, 사랑하는 가정이 있었다.

누구나 인생의 끝 날에 다 서게 되겠지만 그 가족은 남들보다 조금 더 일찍 서게 된 듯했다. 내가 병실에 방문했을 때 부르심을 따라 더

많은 시간과 삶을 드리고 싶었는데 여기까지인가 생각이 드니 그것을 가장 안타까워하시는 듯했다. 외모와는 다르게 무척이나 자식을 사랑했던, 자식에겐 자상한 아빠였는데 이제는 찾아오는 그 고통의 무게를 견뎌야 하고 싸워야 하는 시간이 많아졌다. 예전에 함께 아들과 축구시합을 했던, 코나에서의 즐거운 모습을 자녀들과 가지지 못함을 안타까워했다.

　매일 병실에서 그 처절한 고통과의 싸움 중에도 그는 자신을 사랑하는 그분 앞에 머물렀다. 고통 중에도 만나 주시는 그 사랑에 감사하며 기도하는데 마음이 아프다. 병실을 나와야 하는 시간이 다가와서, 나는 한 가지만 부탁했다. 그분이 우리의 생명을 거두어 가실 때까지는 포기하지 말라고, 하루라도 살 수만 있다면 살아 보자고. 어느 날 우리를 사랑하는 그분이 놀라운 일을 행하실지 모르니 말이다. 나는 날마다 마음으로 응원의 메시지를 보내고 있다.

　그리고 얼마 후 그가 간을 이식받고 기적적으로 다시 일어났다는

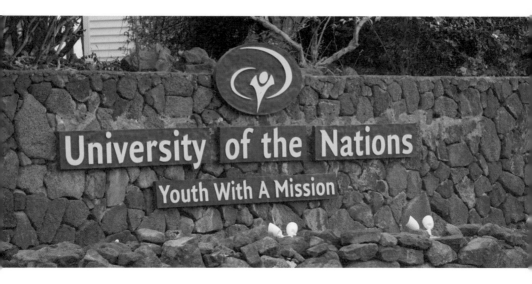

소식을 들었다. 나는 지금 그가 살아 있다는 것에 주님께 경의를 표할 뿐, 다른 표현을 할 수가 없다.

코나는 땅끝에서 온 이들로 가득하다. 어떤 이에게는 여기가 땅끝으로, 부르심을 받고 여기에 살고 머무는 이도 있다. 나도 그런 사람 중 한 명이다. 내가 사는 코나는 지구촌 끝에서 왔다가 다시 지구촌 끝으로 돌아가는 장소이다. 빈손으로 왔다가 그분의 사랑을 손에 쥐고 땅의 끝으로 가는 이도 있다. 어떤 이들은 여기를 자신의 땅끝으로 여기고 머무른다. 나도 그런 사람이기도 하다. 수십여 개국의 나라에서 온 젊은이들이 지구촌 끝에서 왔다가 다시 지구촌 끝으로 돌아간다. 우리의 영혼도 영혼의 끝에서 왔다가 다시 그 영혼의 끝으로 돌아간다. 인생의 끝이 오기 전 내가 살고 머문 그 자리에서 나는 지금 무엇을 하면 살아야 하는지……. 인생의 코너에서 코나로 오신 모든 이들을 사랑하고 축복한다.

그가 만일 뜻을 정하시고 그의 영과 목숨을 거두실진대

모든 육체가 다 함께 죽으며 사람은 흙으로 돌아가리라

(욥기 34:14, 15)

- 코나 열방대학(University of the Nations)
  로렌 커닝햄 목사에 의해 세워진 선교단체 대학으로, 약 142개국 600여 개 지역 캠퍼스가 있다. 수업은 100개의 언어로 진행되고, 하와이 코나가 이 학교의 본부이다.

- Q. Q(Quaker's Question)
  '퀘이커 교도의 질문'이라는 의미로 자신의 마음을 열어 공동체의 친밀감을 다지기 위한 두 가지 질문. 따뜻한 기억, 추웠던 기억을 말한다.

- 오하나(Ohana)
  하와이인에게 가족이란 자신의 생명과 같다. 코나의 고등학교 졸업식을 보면 그 소중함을 알게 된다. 그들은 가족을 한 몸, 한 공동체로 인식한다.

☕ 커피 한 잔의 여유
  내가 가고 싶던 지구상의 땅끝 마을은 어디인가. 언젠가 갈 계획을 지금 한번 세워 보자.

아버지가 들려주고 싶은 이야기
코나커피, 코나생각

프로펠러 타고 온 사람들

오늘도 저녁을 부지런히 먹는다.

조금만 늦어도 오늘 볼 수 있는 석양은 영원히 보지 못할 수도 있다. 대충 옷을 주워 입고 내가 사는 아파트에서 나와 차로 2~3분 가까운 거리의 해변에서 나는 그 석양을 보기로 한다. 좌측에 공공 농구장, 수영장, 축구장이 있고 야구장을 끼고 돌면 탁 트인 도로가 나온다. 사실 도로라기보다는 옛날 코나 공항 활주로이다. 여기를 현지인들은 '올드 에어포트 비치 공원'이라고 말한다. 아주 옛날에 코나 다운타운을 뒤에 두고 있었던 옛 공항 자리이다. 지금은 퍼블릭 비치로 사용하고 있다. 항상 그곳에 가면 지동설을 증명하듯 수평선이 길게 타원을 그리고 그 위로 떨어지는 석양을 보면 경이로움을 금할 수 없다.

'빅 아일랜드', '하와이'란 이름이 붙여진 섬의 동쪽은 '힐로'라고 부르고 내가 사는 서쪽에는 코나커피가 나는 '코나'라는 도시가 있다. 힐로는 비가 자주 오는 지역으로 열대우림에 속하고 계곡마다 숲이 우거져 있어 밀림으로 덮여 있다.

코나는 해안을 따라 자연 그대로 아름다운 경관이 펼쳐져 있다.

힐로는 동쪽으로 인생을 시작하는 도시라면, 코나는 서쪽으로 인생을 아름답게 마치려는 사람이 머물고 사는 도시와 같다. 우리 선조들도 동쪽 힐로 사탕수수 농장으로 오셨다가 서쪽 코나커피 농장에서 자신의 인생을 아름답게 마치고 떠나셨다.

힐로는 지진 해일로 세계 사람들에게 알려진다. 지진으로 일어나는 해일을 '쓰나미'라고 하는데 영어 공식 표기가 되어 국제적으로 사용된 계기가 힐로였다. 1946년 4월 1일 '불의 고리'라고 불리는 환태평양지역인 알래스카 우니마크 섬에서 일어난 7.2 강진으로 해일이 일어나 165명이 사망한다. 그때 빅 아일랜드에 일찍 이민 온 일본 사람이 붙인 이름이 쓰나미이다.

서쪽 내가 사는 코나에서는 매일 저녁에 떨어지는 석양을 보며 일과를 마무리한다. 코나커피 농장에 있는 커피나무도 날마다 그 아름다운 석양을 보며 빨간 열매가 더욱더 빨갛게 익어 간다. 코나에서는 아주 큰 마트나 아주 작은 시골 동네 슈퍼마켓 어느 장소이든 그 시간이 되면 아름다운 석양을 볼 수 있다.

태양도 창조주가 정하신 자신의 그 책임을 뒤로하고 미소 지으며 미련 없이 한순간에 사라진다. 나도 저렇게 아름다운 미소를 사랑하는 이들에게 선물하고 미련 없이 사라지고 싶다. 좌측 해안을 따라 걷다 보면 그 해변 끝자락에 태고의 모습 그대로 보이는 장소가 있다. 바다에 밀려 떠내려 온 큼지막한 통나무가 길게 누워 해변을 방문한 지친 영혼의 벤치가 된다. 코나로 가지고 온 무거운 삶의 무게나 멍에를 다 자신에게 맡기라 하신 그분의 명령을 말없이 순종하며 여기다 다 내려놓고 석양을 보라고 한다.

자연이 그대로 펼쳐진 해변 중간중간 아주 작은 웅덩이마다 어린 아이들이 있다. 아름답게 지는 석양의 모습에는 관심이 없다. 아직 인생을 생각하기에는 물장난이 더 좋은 듯하다. 나는 지는 해를 보는 나이가 되었지만, 아이들은 아직 살아가야 할 세월이 많이 남은 자들이다.

젊은이들은 서프보드를 타고 있다. 아름답게 떨어지는 석양을 등지고 멋지게 파도의 흐름에 자신의 몸을 맡긴 채 미끄러지듯이 파도 위에서 내게로 다가온다. 자신의 인생을 조율하시고 인도하시는 그분의 손에 모두 맡긴 듯 파도를 탄다.

올드 에어포트 비치에는 군데군데 테이블이 있다. 그 옆에 설치된 바비큐 그릴 앞에서 아빠들은 자녀와 가족을 위해 비지땀을 흘리며 고기를 굽고 있다. 그릴 위에 올려진 고기들이 지글지글 익어 가고 그 소리와 냄새에 마음이 홀려 내가 멀찌감치 옆을 지나가다 힐끗 쳐다본다. 가끔 나에게 행운이 따른다. 구한 것도 아닌데 마음씨 좋은 코나 친구들은 큼지막한 고기 한 점을 내게 떼어 줄 때도 있다. 나는 이런 사랑의 마음을 먹고 코나에 산다. 오랜 시간 올드 에어포트 비치를 찾아오는 친구들을 위해 나는 생수를 나누어 주기도 한다.

그곳은 사랑을 나누고 마음도 나누는 곳이다. 사랑하는 가족이 모이는 장소가 되었고, 지금도 군데군데 모여 웃음꽃이 끝이 없이 피어나고 있다. 코나 사람들의 영혼의 쉼터라고 말할까 아니면 가족들의 놀이터라고 말해도 되지 않을까 하는 생각이 든다.

내가 코나를 사랑하게 되면서 제일 먼저 시작한 일은 이 비치에 새벽에 와서 기도를 시작한 것이다. 선조들이 조국의 산하가 그립고

두고 온 가족이 그리울 때 여기서 해가 지는 북서쪽을 바라보고 얼마나 그리움의 마음을 달래며 눈물을 흘렸을까를 상상하며 시작했다. 매년 1월 1일이 되면 코나에 사는 우리 한인교회 가족이 여기서 신년예배를 드리고 기도하고 늘 부르는 찬양이 있다.

가슴마다 파도친다 우리들의 젊은이 화산같이 타오르자
우리들의 젊은이 폭포같이 줄기차자 우리들의 붉은 피
할 일 많은 이 나라에 우리 태어났으니
하늘 뜻이 이 땅 위에 이루어질 때까지

코나에서 한국인으로서 이 땅의 복의 근원이 되고 축복이 되자고 다짐한다. 나는 신년예배를 마치고 돌아올 때 문득 이런 생각을 해본 적이 있다. 아주 옛날 이 올드 에어포트 공항으로 코나에 들어와 폴리네시안 사람들의 친구가 되어 준 사람들은 어떤 분들일까. 그때 코나에 프로펠러 경비행기를 타고 온 한인 어르신이 있다면 어떤 기분이었을까. 한국인 중에 이 공항에 첫 번째로 내린 사람을 만나 그때 그 심정을 한번 물어보고 싶다는 생각에 나라가 어려웠던 60년대 말에 코나에 오신 분을 찾아보기로 했다.

코나를 아주 많이 사랑하신 분이 계시다. 아주 오랜 시간을 여기에 머문 '제니퍼'라는 성도의 가정이다. 그가 이곳 코나에 오래전부터 살고 계신 한인 어르신들을 초대하여 식사 대접한 자리에 간 적이 있다. 1969년 코나로 시집을 오신 '미원' 아줌마는 70을 넘긴 나이이지만 아직도 청춘이다. 코나 북쪽 왕의 고향인 '코할라' 지역에

서울서 시집온 '엔'이라는 분이 함께했다. 그리고 코할라 목장에 사는 '테레사', 코나에서 단발머리 하면 생각나는 사람 '경희' 성도도 있었다. 이렇게 60년대 코나에 정착한 한인 디아스포라 어르신들을 모시고 식사하는 특별한 시간을 보낸 적이 있다.

각자 한 가지씩 준비해 온 음식을 나누어 먹으면서 내 안에 가지고 온 질문을 하나씩 던져 본다. 이곳 코나에 언제 어디서 오셨는지, 코나를 사랑하는 사람으로 어떻게 그렇게 오랜 시간을 코나에 머물고 살아오셨는지 궁금한 것들이 참 많다.

화기애애한 대화가 오고 가고 분위기가 이어져 갈 무렵, 코나에 가장 먼저 오시고 가장 오래 사신 미원 할머니가 코나에 도착했던 기억을 더듬어 이야기해 주신다. 아주 작은 비행기를 타고 올드 에어포트에 도착했다고 한다. 마음의 소원은 언젠가 인생에 응답이 되어 찾아온다.

　나의 질문에 아주 오랜 기억 속으로 그 어르신의 타임머신이 되돌아간다. 호놀룰루를 떠난 비행기는 코나에 도착함을 알려준다. 능숙한 조종사는 아주 가까이 코나 다운타운을 바라보면서 올드 에어포트 공항 활주로에 미끄러지듯 착륙한다. 커피 농장 초기 선조들이 1930년대 말 세상을 다 떠나시고, 그 후손들은 더 나은 세상을 향해 코나를 떠난 후, 1960년대 말까지 코나에서는 한국인을 찾아보기 힘들었다.

　한국 음식을 파는 음식점도 없었다(사실 지금도 코나에는 한인 마트가 없다). 1903년 이민 초기에 코할라에 오신 김원복 할머니가 남기고 가신 코할라 김치가 유일한 한국 음식이다. 지금도 코나에 있는 슈퍼마켓에 가면 코할라 김치가 아직도 현지인들의 입맛을 사로잡고 있다. 고춧가루가 귀했을 그 시절에 전통 포기김치는 아니고 물김치 같은, 달지도 않고 시원한 것이 아주 깔끔한 맛이다.

선조들이 남긴 그 김치를 위로로 삼아 코나에 시집을 온 지 45년째 여기에 살고 계신다. 그리고 내가 머물고 있는 하와이(빅 아일랜드)시 장을 두번이나 역임 우리의 자랑스런 이민자의 후손 '헤리 킴' 전 시 장님의 어머니도 김치로 자녀를 훌륭하게 키우셨다한다.

호텔에서 청소 일을 처음 하면서 한국인으로서 늘 행동도 말도 조 심하고 자신의 삶에 대해 최선을 다해 신실하게 살아오신 분이라는 생각이 든다. 지금까지 내가 코나에 살면서 한국인이라고 말하면 안 좋은 인상이나 나쁜 이미지를 가지고 말하는 사람을 한 번도 만나 본 적이 없다. 아주 오래전에 여기 살았고 여기에 자신의 육체를 묻 으시고 지금까지 코나에 머물고 사랑하며 살았던 한인 디아스포라 분들의 삶의 열매로 지금 내가 여기서 이런 대접을 받고 사는 게 아 닌가 싶다.

점심식사가 거의 끝나 가고 거실 테이블로 자리를 옮겨 간다. 맛 있게 미리 세팅해 놓은 과일을 먹어 가면서 빅 아일랜드 코나에 처 음 왔던 날의 이야기들이 미로를 찾아 흥미로운 여행을 시작하듯 계 속 이어져 간다. 거실 밖 귀염둥이 '공주'라고 불리는 아주 작은 강아 지도 우리들의 이야기가 궁금한지 턱을 문턱에 기대고 귀를 쫑긋 세 운 채 물끄러미 나를 바라보고 있다.

코나 북쪽 '코할라'(Kohala), 하와이 언어로 '혹등고래'라는 의미로 시집온 이 씨 성을 가진 '엔' 성도가 이제는 자신의 지나온 시간의 기 억들을 하나씩 테이블 위에 펼쳐 놓기 시작한다. 서울서 미국 하와 이로 시집을 간다고 좋아했다. 그러나 화려한 도시 호놀룰루가 최종 종착지가 아니었다. 다시 비행기를 타고 코나 동쪽 '힐로'라는 도시에 내려 3시간 가까이 도착한 곳이 지금까지 살고 계신 코나 북쪽 끝 고향 코할라다. 이분도 40년 넘게 아직도 거기에 살고 계신다. 군인이었던 현지인 남편이 얼마 전 세상을 떠나고 사랑하는 자식과 함께 남편의 고향인 코할라에 아직도 살고 계시며, 사랑하는 그분 뒤를 따라 코나 베테랑 국립묘지에 육체를 묻고 싶어 하신다.

천주교 신자인 코할라 목장에 살고 계신 테레사 자매님이 계신다. 미국에 오신 지 이 분도 40년이 넘었다. 코할라 목장으로 들어가 올라가는 길에는 소들이 자유롭게 도로를 건너다니고 말들은 울타리 안에서 풀을 뜯어 먹기도 한다. 어린 망아지들이 엄마 곁에서 무엇이 즐거운지 신나게 뛰어놀기도 한다.

한국인이 적은 코나에 천주교 신부님이 계시지 않기에, 인생의 삶에 기도가 필요하시면 목사인 나에게 기도를 부탁하거나 심방을 요청하신다. 아주 가끔 현지인 남편과 함께 코나 한인교회에 나오기도 한다. 고국을 떠나 자신이 살아온 삶 속에서 주님을 아주 많이 사랑하는 분임을 느낄 수 있었다.

이분들 외에도 코나에 머물며 폴리네시안 친구들로 사는 분들이 있다. 여름의 나라 하와이에 꼭 필요한 아이스 공장을 운영하신다. 코나에 오고 가는 한국인 중 그분의 도움을 받지 않은 분은 아마 한 분도 없을 것이다. 그의 아내는 긍휼의 마음으로 가득 찬 사람이다. 뒤는 생각하지 않고 계산하지도 않는다. 마음에 이끌리는 대로 사랑을 나눈다.

단발머리 키 큰 아가씨 같은 아줌마 한 사람이 있다. 그분의 마켓을 보면 눈에 확 들어오는 간판에 한 여성의 얼굴이 보인다. 건설회사 다니던 성실한 남편을 만나 결혼을 하고 코나에 정착한다. 한 5평쯤 되는, 편의점 같은 아주 작은 슈퍼마켓을 운영하는데, 없는 것이 없다. 올드 에어포트 비치로 가는 길목에 자리 잡고 있어 그 사람들의 친구와 같은 가게이다. 수시로 드나드는 섬사람들을 가족처럼 대하고 사랑을 나눈다. 때로 형편이 어려운 자에게는 그냥 준다. 이 섬에 사는 폴리네시아인 친구들로 인하여 삶이 축복이 되었고, 그들은 폴리네시아인 친구들에게 어떻게 더 축복이 될까를 고민한다. 코나에 사는 한인 디아스포라의 한 모습이다.

40여 년을 정신없이 기업인으로 살아오시다가 인생의 끝자락에 커피를 사랑하는 농부가 되고 싶어 코나커피 농장으로 오신 분이 계시다. 뒤로 꽁지머리를 묶고 새까맣게 그을린 얼굴 위로 밀짚모자까지 쓰면 영락없이 농부의 모습이다. 그 부인은 떡을 구경할 수 없는 코나의 생활에 가끔 만들어 주시는 녹두떡을 먹을 수 있게 하신 분이다. 두 분은 나를 코나커피의 세계로 인도하신 안내자이자 인생의 좋은 선배 같은 분들이다.

나와 내 아들의 골프 선생님이 계신다. 새벽에 일터로 나가는 근로자들에게 '무스비' 하와이 김밥을 싸 주시는 김 선생님, 그리고 나를 목회자라고 항상 존귀하게 여겨 주시주시며 좋은 기회가 있을때 마다 초대해 주시는 천주교 신자 이 선생님, 샌프란시스코에서 오셔서 이곳에 정착하시고 저를 늘 사랑해 주시는 월트 정권사님, 코나커피를 따라 오는 멕시코 노동자들에게 친구이자 축복이 되는 J훈 아빠, 아주 오랫동안 와이메아에서 한국 음식을 먹을 수 있게 하신 용스갈비 박 장로님 부부, 지금은 떠났지만 자신의 주유소에 오고 가는 아

일랜드 섬 사람들에게 아이스를 무료로 주시던 또 다른 김 선생님, 그리고 미 본토에서 비즈니스를 하러 들어온 코나 코리안 바비큐 안 집사님, 그 외에 코나에 머물다 가신 시애틀에서 오신 미자 집사님, 지금도 머무시고 앞으로 코나에 정착할 코나의 한인 디아스포라 분들은 이곳에 사는 하와이인과 폴리네시아인들에게 너무나 소중한 친구가 되어 간다. 우리 민족의 숙명이자 부르심인, 그들에게 복의 근원이 되려는 그 모습이 이주 디아스포라 한국인으로 얼마나 뿌듯하고 아름다운지 모른다. 이 땅이 점점 아름다워 가는 듯하다.

시간이 많이 흘렀다. 이 자리에 함께하지는 못했지만 재숙, 옥순 성도, 캘리포니아로 떠난 미자 집사님, 바람의 도시 와이콜로아에 살고 살다간 사랑하는 어르신들, 코나의 알프스라 불리고 아주 시원한 산동네 와이메아에 사시는 모든 이들이 생각나고 사랑하며 축복하고 싶다. 그분들이 이곳에서 사랑하고 살다 가면서 뿌린 그 사랑

의 씨앗이 이제는 열매 맺어, 그 열매를 먹고 사는 나는 행복한 사람
이라고 말하고 싶다.

　인생이 그러하듯 심는 이가 있고 물을 주는 이가 있고 자라게 하는
이가 있고 열매 맺고 거두어들이는 이가 따로따로 있음이 자연의 순
리임을 나는 안다. 그분들이 뿌린 그 씨앗을 열매를 맺어 내가 먹듯
이 나도 지금 이곳 코나에서 내가 뿌려야 할 씨앗을 뿌리며 살고 있
다. 내가 심은 그 씨앗의 열매를 나의 자녀와 후손들이 먹게 될 테니
말이다. 하루하루 삶의 소중함을 일깨워 주는 시간이었다.

　콩 심은 데 콩 나고 팥 심은 데 팥 나듯이 내가 미움을 심으면 내
후손들은 미움을 먹을 것이고, 사랑의 씨앗을 심으면 다음 세대들은
사랑을 먹을 것이다. 적게 심으면 적게 남길 것이고 많이 심으면 많
이 남기는 것이 하늘의 법칙이요 자연의 법칙이다.

　코나의 석양처럼 그렇게 멋지고 후회 없는 인생이 되기를 갈망하

며 사랑하는 이들과 행복했던 시간을 뒤로하고 문을 나섰다. 벌써 해가 서쪽 코나의 앞바다로 기울어지려 하고 사랑으로 가득 찬 마음과 음식으로 가득 찬 배를 두드리며 나는 다시 아름다운 석양을 볼 수 있는 올드 에어포트 비치로 나도 모르게 핸들을 돌리고 있다.

> 해는 뜨고 해는 지되 그 떴던 곳으로 빨리 돌아가고
> 바람은 남으로 불다가 북으로 돌아가며
> 이리 돌며 저리 돌아 바람은 그 불던 곳으로 돌아가고……
>
> (전도서 1:5, 6)

- 「가슴마다 파도 친다」
  반병섭이 작사하고 이동훈이 작곡한 찬송가 574장이다.

- 코알라 김치(Kohala Kimchee)
  코나 북쪽 코할라 지역으로 이민 오신 김원복 할머니가 만들어 팔던 김치가 얼마나 맛있었는지 미국 뉴욕까지 수출해 갔다고 한다. 지금도 슈퍼마켓에서 판매한다. 할머니는 조국에 대한 사랑으로 해군사관학교와 보육원에 60년대 당시 달러로 1년에 만 불씩 기부했다고 한다.

- 폴리네시아인(Polynesian)
  '많은 섬'이라는 의미의 그리스어에서 유래된 단어로, 남태평양에 흩어진 피지, 통가, 괌, 사이판 등 1,000여 개가 넘는 섬의 원주민들을 말한다.

☕ 커피 한 잔의 여유
  내가 살던 마을이나 옛날 사진을 한번 뒤져 보고 옛 어르신을 한번 찾아갈 계획을 세워 보자.

"감사 감사해요"를 빠르고 급하게 보내다 보면 어느 날 "간사 간사해
요"라고 보내는 황당한 일이 벌어지기도 한다. 빠르게 소통하는 이
시대에 내가 자주 보내는 메시지의 마지막 문구이다. 짧은 문장으로
빠르게 소통하다 보니 이런 일들이 종종 일어난다. 내가 보내야 할
사람이 아닌 다른 사람에게 보낸 경우도 있다.

　요즘 더 많은 다양한 사람들과 소통이 실시간 이루어지고 바쁘게
퍼 나르면서 스마트 폰에서 눈을 떼기가 어려워지고 있는 나를 본
다. 나도 모르게 점점 이 세계로 빠져들어 간다. 스마트 폰 중독이
이래서 되는구나 생각이 든다.

　현대인들은 SNS를 통해 빠르게 소통 한다.

　다양한 정보와 함께 자신의 일상과 생각 그리고 감정을 사진에 실
어 아주 짧은 단문으로 실시간 퍼 나르고 있다. 내 옆 테이블에 놓인
아이폰에서는 지금도 계속해서 올라오고 있다. 느림의 도시 코나에
서 천천히 가고 있던 나도 얼마 전부터 주변 사람들이 SNS로 소통
하자고 성화인지라 그 아우성에 못 이겨 이제야 SNS로 소통하는 법
을 배우기 시작했다. 그런데 이상한 것은 더 많이 더 많은 사람과 소

통하는데 더 외로워지고 내가 더 사랑에 갈급해 한다는 것이다. 옛
날에는 한 번 만나도 얼굴과 얼굴을 마주 보고 보내는 시간이 있었
는데, 그 시간이 줄어들면서 소통의 질과 소통의 깊이가 얕게 생긴
것 같다. 나는 요즘 수많은 정보를 실시간 퍼 나르고 소통하고 있기
는 한데, 인격적이고 더 인간적인 면이 상실되고 더 갈급한 목마름
이 다가오는 것 같다.

코나는 섬이다 보니 살면서 가끔 심심해하는 사람들이 있다. 그렇
다고 한가하게 베짱이처럼 놀고 있는 사람은 아니다. 각자의 삶의
영역에서 열심히 산다. 기업인으로, 엔지니어로, 어떤 분은 옛날 복
덕방 주인처럼 해결사로. 언어 문제가 자유롭지 않은 하와이 코나에
서의 생활에 문제가 생기면 누구나 이분을 찾는다. 우리는 모두 그
분의 도움을 한 번쯤은 다 받아 보았다. 사실은 그래서 늘 바쁘다.

그렇게 살다 어느 순간에 얼굴과 얼굴을 보고 싶으면 전화를 한다. 나도 한가하지는 않지만 심심한 척하는 나에게 가끔 전화가 올 때가 있다. 특별한 일이 있는 것이 아닌데도 코나커피 한잔하자고 연락이 온다. 어떤 친구는 아예 커피 한 잔 사달라고 들이대는 경우도 있고, 내가 월요일 오전에 항상 그 자리에 있는 줄 알고 오시는 경우도 있다.

주머니 사정이 빈곤해져 가긴 하지만 얼굴과 얼굴을 보는 그런 시간이 나는 좋다. 아이폰으로 카톡을 시작하고 난 후 왠지 모를 얼굴과 얼굴을 보며 마음을 나누던 그 시절이 그리워지고 있던 나에겐 이런 연락이 오면 참 고맙다. 사랑하는 사람과 얼굴을 마주 보며 마시는 코나커피는 그 사랑함과 그리움이 담겼는지, 오늘따라 더 깊은 향기를 내뿜는다. 그 사랑이 내 영혼에 가까이 다가오는 듯하다.

지난여름 부모를 따라 코나를 방문한 아이들에게 아버지의 마음에 대해서 나누어 달라고 요청이 와서 열방대학에 간 적이 있다. 여기 패밀리 캠프에 온 가족의 자녀들이 있었다. 강의실 문을 열어 보니 내가 생각한 아이들의 나이보다 너무 어려서 나는 당황했다. 드문드문 중학생, 초등학생도 있었지만 유치원 다니는 언니의 손을 잡고 온 여동생도 있었다. 굳이 나이를 말하지 않겠다. 이런 어린아이에게 강의해 본 적이 당신은 있었나 한번 떠올려 보라.

어떻게 아버지의 마음을 전하지, 요즘 말로 '멘탈 붕괴'가 온다. 그래도 다행인 것은 마카다미아가 들어 있는 하와이 초콜릿을 가지고 왔다는 것이다. 이 수업시간을 끝낼 강의 도구가 있어 다행이다. 도화지 한 장을 주고 아빠의 얼굴을 그려 보라고 했다. 동그랗게 아빠 얼굴의 테두리를 그리는데, 어떤 친구는 더 이상 진전이 없다. 코와

PART 5. "오하나"(Ohana '가족')

입이 없고 눈도 그리지 못하고 있으니 아빠의 표정은 더 표현할 수도 없다. 아빠의 얼굴이 생각이 나지 않는 듯하다. 하기야 요즘 아빠의 얼굴을 보며 자라는 아이들이 얼마나 되겠는가 반문해 본다.

유대인들 일부는 아주 뛰어나고 스스로 똑똑하다고 생각한다. 그러나 나는 그렇게 생각하지 않는다. 지구상에서 가장 작고 미련한 민족이 유대인이라 생각한다. 그래서 하나님이 그들을 모든 인류의 교육 자료로 삼았다고 나는 생각한다. 유대인들은 자녀들에게 줄 수 있는 인생에 가장 큰 선물을 얼굴이라고 생각하는 것 같다. 민수기에 보면 모세가 자녀들에게 이렇게 축복하라고 가르쳐 준다.

> 여호와는 그의 얼굴을 네게 비추사…….
> 그의 얼굴을 네게로 향하여 드사 평강 주시기를 원한다고
>
> (민수기 6:25, 26)

제사장과 아버지들은 날마다 백성과 자녀를 위해 그분의 얼굴을 백성들과 자녀들에게 비추고 향하여 평안함을 주기를 기도한다. 구약성서에 '얼굴'이라는 단어가 2,100번 이상 나온다고 한다. 사용한 숫자의 횟수를 보면 이 단어가 얼마나 중요한 의미가 있는지 알 수 있다. '얼굴'은 순수 우리말로도 아주 중요함을 말해 준다. '마음을 전달하는 통로'라는 뜻이다. SNS를 하면서 얼굴과 얼굴을 보는 횟수가 줄어들면서 내 영혼의 통로가 막혀 가는 듯하다.

나는 요즘 얼굴과 얼굴을 마주보며 마음의 이야기를 나누었던 시간이 언제였나 곰곰이 생각해 본다.

경계인으로 외국에 살면서 조국을 방문하는 것은 부모의 품에 안기는 듯한 따뜻함과 같다. 먹고 싶은 것도 많고 가고 싶은 곳도 많다. 그러나 나에게 가장 큰 기쁨은 보고 싶었던 사람들의 얼굴과 얼굴을 마주 보는 그 시간이다. 생각만 해도 행복하다. 내가 조국을 떠날 때 아쉬움으로 작별하고 떠났던 사랑하는 사람들, 그리고 코나에서 만나고 코나를 떠나보냈던 수많은 사람의 얼굴이 떠오른다. 그리움과 사랑함으로 내 안에 자리 잡은 한 분 한 분의 얼굴과 얼굴을 마주하고 싶다. 이번 방문에도 그런 시간이 가장 기다려진다.

부모님이 떠나신 후 이집트 선교사로 나갔던 막내가 안식년을 맞이해 들어왔다. 네 형제가 한자리에 얼굴을 맞대고 만나는 일은 부모를 떠나보낸 후 10년 만에 처음인 것 같다. 내가 예상하기를 얼굴 한번 보고 형제가 만나도 별 할 얘기가 없을 것 같다. 그래도 나는 얼굴과 얼굴을 마주하고 그 자리에 함께 있는 것 그 이상의 기쁨은 없다고 생각한다.

내가 이 땅에 살면서 여기에 마음을 두지 않고 천국을 소망하는 한 가지 이유는 내가 사랑하는 그분의 얼굴을 거기서 영원히 볼 수 있기 때문이다. 이 땅에서는 내가 사랑하는 사람을 영원히 볼 수 없기에 나는 천국을 소망한다. 먼저 세상을 떠나신 사랑하는 부모님의 얼굴을 더는 여기서는 뵐 수 없기에 나는 하늘나라를 소망한다. 내 사랑하는 자녀도 그리고 내 인생이라는 교차로에서 하늘의 인연으로 만난 사랑하는 사람도 여기서는 얼굴과 얼굴을 영원히 볼 수 없기에 나는 하늘을 소망하며 오늘 이 땅에서 산다.

우리가 지금은 거울로 보는 것 같이 희미하나

그때에는 얼굴과 얼굴을 대하여 볼 것이요

(고전 13:12)

오늘도 코나커피 한 잔 마시자며 연락이 오는 그 친구가 기다려진다. 얼굴과 얼굴을 보고 마음을 나눌 그 친구 말이다.

- SNS(Social Network Service)
  현대인들의 인터넷을 이용한 의사소통 매체를 말한다.

☕ 커피 한 잔의 여유
  보고 싶은 사람 5명을 적어 보고 그중 한 명에게 지금 화상통화를 시도해 보자.

가족,'
그리운 이름들

멀리서 군악대의 연주 소리가 들려온다.

이 특별한 날에 영웅들을 보기 위해 코나 다운타운은 사람으로 가득 찬다. 퍼레이드에 참가한 사람들의 모습이 멀리서 보이기 시작한다. 군용트럭이 보이고 좌측에는 성조기가 우측에는 한국 국기가 희미하게 보이기 시작하더니, 주변 사람들의 박수 소리가 울려 퍼지기 시작한다. 이제는 우리나라 국민조차 기억이 희미해진 지 오래된 한국전쟁에 참여한 노병들이 군복을 입고 코나 다운타운을 지나가고 있다. 군용차 앞에 'Kona Korean War' 플래카드가 점점 내 눈에 선명하게 보인다.

오늘따라 코나의 검푸른 밤하늘에 내가 사랑하는그분이 한 땀 한 땀 빛으로 아름답게 하늘을 수놓아 간다. 화려하게 보이던 모든 사물이 점점 내 희미한 기억 속으로 사라져 가는 코나의 저녁 시간이다. 때로 내일에 대한나의 어두운 마음을 아시는지 오늘 이 밤에 에게 소망의 빛을 주시고 싶으셨나 보다. 오늘은 유난히 밤하늘에 밝게 비추는 전등이 하나씩 하나씩 켜져 간다. 그리고 코나의 밤하늘은 점점 소망이라는 당신의 빛으로 가득 채워진다. 내 마음도 그

KONA KOREAN WAR VETERANS
THANK YOU
KONA KOREAN MISSION CHURCH

하늘의 소망으로 점점 충만해져 간다.

나는 이런 밤의 하늘을 보면 괜찮은 영화 한 편이 보고 싶다. 내 인생에서 떠나간, 사랑하는 가족이 생각나며 코나의 밤하늘이 영화 관의 스크린이 되어 그리운 사람들의 이름들이 하나하나 떠오르기 시작한다.

어느 전쟁 전사자들의 추모 행사에서 유명인사가 유창한 미사여 구로 연설할 때보다, 아니 멋진 추모 행사장의 어떤 모습을 볼 때보 다, 유가족에겐 마지막 추모 시간에 당신의 자녀 이름이 하나하나가 불리거나 화면 위로 그리운 그 이름들이 천천히 올라올 때가 더욱더 감격스럽다. 누군가 유족에게 위로하는 말이나 건네받은 어떤 훈장 과 계급보다, 떠나간 그 이름 속에 보이는 사랑하고 사랑했던 자녀 이며 가족이 그립고 소중하다. 그래서 오랜 시간 내가 이루어 놓은 수많은 일과 업적보다 화면에 올라오는 그 이름이 더 중요하다고 나 는 생각한다.

매년 7월 4일은 미국의 독립기념일이다. 나는 이날이 오면 항상 찾아뵙는 사람들이 있다. 우리 선조들이 내 인생에 자유를 준 8월 15 일 광복절에조차 그 자유의 소중함을 잊어버린 채 살아가는 나인데, 미국인들의 독립기념일을 언제인가부터 특별하게 보내게 되었다.

미국인들에게는 특별한 이날에 그들은불꽃놀이를 한다. 코나 앞 바다에 배를 띄우고 그 배 위에다 불꽃놀이 조명을 설치하고 저녁 시간이 되기를 기다린다. 그리고 코나 사람들은 나라를 위해 헌신한 사람들의 퍼레이드가 코나 다운타운에 지나갈 때를 기다리며, 이를 격려하기 위해 어린아이의 손을 잡고 모여들기 시작한다.

나는 미리 준비한 피켓 하나를 들고 코나 '헤이븐' 커피전문점 앞에서 기다리다가 가까이 다가간다. 그리고 다운타운 거리에 뛰어나가 천천히 가던 트럭을 막아선다. 내가 그분들에게 할 수 있는 최고의 감사 표시는 '감사합니다'라고 말하는 것뿐이다. 그리고 몇 번이고 고개를 숙이며 내 조국과 내 가족의 자유를 가져다주신 그 은혜에 대해 나의 조국의 마음을 대신 전해 본다.

이제 18살 또는 19살, 갓 고등학교를 졸업하고 너무 이른 시절, 아무것도 알지도 못하고 자신들과는 아무런 상관도 없었던 동북아의 작은 나라에서 죽음의 사선을 넘어온 그분들의 모습에 타국에서 쓸쓸히 떠나보낸 전우들에 대한 그리움이 보이는 듯하다. 치열한 전투의 현장에, 타국 산하에 전우를 묻어 두고 자신만 살아 돌아온 미안함과 그리움이 80대 중반이 훌쩍 넘긴 그들의 주름진 얼굴에서 전해진다. 이런 날이 오면 그 이름들이 더욱 생각나고 보고 싶지 않을까 생각한다.

한국인으로서 코나에 살면서 그 고마움을 전하고 싶어졌다. 코나에 사는 한국인 가족들이 어린아이들과 함께 아름다운 꽃 레이를 준비했다. 이곳에 함께 살고 머무는 사랑하는 가족들과 어린이들과 함께 나는 다운타운 코나커피 전문점 앞에 나간다. 지나가는 군용트럭에 타고 계신 어르신에게 "감사합니다, 고맙습니다"라며 큰 피켓을 두 손에 번적 들고 퍼레이드 차량을 세운다. 한인교회 가족들은 미리 준비한 사다리를 군용트럭 뒤에 붙이고 몇 명의 자매들이 꽃 레이를 들고 트럭에 올라탄다. 준비한 꽃 레이를 걸어드리고 한 분 한 분께 마음에서 나오는 감사한 마음을 전하며 깊은 포옹을 한다.

수십 명의 코나의 사는 한국인들이 코나커피 헤이븐 앞에 모여 있다가 군용트럭이 지나가면 천국 입성식 때나 부르고 싶었던 베토벤의 노래 「영광의 찬양」을 부른다. "영광 영광 할레루야 영광 영광 할렐루야 곧 승리하리라"를 모두 다 함께 불러 드린다. 천천히 멈춰선 트럭이 앞으로 움직이기 시작할 때 노병의 주름진 얼굴에 자신들의 그 희생이 헛 되지 않았음에 점점 환한 모습으로 변해 간다. 우리의 마음도어디서부터 오는지 모를 기쁨과 감사함으로 충만해져 간다.

퍼레이드를 구경 나온 코나 사람들도 이 모습을 바라보고 격려와 감사의 박수를 아낌없이 보낸다. 중간중간에 노병들을 소개하는 장내 아나운서의 목소리가 점점 하늘을 찌르는 듯 높아진다. 깊은 감정이 북받쳐 올라오는지 크레셴도가 되면서그들의 이름을 한 분 한 분씩 소개한다.

어느 순간 서쪽 코나의 바다는 우리의 인생이 그러하듯 붉게 물들어 가고, 석양은 마지막 아름다움을 잠시 보여 준 채 자신의 소명을 다했는지 미련 없이 사라진다. 그리고 창조주 하나님이 그 노병을 향해 당신의 인생은 어두운 세상에 '스타'가 되었음을 기억하라는 듯 밤하늘에 아름답게 수놓는다. 까만 화선지 같은 하늘 위에다 멋지게 그려 놓은 별 하나하나마다 코나 사람들은 노병의 이름들을 새겨 넣는다. 한 자 한 자 새겨 가는 그 순간에 여기저기서 피어오르는 불꽃들이 그들의 이름들을 더욱 빛나게 하고 밤하늘을 더욱 아름답게 만들어 간다. 그리고 그 이름들이 생각나고 그리워진다.

'섀도우'(Shadow)라고 이름을 붙인 사냥개가 있었다. 그가 얼마나 민첩하게 옆에 있다가 없어지고 없다가 나타나는지 그 아들 '조나단'

이 이름을 그림자라고 지은 것이다. 주인아주머니가준비해 준 마지막 음식을 먹고 힘겨운 듯한 눈빛으로 주인을 바라본다. 그 눈빛 속에서 감사하는 마음을 보내고 자신에게 준 시간을 뒤로한 채 가족 옆에서 코나를 떠나갔다. 사랑하는 주인의 눈에는 멈추지 않는 눈물이 흘러내렸다. 닦아도 닦아도 계속 흐른다. 지난 수년간 자신에게 보여 준 그 신실함과 충성에 대한 감사의 눈물이기도 하고, 앞으로 인생에 문득문득 생각나고 그리움으로 다가올 이름이기에 흘리는 눈물이라 생각했다.

한 줌의 재로 변한 친구를 계속 기억하고 싶어 하는 가족이 집 앞 뜰 한쪽 자리에 조심스럽게 그 유골을 뿌린다. 자신의 마음이라는 화선지에 그려진 따뜻한 지난날들의 추억을 지우지 아니하고 계속 기억하려는 주인 내외의 그 마음을 보면서, 나도 내 인생의 화선지에 자신의 이름을 새겨 놓고 떠나간 그 이름들이 오늘 이 밤에는 더욱 생각이 난다.

언젠가 주님이 아브라함에게 "본토 친척 아비 집을 떠나라 내가 너로 복의 근원이 되리라" 말씀하셔서 그는 부모를 떠나게 된다. 사랑하는 부모님이 마련해 주신 1,000만 원에 월 50여만 원의 월세방을 구해 만삭이 된 아내를 데리고 내 나이 30을 넘어 처음으로 부모의 품을 떠났다. 이제 갓 태어난 어린 아들을 안고 드린 예배의 시간이 내 눈앞에 잔상이 되어 스쳐 지나간다.

나를 목회자의 길로 인도하신 영적 아비 노충원목사님 그리고 쉽지 않았던 내 목회 인생의 여정에 처음 만난 그 이름은 안창용, 이기훈, 임용택, 이병우, 윤예순, 임난초, 정경애, 박진숙, 김정림, 방

성심, 류순분 등. 개척 초기이름 들이다. 97년 어둠의 긴 터널을 지나가야 했던 그 시절에 나와 함께 옆에 서 준 차석준, 주선덕, 정창기, 박인옥, 내 어머님의 친구 조원진 권사……. (너무 많은 그 이름들), 그리고 목회라는 짐을 나누어 함께 동행한 최수철목사님 부부와 배상영, 정일형, 엄기태, 장종석, 김철규, 최진란 등……. 소중한 그 이름들을 하나하나 다 기록하지 못함이 아쉬울 뿐이다.

세월이 지나고 시간이 빠르게 가면 갈수록 이 이름들이 더욱더 선명하게 생각나고 새겨지는 이유는 무엇일까. 힘든 그 시기를 함께 보낸 그 사랑함과 고마움이 그리움이 되어 그 이름들이 자꾸만 떠오른다. 내가 인생에 이루어 놓은 어떤 일보다 내가 성취한 어떤 것보다 나는 그 이름들이 더 소중하고 그리워진다.

내가 인생에 가장 힘든 시기에 그 자리에 함께해 준 믿음의 가

족……. 많은 사람이 떠나가기도 했다. 남이라 생각하고 떠날 수도 있었을 텐데, 실제로 많은 사람이 그 힘든 시간에 나를 떠나갔는데, 이들만은 그냥 그 자리를 지켜 주었다. 그 가족의 이름이 더욱더 생각이 나고 그리워진다.

내가 완전히 지쳐 죽을 것 같을 때 온 '코나', 9개월의 시간을 여기서 머물다가 치열한 삶의 현장에서 살아가는 가족들을 위로하고 격려하기 위해 회복된 몸을 이끌고 고국의 사역 현장으로 돌아갔다. 그리고 1년쯤 지나서였을까, 코나에서 전화가 온다. 교회에 담임 목회자를 보내 달라고 새벽마다 바닷가에서 기도하시던 권사님의 전화이다. "목사님 코나로 오시면 안 되시겠는지요."

목회자가 주님이 부르시면 가야 하지만 인간적으로 내가 거기 특별히 가야 할 이유는 없다. 더 큰 꿈도, 교회도, 사역도 가질 수 없

PART 5. "오하나"(Ohana '가족')

는 그곳에 갈 이유를 찾아보려야 찾을 수가 없었다.

간절한 기도는 응답을 받는가 보다. 4년 동안 새벽 바닷가에서의 그 기도가 하늘에 올려지고 나의 마음을 조금씩 조금씩 움직여 결국 나는 코나로 갔다. 그리고 권사님은 수년간 나를 사랑해 주시고 마음 주더니 나를 여기에 세워 놓고 어느 날 홀연히 뉴욕으로 떠나셨다. 그러나 그의 마음은 항상 코나에 있음을 나는 안다. 지질학 박사이시며 평생을 돌에 감추인 보물을 찾던 인생을 사시다 이제는 코나에서 교회와 열방대학을 섬기고 말씀속에 숨겨진 보물을 찾는 삶을 사시다 '베트남'에 마음을 품고 고국으로 떠나신 양정일장로님과 코나 대장금이라고 불리우던 최명임 권사님 내외분, 그리고 60이 넘어서 '아이티'의 영혼을 불쌍히 여겨서 백혈병중에도 도미니카로 떠나신 김영(김선)장로님 내외분 그분들은 지금도 코나를 그리워하고 교회와 나의 가정을 위해 기도한다. 그래서 그 이름만 생각해도 그립고 그립다.

얼굴은 한 번도 뵌 적이 없지만 뵙고 싶은 이름도 있다. 조 권사님의 오랜 친구이자 믿음의 가족이다. 교회와 우리 가족을 위해 아직까지도 사랑으로 섬기고 돕고 계신 LA에 사시는 임복자 권사님과 그의 동생이신 일본 '고베'에 계신 심복선 권사님의 이름이 오늘 밤 내 마음에 별이 되어 반짝이고 있다.

사람을 마음에서 떠나보내는 일이 코나에 살면서 이제는 익숙해질 시간이 흘렀다 생각했는데 아직도 나는 사랑하던 이를 떠나보내고 사는 삶이 익숙하지가 않다. 어떤 사람들은 잘도 떠나보내던데 말이다. 지나간 이름들을 이제는 뒤로하고 이루고 싶은 비전을 향해 잘도 가던데, 내게는 그 마음의 빈자리가 왜 크고 어렵게 다가오는지 모르겠다. 지금도 그 이름들이 생각이 나고 그리워진다.

이제 세월이 많이 흘러갔다. 내가 처음 사역을 한 지로부터 벌써 30년이 흘렀다. 코나의 시간에서도 10여 년의 시간이 벌써 지났다. 얼마 전 내가 코나에서 만난 사랑하는 가족이 이 땅에서는 다시 만날 수 없는 곳으로 떠나가셨다. 어린 두 아들을 데리고 내가 처음 낯선 코나에 왔을 때 그 밝은 미소로 우리 가족을 따뜻하게 환영해 주신 송용은 선교사, 오랜 투병 끝에 한 줌의 재가 되어 그 영혼이 아버지의 품으로 떠나셨다. 20여 년을 로컬에 사는 이가 말하길 그분은 항상 '원페이스'(One Face), 모든 일에 늘 웃는 한 가지 얼굴이었다고 했다.

조국에서 진행된 장례식 사진을 주일예배에서 지난 시절 함께한 사진과 같이 몇 장의 사진을 본다. 이제 내 마음속 한 자리에 별이 되어 그 빛을 내 가슴에 남기고 간 그처럼 나도 언젠가 가야 할 내 아버지의 집으로 먼저 여행을 떠나셨다. 그리고 한 달이 지났을까, 코나에서 장례에 참여하지 못한 가족이 모여 추모예배를 드리는 날이 있었다.

추모예배 드리던 날, 그를 내 인생에서 떠나보내야 하는데 왜 이렇게 보내기가 힘들었는지 모르겠다. 이미 세상을 떠난 지 한 달이 지났다. 장례식에 참여하지 못한 나는 조금씩 내 일상의 일로 그를 잊으려 하는데…….추모예배 일정을 잡던 그날 내 마음속 깊이 감추어진 슬픔이라는 감정이 올라오는 것을 보면서 아직도 나는 사랑하는 그를 떠나보내지 못했다는 것을 깨달았다.

추모시간 내내 가슴이 메어 왔던 이유는 무엇일까, 하늘에 소망을 두고 사는 나라면 이제 오랜 질병의 고통에서 자유롭게 떠난 사랑하는 이를 생각하면서 기뻐해야 하는데, 나는 아직 그를 보낼 준비가 안 된 것 같다. 코나에서 그와 함께 주님 안에서 보낸 14년의 긴 세월을 어떻게 쉽게 정리할 수 있겠는가. 옆에서 아내도 연신 눈물을 훔치고 나에게도 휴지 한 장을 살며시 건네준다. 나와 아내가 같은 마음으로 존경하고 사랑했던 사람. 코나에서 그를 처음 만난 그 날부터 지금까지 잊을 수 없다. 만나는 모든 이 한 영혼 한 영혼을 아주 조심스럽고 소중하게 다루어 주는 그 친절과 사랑을 나는 내 가슴속에서 지울 수가 없나 보다.

코나에서 14년의 세월을 함께 보내면서 우리가 연약한 인간이기에 서로 좋은 일만 있는 것이 아니었을 텐데 그는 늘 나와 아내를 변함없이 대해 주었고, 그 모습이 내 안에 아직도 남아 있다. 이것이 그를 쉽게 보내지 못하는 이유가 아닌가 싶다. 나는 아직도 그가 여기서 보낸 삶을 기억한다. 항상 십자가에 머물던 그 삶의 흔적들을 말이다. 아주 오래전 함께 열방대학 스텝으로 섬기던 시절, 그는 늘 자신의 연약함을 십자가 앞에서 빛 가운데 드러내는 정직한 사람이었다. 늘 지체에게 겸손함으로 용서를 구하던 그를 나는 기억한다. 리더가 항상 이런 삶의 태도로 살기란 쉽지 않은데 말이다.

인간이란 이기적 존재이기에 올바른 결정을 하기란 쉽지 않다. 자신의 이익을 위해서는 믿음도 신앙도 목사라는 나의 포지션도 의미가 없을 때가 있다. 그러나 그는 자신의 육체의 감정이나 세속의 풍조에 휩쓸리는 사람이 아니었다. 그도 인간인데 왜 고민이 없었겠나. 미워하는 사람, 다시는 뒤돌아보고 싶지 않은 사람, 더 이상은 관계하고 싶지 않은 사람이 왜 없었겠는가.

여기 코나라는 아주 작은 한인 커뮤니티 안에서 어쩌면 오랜 시간을 함께 보낸 나도 그럴 가능성도 있을 수 있는 연약한 사람이었을 텐데, 그는 늘 어떤 상황이든 십자가 앞에 가지고 나가서 거기서 머물고 항상 자기 십자가를 지고 결정했다. 그리고 주님이 맺어 놓은 그 사랑의 끈을 끊어 버리거나 외면한 적이 내 기억으로는 단 한 번도 없던 사람이다. 우리 부부에게는 늘 그 마음과 그 미소로 다가오던 그를 추모예배 시간이라는 이 행사로 한 번에 보내니 어렵다. 나와 내 아내의 마음에서 그를 보내드림이 어쩌면 아주 오랜 시간이 걸릴지 모르겠다. 그를 아주 오래 기억하고 싶어 그가 생전에 나에게 보내 마지막 편지의 내용을 여기에 남겨 본다.

고마우신 김교문 목사님 이양순 사모님

코나를 떠나온 지 벌써 여러 달이 지나 새해 인사도 못 드렸네요. 올해도 목사님 가정에 우리 주님의 귀한 은혜가 가득하시길 기도합니다. MS 형제님을 통해 보내주신 목사님과 사모님의 따뜻하신 마음을 담은 카드를 받으며 저도 모르게 눈물이 주르르 흐르더군요. 마음을 내게 나눠주셔서 감사드려요. 저도 두 분을 참으로 좋아했는데 제대로 나누지 못하고 살아온 것 같아요. 저는 지금 코나로 곧 돌아가기 위해 기도하며 노력하고 있습니다. 계속 기도해 주시길 부탁드리며 사랑과 감사의 인사를 보내 드립니다.

−늘 사랑에 빚지며 사는 사람으로부터−

그는 이 편지를 2016년 1월 22일 나에게 메일로 남기고는 영영 코나로 돌아오지 못했다. 그리고 사랑하는 아버지 품으로 훌쩍 떠나셨다. 내가 이 이렇게 많은 기억들을 지면에 남기는 나를 보면서 내 마음 깊이 그 이름이 새겨져 있나 보다. 지금도 그 숨결이 살아서 내게 다가온다. 지난 코나에서의 삶에 그가 있었기에 코나의 믿음의 공동체가 행복했는데, 앞으로 내가 여기 코나에 머무는 동안 누가 그 빈자리를 채워줄 수 있을지. 그의 빈자리를 느낄 때마다 나는 아주 많이 그를 그리워할지 모르겠다. 당신은 그 모든 슬픔과 고통을 벗어나 주님의 손에 이끌려 가벼운 마음으로 천국으로 여행을 떠났지만 내와 내 아내의 가슴에 남겨진 그 사랑함과 친절했던 흔적은 여전히 남아 있다. 나와 내 아내는 그를 그리워하며 천국에서 보는 그날까지 이 마음을 가지고 가야 할 것 같다.

사랑하는 사람이 떠난 하루 다음 날 내가 무척 사랑했던 어르신이 떠나셨다. 늘 나를 만나면 "감사합니다, 감사합니다"라고 말씀하셔서 '감사 할머니'라 불리던 강보부 권사님도 몇 달 전 코나커피 농장에서 축복하며 본토로 보내 드린 지 얼마 안 되어 멀리 텍사스에서 세상을 떠나셨다. 미국에 정착한 30여 년의 시간을 텍사스에서 함께한 어르신이었는데 거기서 보낸 세월에 함께한 가족이 그리웠는지 코나를 떠나셨고, 나와 가족들의 마음의 한 자리에 별이 되어 그 빛을 비추고 영영 떠나셨다.

특별히 요즘 코나 믿음의 가족 중에 사랑하는 이들을 떠나보내는 일들이 자주 일어남을 본다. 사랑하는 아버님이 갑자기 아프셔서 병원 응급실로 들어가신 지 몇 시간 만에 하나님은 아버지를 데리고 가셨다. 뭐가 그리 급하셨는지 긴 세월을 함께한 아내와 작별도 제대로 고하지 못한 채 하나님은 에녹처럼 홀연히 데려가셨다. 아버님

시신을 홀로 지키고 계신 어머님을 위해 가족이 급하게 떠나갔다.

어느 가정에도 아버님의 뇌출혈로 응급실에 실려 갔다는 소식이 고국에서 들려온다. 나는 아직도 구원이 필요한 아버님의 영혼을 위해 교회와 선교 사역을 하던 모든 일을 잠시 테이블 위에 올려놓으라고 권고하고 중환자실에 계실 아버님을 위해 떠나라고 격려한다. 인생에 가족만큼 소중한 주님의 일이 또 어디에 있겠는가. 언제 다시 코나로 돌아올지 기약도 못한 채 한국으로 떠나는 가족과 병환중인 부모의 영혼을 위해 나는 기도한다.

나도 이제는 젊음의 시절이 지나갔고 내 머리가 이제는 희끗희끗 돌아가신 아버님의 백발의 머리처럼 변해 많은 세월의 흐름을 느끼게 한다. 변해 가는 세월 속에 사랑하는 그 이름들이 생각나고 그리워지는 코나의 검푸른 밤을 나는 지금 보내고 있다.

인생이란 코나처럼 수많은 사람이 오고 머물다 떠나가는 장소와 같다. 지구촌은 어디든 인생이란 여행에 잠시 머물다 가는 여행자의 쉼터이다. 여기 코나도 영원한 쉼터는 아니다. 나도 언젠가 내가 사는 이 코나를 떠나는 그날이 올 것이다. 코나에 살던 사랑하는 가족이 한 분 두 분 밤하늘의 별이 되어 떠나는 것처럼 내게도 그런 날이 언젠가 오게 될 것이다. 지금까지 내가 이루어 놓은 업적이 커서 기억되는 사람이 아니라 그냥 나 자신과 내 이름만 생각해도 보고 싶은 사람, 사람들의 기억 속에 오래 남는 사람, 세월이 가고 인생이 흘러가도 생각나고 그리워지는 그런 사람이 되고 싶다. 신약성서의 바울이 삶에 함께한 사람들이 하늘에 별이 되어 남아 있는 것처럼 나도 모든 사람의 마음이라는 하늘에 반짝이는 별이 되어 남고 싶다.

두기고가 내 사정을 너희에게 알려 주리니…….

신실하고 사랑받는 형제 오네시모…….

나와 함께 갇힌 아리스다고…….

유스도 이런 사람들이 나의 위로가 되었느니라

(골로새서 4:7~11)

점점 코나의 밤하늘이 더 짙어진다. 검푸른 하늘에 반짝이는 별들이 선명해지면서 내 인생에 그리워하고 보고 싶었던, 사랑하는 사람들의 얼굴이 보이기 시작하더니, 그 얼굴과 그 이름들이 반짝이는 네온사인처럼 깜박이며 나에게 비추어 온다.

그립고 그리운 사람들아 오늘도 밤하늘을 별에다 한 사람 한 사람씩 당신의 이름을 적어 본다. 그립고 그립다. 지난 시간 사랑했고 사랑한다. 앞으로 살아갈 인생에 그 이름들은 더욱더 선명해지고 더 반짝이며 내 마음을 비추게 됨을 감사드린다. 그리고 이런 인생을 만들어 주신 분 여전히 인생길에 영원한 새벽별 되신 주님께 감사 감사드린다.

- 미국 독립기념일
  미국이 독립을 선언한 1776년 7월 4일을 기념하는 날이다. 코나에도 이날 다운타운에서 퍼레이드가 있는데, 한국전쟁에 참전한 노병들이 참가하고 코나에 사는 한국인들은 감사한 마음으로 꽃 레이 목걸이를 걸어 드린다.

☕ 커피 한 잔의 여유
  지금까지 고마웠던 사람들의 이름을 적어 보고 한 사람 한 사람씩 그 추억을 기억해 보고 축복해 보자.

오늘은 1년에 한 번 있는 코나 가족 모임이다.

이번에는 커피 농장에 모이게 되었다. 나는 이날이 오면 설렘이 앞서 미리 커피 농장에 간다. 사랑하는 가족이 모이는 이 자리에 대한 기쁨이 내 안에 늘 있기 때문이다

집을 나선 지 10분 지났을까, 남쪽 코나 다운타운이 보인다. 아직도 옛 모습 그대로 시간이 멈춘 채다. 우측 바다를 바라보면 아주 오래된 연극 공연장이 있다. 공연을 보려는 사람들로 오늘따라 북적인다. 조금 더 내려가다 보면 '캡틴 쿡'이라는 도로 표지판이 보인다. 농장에 거의 가까이 왔다는 것을, 나는 늘 그 표지판을 보고 안다.

좌측으로 '초이스' 슈퍼마켓을 끼고 돌아 굽이굽이 산으로 올라가는 도로를 타고 가다 보면 여기저기 코나 커피 농장들이 보이기 시작한다. 길바닥에는 아보카도 열매가 떨어져 굴러다니고, 길옆 도로에는 더운 여름 날씨에 아름다운 여인이 들고 있는 양산처럼 생긴 나무가 있다. 노란 열매가 줄줄이 달린 파파야 나무다. 하와이인들은 이 열매를 창조주가 선물한 만나라고 생각한다.

커피 농장에 코나의 믿음의 가족들이 속속히 모여들고 있다. 잘 정돈된 테이블이 보이고 커피나무 사이에 세팅된 뷔페 음식이 보인다. 테이블 위에 사랑의 마음으로 준비된 음식들이 하나둘씩 놓여 가고 있다. 부엌에서는 더 채워질 음식을 준비하느라 분주하다. 밖에서는 바비큐 냄새가 그 사랑과 함께 농장에 가득 채워가고 있다. 커피 농장 군데군데 놓인 테이블마다 사랑의 이야기꽃이 피어 간다.

커피나무 사이에 놓인 테이블에는 지나온 세월만큼 머리가 희어진 어르신들이 모여 있다. 이제 곧 코나를 떠날 권사님 곁에 얼마 전 큰 수술을 하고 무사히 돌아오신 어르신, 이곳 의사로 빅 아일랜드에 아주 오랫동안 머무신 어르신, 공직 생활을 하다 오신 어르신, 시애틀에서 평생을 교회를 섬기다 오신 어르신, 샌프란시스코에서 오신 어르신, 그리고 코나 커피 농장주가 되신 어르신, 지나온 세월만큼 하실 이야기들이 얼마나 많으시겠는가. 그 이야기가 끝이 없이 인생의 흔적이 묻은 채 흘러나온다. 사실 나도 하와이 법으로는 '시니어'인데 말이다. 이런 어르신들의 모습만 보아도 기분이 좋다. 이유는 잘 모르겠지만 그 모습만 봐도 즐겁다.

출산을 앞둔 배부른 엄마 옆에는 어린 자녀를 둔 엄마들이 출산 이야기를 해 주고 있다. 그 얼굴이 두려움과 생명의 탄생에 대한 기쁨의 이야기로 충만해져 간다. 그 옆자리의 어린아이들은 모닥불 주변에 몰려 있다. 애들은 불장난을 왜 그렇게 좋아하는지 모르겠다. 나도 어린 시절 저러다 새로 사준 옷을 다 태워 먹은 적이 기억난다. 모닥불을 피워 그 옆에서 긴 장대에 꽂아 놓은 마시멜로를 구워 먹는 재미에 폭 빠져 있고 아빠들은 그 옆 테이블에서 아이들을 바라보면서 코나에서의 삶에 대한 이야기를 나눈다.

부모가 자녀들이 행복한 모습만 바라봐도 행복해지듯이, 이 시간은 하늘에 계신 아버지가 가장 기뻐하시는 시간이다. 미리 준비한 몇 곡의 찬양을 부르며 우리에게 허락하신 어르신과 부모 그리고 가족을 사랑함이 그분을 경외함임을 나는 전한다. 우리 가족 중 최고령인 어르신이 얼마 후 코나를 떠남에 대한 아쉬움을 전하고 감사하는 기도를 올린다. 그리고 사랑의 마음이 담긴 예찬을 나누는 시간을 가진다.

나도 언젠가 이 어르신처럼 떠나는 시간이 올 것이다. 그리고 먼저 떠나간 사람들처럼 나그네로 살다 갈 것이다. 내 인생의 끝자락에 내가 사랑했고 지금도 사랑하는 사람들이 있는 코나를 떠나는 날이 오게 될 것이다. 내 아내도 내 자녀의 곁에서도 언젠가 나는 떠나가게 될 것이다.

가끔 나는 드라마를 보다가도 눈물이 나고 누구의 노래를 듣다가도 눈물이 난다. 누군가의 인생 사연을 듣다가도 금방 그 사연에 동화되어 눈물을 흘리는 내가 지금 생각해 보면 부모, 형제, 친척이 있는 익숙한 장소를 떠나 이곳 코나에 나그네로 타국에서의 삶을 사는 것은 쉽지 않은 선택이었다. 아내와 두 아들을 책임져야 하는 가장으로서의 그 부담감을 감당하기가 쉽지 않았다. 한 사람으로서의 성취하고 싶은 꿈과 그 욕망으로부터 자유롭지 않은 나로서는 코나 생활이 쉽지 않았다. 세상 사람들에게 결과물을 보여주고 싶었고, 성공을 보여 달라 하는 수많은 시선에 대해서 자유롭지 않았다.

3·40대의 인생을 좌충우돌하며 살다가 50대 후반이 되어 가는 나이가 되었다. 가장 왕성한 활동을 할 수 있고 살아야 했던 그 소중한 40대의 인생의 시간을 우연히 코나에 정착해 10여 년간 지내오면서 나는 세속적으로는 많은 것을 잃었다고 생각했다. 그러나 내면적으로는 여기서 인생의 참된 의미가 무엇인지를 알아 가는 축복의 시간으로 다가왔다.

코나 커피 농장에 묻힌 그 무덤, 그곳에서 들려온 그분의 음성이

나를 여기에 머물고 살게 했다. 처음 코나 생활은 내 인생에 광야라는 느낌이 들었지만 인생에 광야는 그분이 허락한 축복의 시간이라는 것을 안 지는 몇 년 안 된다. 광야 40년을 보낸 유대인에게 하신 그분의 권고, '너를 낮추고…네 마음이 어떠한지' 알게 하듯이 나에게 코나의 시간은 그런 시간이었다.

코나는 나의 지나온 내 인생에 만났던 수많은 사람을 떠오르게 했다 어린 시절부터 대학, 군대, 그리고 내가 처음 목회를 시작했던 가족들을 생각나게 했다. 쉽지 않았던 그 시절에 함께했던 그분들의 이름을 나는 속으로 날마다 불러 보고 또 불러 보며 늘 감사하고 있다. 그 소중함을 알게 한 코나의 시간은 나에게 축복이었다.

이제는 고인이 되어 떠나가신, 나를 낳아 주시고 길러 주셨던 부모님에 대한 소중함을 알게 했다. 고국을 떠나 코나에 머물렀기에 늘 걱정해 주시고 더 사랑해 주신 두 형님과 형수님에게 감사를 보낸다. 형제 그 존재 자체가 나에겐 얼마나 소중한지를 알게 하신 것에 감사하다. 이집트에서 선교사로 사는 막내를 나는 날마다 생각한다. 어머니께서 마지막 숨을 거두시기 직전 의식이 있을 때까지 걱정하던 마음을 보았기 때문일까, 지금까지 잘 살아 주고 있는 동생에게 감사하다.

그리고 여전히 부족한 남편이자 아빠인 내 곁이 있어 준 아내에게 감사하다 아빠를 믿어 주고 이제는 응원해 주는 두 아들의 소중함을 알게 한 코나를 나는 평생 잊을 수는 없을 것 같다. 그리고 내 인생의 한 부분이 되어 준 코나의 식구들에게 감사하다. 앞으로 10년 20년의 세월이 더 흘러 내 인생 끝에서 코나를 떠나는 날이 가까이 올 때, 그들은 모두 내 마음의 별이 되어 빛을 발하고 있으리라 확신한다.

코나의 삶과 사역은 지금 당장 더 크게 더 높이 날 수 없고 성취할 수 없는 환경과 현실을 통해 더욱 소중한 것들을 얻게 했다. 비인격적인 어떤 성공보다 내 곁의 사람들을 보고 사는 것, 내 곁에 가만히 머무는 사람들이 더욱 소중한 것이라는 이 보편적 진리를 알게 하신 것에, 코나로 나를 인도하신 그분께 감사하다.

마지막으로, 이 책이 나오기까지 참 많은 시간을 나누고 고민해 준 학준 형제와 출판 과정 편집에 많은 조언을 해 준 나의 친구 남준현 대표와 늘 옆에서 아낌없이 격려해 준 가족과 한 분 한 분께 감사의 마음을 이 지면에 전하고 싶다.

"사랑하고 축복한다."

아버지가 들려주고 싶은 이야기

코나커피,
코나생각

코나커피와 함께하는 인생 수첩

더 나은 인생을 만들어 가기 위한 코나 커피의 인생 수첩이다. 그룹이 모여서 서로 질문하고 나누어 보라. 풍성한 삶으로 인도하리라 확신한다.

1. "알로~하"

코나커피의 눈물

- 내가 급하게 서두르는 일이 있다면 그 이유가 무엇인가 생각해 보기.
- 아직 이루지는 못했지만 포기하지 말고 계속 가야 할 길이 무엇이 있는가?
- 평소에 내가 가장 많이 습관적으로 사용하는 단어는 무엇일까?

고래의 고향

- 나의 고향에 대한 좋은 추억들을 생각해 보기.
- 어머니의 품처럼 느끼는 따뜻한 장소 생각해 보기.
- 내 모난 모습 그대로 받아줄 사람은 누구인가 한번 생각해 보기.

코나커피의 향기

- 내가 제일 좋아하는 꽃이나 향기 생각해 보기.
- 언제 어느 집에서 커피 향기가 가장 인상적이었는지 생각해 보기.
- 나는 지금 어떤 향기를 내고 있는가, 앞으로는 어떤 향기 나는 사람이 되고 싶은가?

아름다운 동행

- □ 어린 시절 부모님과 동행한 아름다운 시간 기억해 보기.
- □ 같이 여행하고 싶은 친구가 있는지 생각해 보기 그 이유는?
- □ 나는 누군가 동행하고 싶은 사람이라고 생각하는가? 아니면 아닌가?
   그 이유는?

코나커피의 노래

- □ 내가 가장 잘 부르는 노래가 무엇인가?
- □ 가장 당신의 마음을 울리는 노래나 가사 생각해 보기.
- □ 슬플 때 부르는 노래, 기쁠 때 부르는 노래, 나에게 힘이 되는 노래는?

농부의 안식

- □ 내 몸에 안식하라고 아픈 증상이 나타난 적이 있는지 생각해 보기.
- □ 안식이 주어진다면 제일 먼저 해야 할 일이 무엇인가 생각해 보기.
- □ 안식의 시간에 감사할 것 5가지 버려야 할 것 5가지를 적어 보라.

2. "푸 푸"

아름다운 열매

- □ 내가 극한의 한계를 경험할 수 있는 운동 생각해 보기.
- □ 나에게 힘이 되는 응원 문구 5개 적어 보기.
- □ 나에게 힘이 되었던 시간이나 힘이 되는 친구 나누어 보기.

존귀한 꽃들

- □ 한자리에 변함없이 그 자리를 지켜 온 맛집 나누어 보기.
- □ 늘 그 자리를 지켜온 소중한 사람을 생각하고 나누어 보기.
- □ 나는 어떤 자리에서 어떤 일로 오랫동안 머물고 싶은지 생각해 보기.

코나 커피의 특별함

- □ 다른 사람은 없는 나만의 특별한 재능이나 선물 생각하기.
- □ 나에게 주신 특별한 선물을 더욱 특별하게 하기 위한 나만의 훈련 방법은?
- □ 나만의 그 특별함으로 축복할 방법 생각해 보기.

명품 커피의 조건

- 스스로 고난의 길을 선택하고 도전해 보라.
- 내 인생이 명품인생이 될 만한 환경과 장소를 찾아 보라.
- 지금 내가 명품인생으로 가는 길에 넘어가야할 산은 무엇인가?

신의 성품 '피베리'

- 사랑하는 가족 안에 행복했던 사랑 이야기를 나누어 보라.
- 가족의 사랑을 만드는 가족행사를 계획해 보라.
- 내 형제를 보기 전에 내 형제를 바라보는 부모의 눈을 한번 바라보라.

내 친구 코나 커피

- 사랑하는 친구나 동기들의 이름을 모두 적어 보라.
- 그중에 같이 여행하고 싶은 친구는 어떤 친구인가?
- 옆집에 오랫동안 함께 살고 싶은 친구는 어떤 친구인가?

3. "루하후"

농부의 지팡이

☐ 내가 좋아하는 일, 평생 하면 행복할 것 같은 일을 나누어 보라.

☐ 내가 가장 잘 다루는 일이나 소중하게 생각하는 일이 무엇인가?

☐ 아주 오랫동안 하고 있는 일이나 도구, 재능은 무엇인가?

코나는 지금 전투 중

☐ 지금 내 내면과 현실에 가장 큰 갈등은 무엇인가?

☐ 갈등하고 흔들리는 내 내면을 차분하게 가라앉히는 장소가 있는가?

☐ 내 내면의 싸움과 갈등 해결의 원칙과 올바른 선택의 기준이 있는가?

생명을 주는 숨결

☐ 부모의 숨결이 느껴지는 편지나 선물이 있는지 생각해 보라.

☐ 당신의 인생에 어려운 순간이 오면 제일 먼저 누가 달려오겠는가?

☐ 당신의 삶에 활력을 주는 숨결, 격려의 음성을 적어 보라.

코나 커피의 흔적

□ 육체에 상처나 흔적이 있는가 나누어 보라.

□ 당신의 삶을 통해 자녀에게 어떤 흔적을 나누어 주고 싶은가?

□ 가지고 있는 흔적이나 상처가 오늘을 사는 데 도리어 교훈이 되었는가?

라이프 스타일

□ 당신의 인생 그래프를 10년 단위로 그려 보라.

□ 당신의 인생 나이테를 다음 주제로 그려 보라.

　(신실함, 겸손, 섬김, 인내, 사랑함)

□ 내가 만난 사람 중 한결같다고 생각되는 사람을 나누어 보라.

코나 커피 '소통의 문'

□ 내 이름으로 인한 에피소드가 있다면 나누어 보라.

□ 타인이 당신의 인생에 들어오는 통로는 무엇인가 생각해 보고 나누어 보라.

□ 나는 문을 여는 사람인가, 문을 닫는 사람인가?

4. "마우나 라니"

가방 없이 떠나는 여행

☐ 여행 중 가방 때문에 엄청난 고생을 해 본 기억이 있는가?

☐ 여행을 한다면 꼭 가지고 가고 싶은 물건을 그 이유와 함께 모두 적어 보라.

☐ 가지고 가고 싶은 물건 중 5개만 꼭 선택하라면 무엇을 선택하겠는가?

죽음의 언덕

☐ 죽기를 각오하고 운동경기나 일을 해 본 적이 있는가?

☐ 심한 고통 뒤에 오는 기쁨을 경험한 적이 있는지 나누어 보라.

☐ 지금 나의 삶에서 죽음의 언덕을 지나가고 있는가?

천천히 가도 이루어지는 꿈

☐ 당신의 인생 꿈을 나누어 보라. 그 꿈을 성취하고 싶은 이유는?

☐ 평생 천천히 가도 이루어지는 당신의 꿈은 무엇인가 생각해 보라.

☐ 내가 닮고 싶은 꿈을 가진 한 사람을 소개해 보라. 그 이유는?

코나커피 '너는 누구냐?'

- □ 나의 부모는 어떤 분인가 생각하고 적어 보라.
- □ 내가 자란 가정환경이나 내가 좋아했던 음식이나 추억을 나누어 보라.
- □ 지금 나의 포지션은 무엇이고 나의 권한과 책임은 무엇인가?

소중한 유산

- □ 부모로부터 물려받은 유품이 있다면 적어 보라.
- □ 부모로부터 물려받은 좋은 정신적 · 영적 유산을 기억하고 적어 보라.
- □ 내가 부모로부터 닮은 외모나 성격이 있다면 무엇인가?

5. "오하나"

어느 리더의 에필로그

- □ 내 인생을 보고 다른 사람은 어떤 에필로그를 쓸 것 같은가?
- □ 내 인생의 끝에서 사랑하는 자녀에게 꼭 해 주고 싶은 말은 무엇인가?
- □ 나는 내 자녀에게 어떤 사람으로 기억되길 원하는가?

커피 농장에 묻힌 조선사람들

- □ 우리나라의 역사 가운데 가장 기억나는 사건은 무엇인가?
- □ 우리 선조 이민자들의 역사를 알고 그의 고충을 알고 있는가?
- □ 유대인의 역사에 대해서 나누어 보라.

땅끝에서 땅끝으로

- □ 당신의 인생의 땅 끝을 어디서 보내고 싶은가?
- □ 당신의 인생은 땅 끝에서 무슨 일을 마지막으로 하다 가고 싶은가?
- □ 땅 끝에서 멋지게 살다 떠난 사람을 나누어 보라.

프로펠러 타고 온 사람들

☐ 한 지역이나 직장에 오랫동안 머문 옛사람들의 추억을 생각해 보라?

☐ 할머니 할아버지의 시절 이야기 중 기억나는 이야기가 있는가?

☐ 당신의 부모나 아내의 고향에 대해서 물어보라.

얼굴과 얼굴

☐ SNS 상황에서 잘못 보낸 문자로 황당한 기억이 있는가?

☐ 얼굴과 얼굴을 보며 대화하고 보고 싶은 사람의 이름을 적어 보라.

☐ SNS에서 당신이 자주하는 커뮤니케이션 방법은?

'가족' 그리운 이름들

☐ 지금 당신의 인생이 마지막이라면 그리운 이름들을 적어 보라.

☐ 그 사람에 대한 나의 좋은 추억에 대한 감사하는 글을 짧게 적어 보라.

☐ 마지막으로 자기 자신에 대해 축복하고 격려하는 편지를 스스로 써 보라.

나만의 여행 목적에 맞춘 하와이 코나여행 코스

안식이 필요한 코나 비치 여행 코스

바쁜 삶에 지쳐 안식이 필요한 사람이라면 책 한 권과 비치용 큰 타월을 들고 조용한 해변에 가라 시원한 야자수 그늘 밑에서 하루 종일 지친 몸과 마음에게 안식을 주라.

Kukio Beach, Kekaha Kai State Park Beach, Kiholo Bay Beach, Mauna Kea Beach, Anagho'omalu Beach

어린 가족이 함께하기 좋은 장소

가족과 함께 아름다운 추억으로 남길 만한 장소를 찾는다면 세계 힐튼 호텔 규모로 가장 크고 안전한 해변, 돌고래 쇼, 다양한 수영장, 스노클링, 쇼핑, 호텔 내 전동열차, 배가 있는 곳으로 가라.

Waikoloa Beach Resort, Spencer Beach, Keauhou Beach

⚡ 커플만 시간을 보내고 싶은 여행 코스

아름다운 석양을 볼 수 있는 곳으로 가라고 권해 드리고 싶다.

Honokohau Beach, Kukio Beach, Old Airport Beach

⚡ 대자연의 광대함을 보기 위한 여행 코스

천지 창조가 계속되는 곳. 별이 쏟아지는 우주의 광대함. 대자연 속으로!

Volcano National Par, Mauna Kea, Waipio Valley, South Point(Green Sand Beach)

⚡ 많은 곳을 방문하고 사진을 찍기 위한 여행 코스

짧은 시간에 많은 지역 사진을 남기고 싶다면 섬 전체 투어를 권유해 드리고 싶다.

Kailua Kona-Naalehu-Pahala-Volcano-Hilo-Honomu-Honokaa-Waimea-
Kailua Kona

⚡ 하와이 다양한 역사 여행 코스

하와이를 통일한 카메하메하의 정치적 영적 고향. 영국의 위대한 탐험가 캡틴 쿡 선장의 죽음의 장소들. 코나는 하와이 역사의 뿌리와 같은 곳이다.

Hulihee Palace, Captain Cook, Honaunau, Puukohola Heiau, Lyman Museum
Statue of King Kamehameha, Greenwell Farms

⚡ 코나커피 여행 코스

코나 커피 벨트인 180번 도로 좌우에 깔려 있는 코나 커피 농장 투어를 한 번쯤 가 보라.

Kona Haven, Hula Daddy, Mauka Meadows, UCC, Kona Blue Sky, Kona Joe
Royal Kona, Greenwell Farms

⚡ 다양한 특별 활동을 위한 여행 코스

하와이 코나는 섬이라기보다는 광대한 하와이 나라라고 할 수 있다. 그 크기와 높이 깊이 만큼 특별한 활동을 즐길 수 있다.

Kona's World Famous Manta, Dolphins in The Wild, Kayak,Captain Cook(스노클링), Akaka Falls Zipline, Waipio Valley 트랙킹

☖ 골프 투어

나의 아들이 중 · 고등학교 시절 골프선수로 운동경기 했던 골프코스.

Kona Country Club, Mauna Kea, Hapuna Beach, Waikoloa Village, Waikoloa Resort, Mauna Lani, Big island Country Club, Makaiei Golf

☖ 드라이브 코스

사랑하는 연인과 꼭 한 번쯤 가야 할 코스이다.

North Kohala 지역 270번, 250번 도로. Mauna Kea 지역 200번 도로

☖ 종교적 의미를 부여한 여행

코나에는 하와이에 선교사가 처음 들어온 지역으로 역사적 현장이 많이 있다.

Mokuaikaua Church 첫 번째 교회, UofN 열방대학 Keauhou 하와이 최초 교회 터

Kukio Beach   Old Airport Beach   Kekaha Kai Beach

Kailua Kona Beach   Honl's Beach   Manini'owali Beach

Anaeho'omalu Beach   Kiholo Beach   Magic Sands Beach

Spencer Beach   Honokohau Beach   Kahaluu Beach

다운타운에 있는 코나 커피 전문점

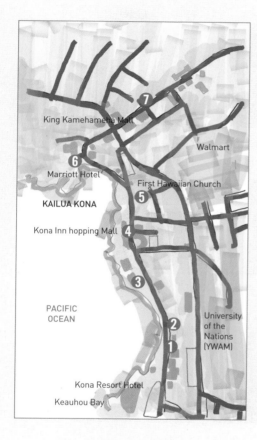

① Kona Haven
② Lava Java Cafe
③ Day Light Mind Coffee
④ Kona Inn Shopping Mall Coffee
⑤ Kope Lani Coffee
⑥ Menehune Coffee
⑦ Kona Coffee & Tea
＊ Kona Mountain Coffee (Airport)

❶ Kona Haven

❷ Lava Java Cafe

❸ Day Light Mind Coffee

❹ Kona Inn Shopping Coffee Mall

❺ Kope Lani Coffee

❻ Menehune Coffee

❼ Kona Coffee & Tea

✳ Kona Mountain Coffee (airport)

코나 커피벨트 커피농장

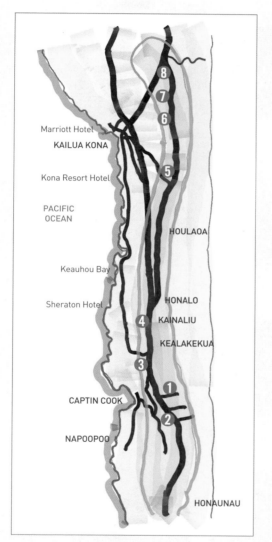

Marriott Hotel

KAILUA KONA

Kona Resort Hotel

PACIFIC
OCEAN

HOULAOA

Keauhou Bay

Sheraton Hotel

HONALO
KAINALIU

KEALAKEKUA

CAPTIN COOK

NAPOOPOO

HONAUNAU

❶ Kona Haven
❷ Royal Kona
❸ Green Well
❹ Kona Joe Coffee
❺ Kona Blue Sky
❻ UCC Kona Coffee
❼ Mauka Meadows
❽ Hula Daddy

❶ Kona Haven

❷ Royal Kona

❸ Green Well

❹ Kona Coffee Joe

❺ Kona Blue Sky

❻ UCC Kona Coffee

❼ Mauka Meadows

❽ Hula Daddy

알면 도움이 되는 커피 관련 용어들

아라비카 (Arabica)
에티오피아 원종으로 카페인이 소량이며 3~6m까지 자란다. 변종에는 버번과 티피카종이 있다.

버번 (Bourbon)
높은 1,000m~2,000m 고산지대에서 잘 자라고 아라비카 변종으로 세계에서 최고의 품질이라고 여긴다.

티피카 (Typica)
원추 형태로 자라고 아라비카 변종으로 수확량이 적은 편이다.

로브스타 (Robusta)
카페인양이 코나 커피의 아라비카보다 2배로 많고 대량생산이 가능하고 병충해에 강하다. 브라질, 베트남에서 많이 재배한다.

그린 빈 (Green Bean)
로스팅 하기 전 생두를 말한다. 약간 초록빛을 띠어서 '그린 빈'이라는 이름이 붙었다.

시나몬 (Cinnamon)
녹나무 속 연한 나무껍질을 갈아 만든 향신료, 즉 계핏가루를 말한다.

코피 루왁 (Kopi Luwak)
커피 열매를 먹은 사양 고양이의 배설물로 나온 커피빈을 로스팅한 것으로, 희귀성 때문에 가장 비싸다.

크레마 (Crema)
에스프레소 커피를 내릴 때 위에 황금색 거품층을 말한다.

템퍼 (Temper)
바리스타가 에스프레소 내릴 때 가장 많이 사용하는 도구로, 그라인더 된 커피 입자를 적당한 압력으로 다지는 도구.

커피 벨트 (Coffee Belt)
북위 23.5도 남위 23.5 사이의 적도를 중심으로 아프리카부터 시작하여 남미까지 커피가 생산되기 좋은 조건의 열대지역을 말한다.

플랫 빈 (Plat Bean)
한쪽 면이 평평한 모양을 하고 있다고 해서 일반적으로 '평두'라고 말한다.

피베리 (Peaberry)
커피 열매 안에 두 개의 플랫 빈이 들어 있는데 한 개만 들어 있다.

핸드드립 (Hand Drip)
에스프레소 머신으로 내린 커피가 아니라 숙달된 바리스타가 손으로 정성껏 직접 내린 커피를 말한다.

파치먼드 (Parchment)
커피 열매 겉껍질을 벗겨내면 보이는 상아색 껍질을 말한다.

펄핑 (Pulping)
수확한 커피 열매를 물속에 담가 두어 물에 뜨는 불량 체리를 골라낸 후 기계로 껍데기를 제거하는 과정을 말한다.

커피 체리 (Coffee Cherry)
커피 열매는 익으면 빨간 체리 같다고 해서 열매를 '커피 체리'라고 부른다.

에스프레소 (Espresso)
이탈리아어로 '빠르다'라는 의미로 기계의 압력을 이용해서 빠르게 커피 원액을 추출한 커피 원액을 말한다.

실버 스킨 (Silver Skin)
그린빈 위에 아주 얇게 붙어 있는 은색의 엷은 피막을 말한다.

블루 마운틴 (Blue Mountain)
중남미 자메이카 동쪽 3,500ft 고지대에서 자란 세계 3대 명품 커피 중 하나를 말한다.

커피 스크린 (Coffee Screen)
생두의 크기를 구분하기 위해 만든 도구로, 스크린 크기가 클수록 생두의 크기와 가격을 결정하게 된다.

커핑 (Cupping)
커피의 향미를 객관적으로 테스트하는 과정을 말하며 3명 이상의 심사위원이 코나 커피 축제 때도 이 테스트를 한다.

(참고서적-커피 프린스 은찬이 커피 선생님 "바리스타 따라잡기" 이동진 저)

하와이 코나 투어 가이드북

"알로하"
하와이 코나에 오신 것을 환영합니다.

 하와이 섬은 약 BC 2800년경 화산폭발로 형성된 섬으로 수천 년 동안 무인 도였으며 지금도 계속 창조가 진행되고 있는 섬이다. 지금으로부터 약 1500년 전 '사모아', '통가' 등 남태평양에 사는 폴리네시아인들이 신이 머무는 곳을 찾아 3,000mile 항해 끝에 이 섬에 도착한다. 그리고 그 이름을 "하와이"라고 부르게 된다. '하와이'는 영혼이 돌아가는 땅 '작은 고향'이란 뜻으로, 원주민들은 하와이를 '신이 머무는 장소'라고 생각한다.

 영국의 탐험가 제임스 쿡(James Cook) 선장에 의해 1778년 1월 18일 최초로 발견, 영국 공작의 이름을 붙여 '샌드위치 섬'이라고 불렀다. 북쪽 항로를 개척하러 떠났다 태풍을 만나 코나로 1779년 1월 16일 케알라케쿠아(Kealakekua) 만에 도착하게 되는데, 2월에 하와이인과의 전투에서 이곳 코나에서 사망한다. 지금 코나에는 그를 기념하는 탑이 있고 그 탑 주변은 미국 내 있는 영국 영역이라고 상징적으로 말한다.
간단한 하와이 언어는 다음과 같다.

알로하(Aloha) 그분의 숨결 앞에서   아쿠아(Akua)신
오하나(Ohana) 가족   라니(Lani) 천국
나니(Nani) 아름다운   호니(Honi) 입마춤
할레(Hale) 집   할레 풀레(Hale Pule) 교회
아이(Ahi) 참치   오노(Ono) 맛있다
포케(Poke) 생선회 무침   루아우(Luau) 만찬
푸푸(Pupu) 애피타이저   카이(Kai) 바다

마우나(Mauna) 산   훌라(Hula) 춤
멜레(Mele) 노래   카마아이나(Kamaaina) 현지인
알카네(Alkane) 친구들   마할로(Mahalo) 고맙습니다

카일루아 코나 (Kailua Kona)

"카일루아" 두 해류가 만나고 "코나" 더운 바람이 지나가는 지역.

　코나는 지나가는 하와이인과 나그네의 쉼터, 안식처, 피난처이기도 하다. 원주민들은 말한다. 하와이에서는 "너무 심각하지 말고, 너무 무리하지 말고, 너무 빨리하지 말고, 여유를 가져라." '행 루스(Hang Loose)'라고 손짓으로 인사를 한다.

하와이의 꽃과 자연

'히비스커스'(Hibiscus)의 의미는 항상 새로운 아름다움 '사랑',

　'플루메리아' 꽃의 의미는 당신은 행운(축복)의 사람이란 뜻이다.

　주정부 나무는 "쿠쿠이나무" 생명수란 의미가 있고, 주정부 새는 두 쌍이 항상 사랑하고 대답을 잘한다 해서(작가의 넌센스 퀴즈)? "네네"(nene)라고 한다. 세계에서 제일 긴 물고기 이름은 '흐무흐무 느쿠느쿠 아푸아아(Humuhumu nukunuku apuaa)'이다.

하와이의 정치적 역사

하와이 최초의 통일 왕은 코나를 다스렸던 추장 '킹 카메하메하' 그 이름의 의미는 '외로운 사람'으로, 1795~1819(24년) 통치했다. 카메하메하 2세(1819~1824)는 병사하고, 카메하메하 3세(1824~1854), 4세(1854~1863), 5세(1863~1872)로 카메하메하 직계의 통치가 막을 내린다. 왕족이었던 루날리오(1873~1874)

가 6대 왕이 된다. 7대 칼라카우아(1874~1891), 8대 여왕 릴리우오칼라니 (1891~1893)를 끝으로 하와이 왕조의 막이 내린다. 마지막 여왕은 나라의 이별의 아쉬움을 노래로 표현하며 "알로하오에" (안녕 그대여) "검은 구름 하늘 가리고 이별의 날은 왔도다. 다시 만날 날을 기대하고 서로 작별하여 떠나리"라고 읊었다.

1894년 7월 4일 하와이 공화국을 선언하고 샌포드 돌(Sanford B.Dole)이 첫 번째 대통령이 되고, 1959년 8월 21일 아이젠하워의 포고로 미국의 50번째 주가 되었다.

최초의 선교팀

하와이 선교는 헨리 오푸카하이아(Henry Opukahaia 1792~1818)라는 하와이 친구의 죽음으로 시작된다. 그의 친구들이 1819년 9월 매사추세츠의 앤도버 (Andover) 신학교 출신 '히람 빙엄(Hiram Bingham, 1789~1869) 일곱 커플 패밀리' 17명이 미 동부에서 남미를 돌아 5~6개월 만에 코나로 들어오고, 그것이 1820년 2월 최초로 선교사가 하와이 코나로 들어오는 사건이다.

킹 카메하메하가 사망하고 2세 당시 섭정 여왕처럼 "카아후마누(Kaa-humanu)가 나라를 다스리고 선교사에 의해 그가 복음을 전한 지 3년 만에 1823년 세례를 받았다. 킹 카메하메하 3세 때 복음을 적극적으로 받아들이게 되고, 추장 부인 중 한 명인 '카피 올라니'가 '펠레' 여신과의 영적 대결을 '킬라우에아' 산에서 하고 살아 돌아오면서 빠르게 퍼진다.

하와이에서는 모든 도로 이름이 하와이 언어로 되어 있지만 유일하게 영어로 된 이름이 코나에 있다. 월-마트로 올라가는 도로가 하와이인 선교사의 도로 '헨리 스트리트(Henry. St)'이다 그의 무덤도 캡틴 쿡으로 내려가는 교회에 있다.

선교의 가장 어려운 문제는 성적 문제로, 제7계명 "간음하지 말라"이다. 이를 "장난스럽게 잠자지 말지니라"라고 하와이 언어로 번역했다고 한다.

1882년 한미수교 통산 조약 제6조 이민할 수 있는 법적 제도가 마련되고, 1883년 9월 2일 민영익 외 7명이 한국인 최초로 샌프란시스코 도착한다. 1850년대부터 중국인 이민 역사가 시작되고, 1880년대부터 대규모의 일본인이 들어와 정착하고 있었다.

　하와이 정부로부터 노동력이 필요하다는 소식을 듣고 당시 왕실 주치의였던 '알렌' 선교사가 조선 정부에 권유하여 1902년 11월 16일 수민부(여권)를 설치하고 황성신문에 모집광고를 내고 그의 친구인 인천 내리 감리교회 '존슨' 목사에게 부탁하여 드디어 1902년 12월 22일 최초 121명이 제물포에서 떠났다. 일본 고베에서 신체검사로 20명 탈락, 101명이 '겔릭' 호를 타고 1903년 1월 13일 새벽에 도착했다. 신체검사에 통과한 86명만(남자 48, 여자 16, 어린이 22) 비로소 공식적 최초 이민을 시작했다(하루 임금 70센트, 한 달 16불). 총무 장경화 전도사, 통역 안정수 권사, 신앙지도 홍승하 전도사가 동행했다.

　2차 이민 1903년 3월 3일 63명(59) 현순 목사와 함께 오고 1904년 33척 3,434명, 1905년 16척 2,659명이 온다. 1905년 5월 18일 288명 마지막으로 총 7,415명이 들어온다(기록에 따라 차이).

　미국 국립문서보관 기록청의 기록으로는 그 이전에도 비공식적으로 한국인 이민이 있었다는 증거가 나오고 있다. 1905년 7월부터 을사늑약 체결로 이민이 공식적으로 중단되고 1910년 한일합방 되면서 조선이라는 이름으로는 이민이 중단된다. 그러던 것이 1910년 이후 일제 강점기에 사진신부로 많은 여성이 들어온다. 일본인 농장주 핍박을 피해 상당한 이민자들이 샌프란시스코로 이주하며 정착하고 활발하게 독립활동을 하기 시작한다. 해방 이후 45~50년 약 107명(특수층), 50~60년 6,230여 명(미군과 결혼, 전쟁고아). 1965년 새로운 이민법(하트−셀러법)이 발표되면서 60년대에 가족 초청이 활발해지고, 고급인력이 더 넓은 세계를 향해 아메리칸 드림을 품고 떠나게 된다.

하와이 코나커피 농장 노동자로 소수의 이민자가 들어온다. 코나커피 바이어를 위한 최초의 코나에 호텔이 1926년에 생기고 커피 노동자들이 머물 장소, 직업, 언어를 도울 코나 이민 센터가 세워진다. 초기 이민자들의 도착 후 정착을 돕고 지금은 공동체 모임을 위한 마을회관으로 사용되고 있다.

코나커피는 1828년 '사무엘 Kuggles'(Samule) 선교사가 복음과 함께 커피를 가지고 들어오면서 유명해진다. 참된 복음 좋은 소식이란 그 땅과 사는 사람을 축복하고 그 땅을 유명케 하는 것이다. 세계인들은 코나라는 말을 들으면 가장 먼저 커피를 떠올린다. 선교사가 가지고 온 복음과 함께 코나커피가 코나를 축복의 땅으로 만들게 했다.

초기 코나커피 노동자로 온 초기 이민자들의 무덤 약 40구 정도. 조선인을 사랑했던 일본인 개인 농장에 지금도 80여 년 동안 묻혀 있다. 나는 이 무덤을 보면서 이 땅에 먼저 오신 선조 분들로 감사하게 되고, 지금 살고 있는 이 땅의 사람들도 사랑하게 된다. 그리고 이곳에 올 다음 세대를 사랑하면서 지금 여기서 다음 세대를 위해 무엇을 해야 하는지 기도하게 된다.

하와이 코나 최초의 예배 터에 가면 널브러진 돌들을 보면서 하와이인의 무너진 마음을 볼 수 있다. 이 성전이 다시 회복되기를 나는 기도한다. 코나 다운타운에는 알리(Ali'i: 추장, 왕) 도로가 있다. 나는 이 도로를 '왕의 도로'라고 부른다. 이 도로를 지날 때마다 나는 이 땅에 전쟁이 멈추고 평강의 왕이 다시 오시길 예비하는 자가 되고 싶다.

코나 다운타운에는 훌리헤에(Hulihee) 왕의 궁전이 있다. 당시 존 아담스 '쿠아키니' 총독이 1838년에 빅토리아 양식으로 세운 건물로, 1874년 이후 하와이 7대 '칼라카우아' 왕의 여름별장으로 사용됐다. 1812년 킹 카메하메하 왕의 말년에 정치적 고향인 코나로 돌아와 살던 집, '아후에나' 헤이아후이 코나 다운타운에 있다. 1836년 하와이 최초로 선교사가 하와이안을 위한 교회로 '모쿠아이케쿠아(Mokuaikaua)'가 킹 카메하메아 3세 기간 중 세워진다. 코나 리조트 호텔(당시 힐튼호텔) 최초로 현대식 콘크리트 대형 건물이 코나에 세워진 것이다.

이곳 코나 한인 선교교회는 코나에 정착한 주님을 사랑하는 '디아스포라'의 흩어진 한국인이 만든 소규모 모임에 의해 시작되었다. 1994년 2월 '올드 에어포트' 해변에서 공식예배가 처음으로 시작되며 교회가 세워진다. 지금 이 땅과 오고 올 다음 세대를 위해 축복의 사람이 되라는 그분의 부르심을 받고 나는 지금 여기 살고 코나에 머물고 있다.

"마할로!"

독자에게 알려 드립니다. 위 내용은 다양한 인터넷 검색으로 정리된 내용으로 학자의 견해에 따라 차이가 있을 수 있고, 본 출판물 내용 중 작가의 출처가 분명치 않은 인터넷에 모두가 공유된 내용이 인용된 부분도 있음을 알려 드립니다.

코나한인선교교회 김교문 목사
(아래로 문의하면 코나투어 무료 가이드를 도와드립니다.)

이메일 : 61barnabas@hanmail.net
카카오톡 ID : konacoffee1

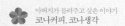